Karl & Albin

Höstsaga

av Leif Åman

Andra böcker av Leif Åman

This is a message from God ...

KARL & ALBIN

Höstsaga av Leif Åman

LÅNGSAMHETENS BOKFÖRLAG

Karl & Albin, Höstsaga av Leif Åman
© 2017 Leif Åman
Utgiven på Långsamhetens Bokförlag
Formgivare: Nicolas Bredefeldt
ISBN: 978-91-984269-0-8

Västkusten
Tisdag
2001

E n fyr hyser en hemlighet. En professionell hantverkare gör entré. Och en gammal textiltryckare presenterar sig. Han ämnar uppfylla en sedan länge närd dröm …

ALBIN …

står längst upp i fyren, ute på bryggan.

Reslig, skägg, över öronen en mössa, stickad tröja under en skinnjacka som en gång varit svart.

Bakom hans rygg strålar ljus ut över sjön.

Det är nästan tyst. För några timmar sedan ven vinden, kastade manshöga bränningar mot klipporna. Nu kluckar vattnet mot snipan ned vid kajplatsen, en träbåt han själv renoverat.

Förnimmer tjärlukten …

Väderrapporten lovade lugn sjö. Han kisar ut i mörkret och anar svaga tecken på liv, antagligen en oljetanker på väg söderöver …

Ingen vet att han är här. Fyren är obemannad, står här ovan klipporna som ett kulturminne.

I morgon skall han fara in till land och ringa ett samtal.

Börjar bli sent, eller tidigt, hur man nu ser saken. Spottar ut snuset över relingen, ryser, tar upp pluntan och super en hutt visky. Snart är den här, vintern, de långa skuggornas tid, då solen knappt orkar upp över horisonten och då till och med gruset kastar skuggor.

Han minns ...

och känslan för årstiden är ... tvetydig. Det är vackert, men, det är kallt, obehagligt och mörkt också ...

Hur länge sedan är det han lämnade landet ...

Han var fjorton år när han flydde fosterhemmet i Göteborg och gick på den första båt vars skeppare var villig att mönstra honom.

När var det ...

Han måste vara ... över sextio.

Tar en pris snus av den sandiga, starka, marockanska tobaksblandningen. Smakar kamelskit, men det biter.

Går in i värmen.

KARL ...

Ove Oskar Lindgren fyller den i Elfsborgs färger nylonväskan med de saker han kan tänkas få användning av.

Pensionerade sig idag, två år tidigare än planerat, vid sextiotre, efter ett yrkesliv som skiftarbetare på Almedahls. Femtio års dagligt åliggande i textilfabrikens tygdammiga inälvor. Började som trettonåring efter skolan, studier var inte aktuellt, folk av hans sort skulle jobba, utbildning bland vanligt folk hörde till ovanligheterna. Till att börja med allt i allo i det bullriga väveriet, vilket gjorde honom lomhörd första dagen, tinnitus fanns inte i läkarregistret, i alla fall inte hos fabriksläkaren i Kinna. Hörselskydd var fjolleri enligt vävarbasen:

”Jag har inget emot att skydda mina arbetare, men hörselskydd, det är bland det löjligaste jag vet.”

Det var förmannens, Mats Ekman, svar. Ynglingen Karl

kunde inte opponera sig, men Karsten, vävlagaren, som utåt sett var en riktig hårding, stack åt honom litet fetvadd under rasten, det räddade hans hörsel. Det var många fabriksarbetare i hans generation som var döva. Ett decennium senare förflyttades han.

Det fanns behov av en slitstark Karl nere i färgeriet, de i trakten mångtaliga textilfabrikernas avloppshål med sina frätande och illaluktande kemikalier som kokade i de stora, bullrande, rostfria ståltrummorna, förgiftade de bägge åarna, Häggån och Viskan, och gjorde, tillsammans med övergödningen av åkrarna, att fisken var svartlistad. Underligt nog vimlade det av gädda, mört och abborre till smågrabbarnas stora glädje. Som föda var den otjänlig.

Karl Ove Oskar Lindgren hade krökt rygg så länge, hukat sig så till den milda grad inför auktoriteten, att näsan till sist skrapat så hårt i fabriksgolvet att ett ständigt svidande skavsår uppstått, ett eländigt stycke näsa som, när han tänkte tillbaka på den, påminde honom om den populäre popsångaren från Amerika, Mikael någonting ... Jansson, nej, Jackson.

När Karl rådfrågat sin livskamrat, Maud, angående det stigmatiska nässkavsåret, hade hon rekommenderat magnecyl och en barnstjärtssalva som hon använde till ungarna och därefter uppmanat honom att sluta gnälla.

Småningom fick han ansvar för maskin nummer två i textiltryckeriet i fabriken nedanför järnvägen i Kinna, några mil från kusten i Västra Götaland.

Knallebygden.

Sjuhäradsbygden ...

Där Mor Kerstin en gång för länge sedan startade vad som skulle bli tygrikets vagga genom att låta torparfruarna sitta och väva tyg hemma i stugorna. Tyget avyttrades därefter i torp, herrgårdar och slott av Knallarna, vandrande försäljare av mångt och mycket i tum och parti. Mor Kerstin har en gata uppkallad efter sig i Kinna, hon ligger begravd under ett stort, runt, gråstenmurat monument till vilket skolbarnen fortfarande gör studiebesök ...

Ja, här hade inte bara vävts och knallats, det hade krigats och smullits också. Dansken hade fått på nöten ute vid Kinnaborg, där det numer bland vajande flaggor över Marks Golfklubbs välansade mattor stod att finna en ståtlig minnesgranit efter bataljen.

Hela Viskadalen var historisk mark. Där fanns till och med en professor, hade Karl läst, som var övertygad om att Svea rikes vagga inte alls låg i Uppland, utan i Västergötland, vilket hade ställt till ett jädra hallå bland akademikerna där uppe. Den svenska historien ville man inte att någon tokig göteborgare skulle ta ifrån dem ...

Förr hade han prenumererat på VD, Västgöta-Demokraten, men med kris i bygden hade bara borgarnas flygblad överlevt, Borås Tidning, som fick ersätta förlusten, man måste ju ha *tinning*, hålla sig ajour med byns tilldragelser, realisationer och auktioner, födslar, vigslar och dödslar, och alltid kunde man lära känna sin fiende på ledarsidan ...

BT kallades i folkmun för Propellern för den innehöll så få blad. Kvällstidningarna hade slutat att intressera honom, tabloiderna i sin symbios med all sorts överlevnads- och förnedringsteve som svämmat över de nya oräkneliga kanalerna vars utlovade mångfald och programrikedom bara resulterat i enfald och likriktad ytlighet. Kvällspressen, som nu kunde läsas om morgonen.

Karl var intresserad av nyheter, teater, litteratur.

Pattar, arslen och knulla tyckte han om, men inom räckhåll, i verkligheten, hade inga behov av alla dessa nakenbilder och sexråd, mest amerikanska, i söndagsbilagorna, vilka visade hur man med hjälp av olika förfaringssätt kunde öka sin lust eller instudera nya spännande variationer i sitt vardagspumpande.

Glory Glory Halleluja.

Mauds tunga bröst ...

Vad han hade älskat hennes bak när den svajade framför honom som moder jord draperad i fingertoppsvänligt skinn, eller när hon satte sig över honom om natten, och med månen som enda vittne, nå, det var lyhört, tryckte sin härliga hylla i hans kåtsvettiga anlete …

Han tvingar bort tanken.

Maud är borta.

Det var inte lika tungt, skitigt och bullrigt längre, textiltryckarens arbete. Men de stora schablonrullarna, ibland uppåt fem, sex stycken, innehållande olika kulörer, skulle fortfarande lyftas i och ur maskinen för hand, de skulle tvättas rena från färg i en högtryckstvätt, färgtunnorna skulle hämtas, lyftas av, ställas fram till pumparna, rullarna med kilometer efter kilometer av framtida sänglakan-, och gardintyg skulle bytas i den med värmeugnen inberäknad, runt trettio meter långa maskinen.

Nu fanns lagstadgat arbetarskydd, stålhätteskor och obligatoriska hörselproppar, lediga lördagar, helgdagar, fem veckors semester. Det huvudsakliga arbetet bestod i att övervaka tryckningen, han hade varit förstetryckare de sista trettio åren, vilket betytt några extra hundralappar i plånboken var fjortonde dag, samtidigt som det var hans fel när något gick åt helvete.

De hade gnetat på, Maud som sömmerska på Kungsfors i Skene, sparat vad de kunde på bankbok. Hennes skicklighet i sömnad gjorde att klädkontot minimerades, åt de blodpudding inte bara en gång i veckan, utan kanske två, eller kanske tre, vilket gick utmärkt då ungarna älskade denna föda, Karl var inte lika förtjust, fanns där också köttkronor och korvören att lägga undan. Karl var inte så stark på spriten, även om han inte spottade i glaset, varför de till sist sparat ihop en slant, fått kamrer Jönssons förbarmande, ett humant lån på Borås Sparbank …

Stuga i Varberg.

En del föredrog husvagn, packade in sig på någon av campingplatserna ut med kusten, kanske utåt Getterön eller i Träslövsläge, men Lindgrens tillbringade somrarna på Klittervägen i Apelviken, ungarna badade vid långsträckta sandstränder, kom in om kvällarna, hungriga som brugdar, salta, brunbrända kroppar - det var på den tiden solen var nyttig - luktade krabba ...

Maud och Karl brukade njuta sommarnätterna, hemgjort vin med is och en skvätt fruktsoda. Då satte vårtbitaren igång, de klockade honom, exakt elva minuter över nio drog han igång sin serenad.

Ljudstyrkan.

Karl packar ned en skjorta till, och minns ...

Den enträgna syrsans Paganinivindlande toner skulle klassas hörselvådliga i något av de decibelmätarinstrument vilka förfogas av distriktskyddsombud utsända genom Arbetarskyddsstyrelsens försorg. En gång förirrade sig den lille krabaten upp på verandan och tystnade. En imponerande gestalt, den mätte gott och väl en decimeter. Då musiken uteblev insåg de att ett tomrum hade uppstått i sommarkvällen. Djuret hade desperat klängt sig fast i en av Mauds storblommiga långklänningar, hängd för vädring, där satt han stum, undrade väl vart vegetationen hade tagit vägen. Karl tog honom, försiktigt, vägde honom ett ögonblick i handen, insekten rörde sig inte, och förpassade honom dit han hörde hemma. Snart var föreställningen åter igång. Benjamin slutade aldrig före midnatt, och det var inte förrän de stängt dörren till sovrummet som ljudet av det knotiga djuret med den stora rösten försvann ...

De första åren tog de rälsbussen nedför Viskadalen, men sextionio hade Karl råd med körkort.

Den första bilen köptes samma sommar, en röd Amazon, en vägarnas pil med gräddtak, silvergnistrande navkapslar, vita däcksidor på stålradialdäck tillverkade av Firestone i Viskafors.

Maud fick den lilla trädgården att brisera med frön inhandlade hos Epa-Kalle uppe på berget i *Vilda Västern* i Fritsla, där man kunde köpa allt från LP-skivan *Hallo Dolly*, som ingen köpte, chokladbollar, raggsockor, till ett förkrympt indianhuvud från Amazonas, Kalle ville ha tvåtusenfemhundra för det, vilket var en förmögenhet på den tiden.

Karl renoverade vedboden så att de två äldsta ungarna fick ett eget rum att hållas i om nätterna, virke och tegel köpte de hos Assars Trä & Taxi i Skephult.

Karl böjer sig, nederst i byrån ligger strumpor, det hugger till i ryggen ...

Det hade varit tyngre förr, arbetet.

Ryggsmärtorna satte in efter trettio, först som trötthet, senare som små, dagligen återkommande stickningar i korsryggen. En morgon kom han inte ur sängen. Maud fick ringa fabriken och anmäla honom sjuk. Han fick en visit av företagsläkaren som snabbt konstaterade, efter några klämningar och en optisk kontroll, att Karl var simulant.

Det var bara att hasa sig till fabriken med cykeln som stöd och efter skiftpasset, när ryggen rätat ut sig, trampa hem till den av fabriken ägda hyreskasernen, äta sitt fläsk och sina bruna bönor, för att sedan pusta ut framför teven, det var innan man fick 2:an, när apparaten var magisk, en stor tung trämöbel med skjutdörrar ...

Televisionen hade ett enormt genomslag, var man med i teve var man berömd, Hyland var Gud och Karusellen, radioprogrammet som blev Hylands Hörna, var himmelriket ...

Ryggskottet gav med sig efter några dagar, men den molande värken ... När Karl några år senare drabbades av samma akuta råplåga vände han sig till en läkare på lasarettet i Skene som sjukskrev honom, skrev ut värkmedicin, och livet blev drägligare.

Karl Lindgren fick vara kvar vid fabriken på sjuttio- och åttiotalet när tekokrisen slog hål i trakten. Ägare till billiga arbetare i andra delar av världen tog över tillverkningen. Traktens vävare, tryckare, sömmerskor, spinnare, tvättare och färgare fick sparken från de mångtaliga industrier kring vilka hela Knalleland var uppbyggt. De äldre förtidspensionerades, de yngre, sist in – först ut, permitterades i brist på sysselsättning, skolades om vid AMU Center i Borås, där speciellt finnarna, som hade handlaget, utbildades till dugliga svetsare, fick jobb på någon oljeplattform i Nordsjön, eller vid varven ned längst kusten som även de skulle drabbas av lågkonjukturen, många gamla textilare fick sin dagliga potatis av Beklädnads A-kassa, några valde att slå ihjäl dödtid med flaska.

Karl känner den nya guldklockans tyngd i fickan. Fabriksledningen gav honom en exakt likadan redan för tjugofem år sedan, men de tyckte väl att de femtio åren borde premieras, och fantasin ...

Han hade tänkt använda den nya, den gamla låg i bokhyllan bland Mauds turistsouvenirer och samlingen av Kosta-konst. Den skulle aldrig mer dras upp, symbolen över de första tjugofem skitslitåren.

Nu var han äntligen fri fri fri – fri fri fri – fri fri fri, som Uggla sjöng i *Vår tid* nitton-hundra-sjuttiosju. Fri att bestämma över sin tid. Fri att leva. Fri att flyga. Han hade stugan i Varberg. Den var hans fallskärm. Han hade sparat till dagen P.

Pensionen var ett hån. Det hade han räknat ut för länge sedan, lyckats stoppa undan en slant på ett sparkonto som faktiskt uppbar några procents ränta, till skillnad från lönekontot.

Bankerna hade sedan länge bedragit mindre bemedlade medborgare. Numer måste du ha hundratusentals kronor för att överhuvudtaget inbringa ränta.

Ett ostraffat lurendrejeri.

Tänk om han hade handlat aktier, han ryser ...

ALBIN ...

Fyren är obebodd, en fallos på en vid sjögång svårupptäckt kobbe någon distansminut, eller som man numer säger, en sjömil, och för fastlandfolk inte fullt två kilometer utanför Steninge strax söder Falkenberg. Grundets försåtliga läge lär ha tvingat en tysk attackubåt att söka nödhamn i Halmstad under sitt hemliga tuffande ned längst kusten hösten fyrtiotvå. En incident som skulle upprepas av ryssarna många år senare, då i Blekinge skärgård, med det sovjetiska fartyget U137. Det svenska undsättandet av nazister under kriget tystades snabbt ned och nådde aldrig till den stora allmänhetens kännedom, dock lever historien kvar lokalt ännu in i modern tid.

Eftersom den efter andra världskriget uppförda fyren K-märkts, fick den, trots protester från Falkenbergs kommun som ålagts att underhålla *det rostiga eländet*, som ett av kommunalråden uttryckte det, stå kvar. Viss statlig ersättning utgick, men fyren ansågs ändå vara enbart till besvär. Handelssjöfarten hade inte längre någon nytta av den, varför man ansåg att fyren borde rivas.

Den så kallade angörningsfyrens ljus kunde uppfattas på mer än fem nautiska mils avstånd, cirka nio kilometer och fjärrövervakades numera automatiskt.

I betong- och ståltornets övre vitmålade boningsdel, någon fyrvaktarstuga byggdes inte på kobben, lyser det i kväll i åtminstone två av de smala, rektangulära gluggarna. Det skulle förvåna en förbipasserande, lokalkännande resenär, sannolikt skulle det väcka misstänksamhet, och kanske föranleda ett samtal till polismyndigheten i Falkenberg. Men inga småbåtar eller nattliga trålare bryter den lugna sjön i natt, längs denna specifika sträcka av hallandskusten ...

KARL ...

tar upp det nya uret, väger det i handen, ögnar det ornamenterade guldet, knäpper upp locket, en vacker boett, löser haken från byxhällan, den får ligga bredvid den gamla, eller så säljer han dem, köper en ny säng till sommarstugan, han behöver sprätt i madrassen. I lägenheten stoltserar sedan i våras en färsk Kinna-säng.

Inte behöver han klocka. Fabriken kan fara åt helvete.

Och tiden ...

Det är förbannat synd, tragiskt, att hans hustru inte står vid hans sida nu, ungarna rår sig, de skulle kunna göra de där resorna de aldrig hade råd till, som de satt och drömde om efter att ha sett reseprogrammen i teve. De skulle kunna köpa den där vägpråmen de alltid önskat att de kunde glida omkring med om somrarna, Bohuslän, bilarna de påmindes om vid den årliga utställningen vid Varbergs fästning, Mercury-59:an, eller Oldsmobile-58:an, eller den där blå Chrysler New Yorker'n som var till salu, som bara gått sex tusen mil sedan femtiofem, till och från kyrkan om söndagarna ... med V8:an mullrande längs de snirkliga kustvägarna förbi Orust och Tjörn, Fjällbacka, Grebbestad och Strömstad, stanna till i något fiskeläge om eftermiddagen, hyra stuga, köpa rökta räkor, svälja ned dem med riktigt vin, sitta på verandan, bli salongsberusade till kvällssolens ultrarapiddyk, med blickarna långt ute i havet ...

Karl har ett ärende. Han skall söka upp en person, äntligen få konfrontera *människan*, säga sin mening, fråga frågorna som frustrerar. Han har skrivit ned punkt för punkt i den svarta skrivboken vilken redan ligger i rockens innerficka, han vill inte glömma något viktigt när stunden är inne ...

På väg mot vardagsrummet, passerar han den stora, tunga hallspegeln de fyndade på loppis för många år sedan, tjugofem kronor, guldfärgad, tjock ornamenterad träram, hade tänkt slänga den, men Maud ville ha den kvar. Ställer sig framför och ser mannen i spegelbilden, skådar sig själv för första gången på åratal. Han är fortfarande en kraftig Karl, sträcker han sig når han 191 centimeter över havet. Som Clint Eastwood ...

Minns ... när han och Maud såg Gösta Linderholm i Hjortnäs folkets park, det var på sjuttiotalet, Karl var mer än huvudet längre än henne och fick referera det som hände på scenen. Då och då hade han försökt lyfta henne, men Maud var en kurvig kvinna. Karls en gång blonda, tjocka hår hade inte tunnats ut, bara blivit mörkare med åren, rynkig var han förstås, om hals och händer, men ansiktets skrattrynkor var sen länge permanenta, och han hade haft anledning att skratta i sitt liv, även om pannans veck avslöjade att allt inte varit enkelt. Det retade honom att han nu för tiden fick klippa näshår, och att hans ögonbryn växte som ogräs, och mjällade till och från, att det växte tofsar ur öronen, och att några fettringar runt midjan hade uppenbarat sig sedan han slutat med fotbollen. Med sin höjd över markytan och sina klarblåa ögon hade han alltid haft en tjusningskraft hos fruntimmer. Nu var det väl ett tag sedan han sett de uppskattande blickarna från någon vacker dam nere i byn, men senast i förra månaden hade ekonomichefens inhyrda konsult, Agneta Wikfors, skämtsamt frågat om en *date* när hon med en bunt papper under armen högklackad klickat förbi genom tryckeriet. Agneta var långt yngre än Karl, och han visste att hon var gift, och det röck allt till litet i de nedre regionerna när han följde henne med blicken. Tittar ned på sina fötter, fyrtiofemmor. Han hade brutit vristen under en korpmatch, det var väl sjuttiosju, sjuttioåtta, Almedahls hade mött ungrare och jugoslaver från Kasthall, mattväveriet i Kinnahult, de var hårda, såg var match som blodigt krig. Killen som sparkade av honom foten var en vän, Zandor, en gång i tiden en lovande center i Kinna IF, med ett skott som var så hårt att alla målvakter slängde sig åt ett annat håll än bollen när han sköt det hårdaste kanonskottet norr om Brasilien, stoppades tyvärr av en knäskada ...

En gång i tiden hade Zandors familj måst fly hals över huvud från sitt hemland, femtiosex, då folkresningen mot Sovjets diktatur skakade landet. Tusentals ungrare fängslades, deporterades, dog, ett par hundratusen lyckades fly utomlands. Ungern hade ropat efter FN, och fått ett fördömande, men västvärlden hade fullt upp med Suezkrisen ...

De tog ibland en öl i baren på Knallens Värdshus nere i Kinna by, en trång, mörk krog i källaren under Knallens Köpcenter som för övrigt innehade mataffär, klädbutik, fotoaffär, traktens andra frisersalong samt en kiosk. De andra, Holi, mästerdribblaren, som hade fått självaste Pelé att lyfta på ögonbrynen, de jugoslaviska bröderna och passningsgenierna Johan och Stefan, och så Lazlo, Zandors yngre bror, som alltid hamnade i slagsmål då ölsinnet ej var det bästa, och finnarna ... Marko och Heikki, de som alltid somnade först efter att ha gått ut hårdast med spriten, sen Edvard, en av hans äldsta kamrater, så var där Tapio med sin Merja, de hade sällskapat så länge någon kunde minnas, de gifte sig också sent om sider, och Raimo och Jukka, de två var som ler och långhalm, bodde ihop, åt ihop, arbetade ihop, söp ihop, det enda de inte gjorde tillsammans var att knulla, det gjorde de åtskilda och med var sitt fruntimmer.

Lördagskvällarna nere i Knallens hade varit veckans andningshål, då, innan barnen kom. Idag läser man om det *mångkulturella* Sverige. Kinna var det redan på sextiotalet. Industrierna annonserade efter folk men svenskarna ville inte ta skitjobben. Alltså for man till Finland och Danmark, till Jugoslavien, Italien och Grekland för att importera arbetskraft till de värv som svenskarna ratat. Karl hade en mångkulturell kamratkrets långt innan uttrycket skulle bli en politisk klyscha i segregeringens spår, och rasismen, vilken blommade upp när det helt plötsligt blev ont om jobb, och det blev *dom* som kom hit och stal arbeten och levde på socialen. Segregering fanns inte bland arbetarna, man bodde i samma längor vare sig man var född i Sverige eller inte, skillnaden på folk, för sådan fanns, bestod i att de privilegierade bodde i sina villor uppe på Kammarberg. Utlänningar, de som senare skulle kallas invandrare eller nysvenskar, var med och byggde upp Sveriges välfärd genom att ta skitjobben, för att inte tala om alla restauranger av olika slag som blommade upp som mossa i gräsmattan.

Mossa är mjukt, och vackert.

De satt på krogen, hela gänget, med var sin sejdel i handen, utom Heikki som bara drack Heineken på flaska, såg Cornelis trilla av scenpallen i fyllan, Gösta spelade där med sitt Jazzband, Trio med Bumba, Gals and Pals med Svante Thuresson, Anna-Lena Löfgren, ja, i stort sett alla stora svenska artister. Det var traktens nöjesmagnats förtjänst, Johnny Claesson, han ägde skivaffären tillsammans med bror sin, Johnnys Skivbar, där ungarna handlade sina EP och LP-skivor med de nya popartisterna, drev klädaffärskedjan JC där kinnaborna köpte sina modejeans, ägde flera nöjesetablissemang, både för vuxna och ungdomar, Johnny hade bra impressariokontakter, såg till att alla turnerande artister av rang, även utländska, besökte Kinna eller Kullaberg om vintern och Hjortnäs om sommaren ...

Karl går in i vardagsrummet, öppnar glasdörren till bokhyllans prydnadsavdelning, lägger ned fickuret bredvid det gamla. Guldglanstvillingar. Stänger, tar ned en av sina favoritromaner, väger den i handen, en berättelse av den store mästaren. Han tänker läsa den ännu en gång, texten tål det. Om resan blir långtråkig kan han alltid glädja sig åt ordet, det mest avskalade, sanna ordet. Litteraturen hade aldrig haft någon framstående plats i hans barndomshem, tvärtom, det hade ansetts ytterst overksamt och latfyllt att läsa, det var inget för en Karl till arbetare. Drömmen, att en gång själv använda sig av ordet och skriva sin egen berättelse hade därför tidigt krossats av omgivningen. Men läste, det gjorde han ändå. Han hade gömt undan de på den tiden så svåröverkomliga romanerna, läst de timmar när inte arbete upptog hans verklighet, stal en stund i bokstävernas värld. Barndomen hade lärt honom många saker, bland de viktigaste var tillgången till språket.

Karl ler, tänker på sina egna ungar, de hade alltid fått böcker i present, de hade varit med i bokklubbar, och han och Maud läste godnattsagor för dem, till dess att deras eget intresse väckts och de själva kunde välja riktning i läsandet, då fanns ju skolbiblioteken, och han var glad över att alla hans barn fortsatt att läsa böcker i vuxen ålder.

Han går in i sovrummet, packar ned romanen, favoritkalsonger av den sort som inte skaver skrevet, långt från den usla kvalitén man kan hitta i Ullared. Y-front hade ju blivit inne igen som någon hade påpekat i Kinna badhus. Dessa var försvarets vita, tillverkade av Eiser trikå som numer flyttat produktionen från Borås till Estland, och tandborsten …

Minns mor …

med lösgommen i ett glas vatten på nattygsbordet. Redan som grabb bestämde han sig för att aldrig missköta käften.

Två skjortor räcker, en vit, och en av arbetsskjortorna i rutig flanell. Ett par finbyxor läggs ned tillsammans med en matchande slips och gåbortkavajen. Han plockar bort ett ludd.

Maud sydde den, innan hon for …

Han skall vara rejält ekiperad när det är dags.

Öppnar garderoben, sträcker sig in och får tag i dansskorna. Tänker på all tid han ägnat åt att få dem så blanka. Någon pedant hade han aldrig anklagats för att vara, Maud grälade allt som oftast på honom, att han aldrig lade märke till dammråttorna, disken, hans förmåga att koppla bort oredan omkring sig, men skorna hade han putsat …

Han stoppar ned dem i en systembolagskasse, placerar den i botten av väskan, det är detaljerna som gör det, inget tjafs. Under resan ämnar han ha de bekväma skorna, byxorna han för det mesta står i, en av fritidsskjortorna, också den i flanell, köpte dem på fabriken, billiga och bra, och så över hela hyddan den gamla skinnjackan, den som blivit en del av honom, han hade köpt den för en tipsvinst en gång, en tolva, och den hade bara blivit skönare med tiden.

Sist stoppar han ned halvflaskan Eue-de-Vie inrullad i en kökshandduk i sidofacket, den kan vara bra att ha om resan blir ansträngande, i medicinskt syfte.

Karl går ut i köket, spottar ut snuset i slasken, Maud ville inte ha snus där, hade fått för sig att det satte igen avloppet. Flinar till åt minnet, tar fram sin nysilverdosa, greppar en pris med fingrarna, stoppar in, sköljer händerna under kranen och torkar av dem.

Och biljetterna, var la han biljetterna …

Onsdag ...

Minnen river. Maran rider. Ett mystiskt telefonsamtal. Ett biobesök ändrar Karls syn på Clint Eastwoods egentliga plats bland filmhjältar ...

KARL ...

vet inte var han är. Sen ser han de digitala siffrorna, klockradion på byrån vid fotändan, de visar 02:30.

Torr ... Hade Maud legat här hade han kunnat sträcka sig över och dricka ur glaset hon alltid hade stående. Svär till, sätter sig upp, ryser när golvet når fötterna, mattan ... letar upp trasan med tårna, föser den rätt, placerar sedan fotsulorna på den behagligare ytan. Ryggen protesterar. Innan han reser sig måste han ... vingligt att resa sig fort, och värre hade det blivit med åren, kastade sig aldrig upp ur sängen, hatade att gå upp ur nattvärmen bland fru och kuddar.

Vad var det som hade väckt honom ... ingen mara. Tyst i huset. Grannen super inte i natt, fyllegrälen brukar kunna få upp honom. Går ut i köket och skruvar på kranen, det får rinna ... öppnar kylskåpet, tar en prinskorv från fatet med rester, greppar en dosa snus, stoppar in, stänger kylen, provar vattnet med fingret och fyller sedan till brädden, ställer sig vid köksfönstret, tre tyskharar sitter under björken ...

ALBIN ...

ligger på rygg i kojen.

Att det ska vara så svårt ... om dagarna plågades han nästan aldrig, kände ingen ånger, när månen höll honom sällskap var det värre ... ansikten, och skriken ...

Månljus ... vävtapet, brandgul men i dunklet bara grå ... snurrar runt ett varv, radions digitala siffror talar om att klockan är halv tre. Sova, det är nödvändigt att vara vid sina fulla ...

Food is sex. Sex is food.

Let's eat ...

Pissa. Dricka ...

Knäpper på radion, Evert sjunger i rummet, har aldrig gillat honom ... Elvis, the King ...

Han hade röst.

Och Dylan ...

Medan Calle Schewen valsar kring med sitt kronbrännvin och sin mö och planerar sitt vittjande av de tvåhundra långrevskrokarna, sträcker sig mannen i fyren mot skinnrocken som hänger över stolen, fiskar fram dosan, laddar läppen, tar pluntan från jackans innerficka, halsar. Måste köpa mer i morgon, han fungerar inte annars.

Bob talar till honom:

"Why don't you relax ..."

Han är fan inte klok. Eller ... Kniper ihop och blinkar ögonen klara ... Bob *sitter* där, på en divan, tillbakalutad framför ett litet kaffebord, på bordet en skrivmaskin av märket Olympia, han böjer sig fram, knattrar några tecken, lutar sig tillbaka, blossar på en lång, spenslig jävla bögcigarr ...

"Wy don't you sleep ... You gonna need it."

Han gillar Bob.

Men ...

Det finns en särskild stund i livet då allt är klart. Sekunderna av absolut klarhet brukar inträffa just efter att han druckit alkohol. Den minut innan berusning tillträder. Han kan se saker som annars inte märks. Synskärpan är förstoringsglasets. Detaljer knivskarpt ur det trista förstärks, vackra, klara ... kunde han vara i dessa stunder för alltid skulle han förmodligen bli galen, men en dos då och då får honom att inse tråkighetens verkliga skönhet ...

Han reser sig, något för fort, vinglar till, men återfår både syn och balans, haltar lätt när han går ut i kabyssen, fotleden, bröt den sjuttioåtta, går över efter en stund, som vanligt, smärta står han ut med. Vattenförsörjningen fungerar. Det var det första han åtgärdade efter att ha sett till att det blev folktomt. Två tyska ungdomar, man och kvinna, låg på botten av havet i sin plåtkanot ...

De hade brutit sig in, det var inte hans fel, de fick skylla sig själva, kunde använt tältet istället, det han rullat in liken i när det var klart, då hade de fortfarande kunnat njuta av den svenska höstkusten.

Han hade skjutit grabben först. Tysken hann aldrig förstå vad som hände. Paret hade suttit och ätit när han kommit upp. Kvinnan sparade han ett tag ...

Urinerar i vasken medan vattnet rinner. Fyller upp en sejdel, tänderna isar, går in till kojen igen, kontrollerar att automatpistolen ligger i innerfickan, trots att han vet att den är laddad tar han fram den, plockar ur magasinet, för in det igen, säkrar, placerar pistolen bredvid snusdosan.

Lägger sig.

Stirrar upp i ingenting ...

KARL ...

Lindgren hör stämpelklockan ticka, försenad, en timmes löneavdrag om det så gäller minuter, och utskällning av basen, sjusovare bör förnedras till ordning ... fort genom grindarna, vakten vet vem han är så han stoppar honom inte, springer mot den tunga ståldörren och hoppas vid

Gud att den inte är låst än ... det är den inte, sen korridoren, och fem trappsteg ned mot omklädningsrummen, brukar vara på arbetet en kvart, tjugo minuter innan han börjar sitt skift, dricka kaffe, komma igång, planera dagens arbete i lugn och ro, passagen in mot fabrikens magsäck brukar aldrig vara så här lång, den tycks som flera hundra meter, försvinner in i mörkret, känns som om han vandrar i tjära, äntligen passerar han plåtskåpen i omklädningsrummet, har ett eget med namnskylt och kombinationslås men behöver det inte nu, byter om hemma då han bara har ett yxkast hem och vill komma ifrån fabrikslukten så fort som möjligt, använder skåpet som förvaringsplats för de verktyg han behöver, kniv, sax, pennor, tusch och tjock blyerts, tejprullar, extrakläder, går uppför trappan mot tryckeriet, vägg i vägg med väveriet, hör dunket från vävstolarnas skytteltrafik öka i ljudstyrka så att det nästan är outhärdligt, springer fortare, tar de sista tre trappstegen i ett kliv, försöker öppna dörren, men den är låst ... han ropar fast han vet att ingen kan höra honom, höjer rösten, lungornas kraft får hans stämband att fransa sig, men han gapar och gapar och då hör han den förhatliga klockan tjuta, ett enträget, högt skrik, låter som om all världens brandbilar har samlats i den lilla ...

Stämpelklockor skriker inte.

Paniken är nära, bultar på dörren, händerna slås blodiga men han bultar på, bankar bankar bankar ... bucklar plåten ...

Stämpelklockor låter inte som brandbilar.

Tvingar sig upp ur djupet och känner verkligheten kring sig, lakanen är genomsura, kroppen hal, drar in luft, djupt, tre gånger. När andningen är normal öppnar han ögonen ... nu hörs klockradion, men den tjuter inte, det är väckningen som slagit på radionyheterna ... IRA har sprängt en bomb, två människor döda, en engelsk soldat och en kvinna på väg till torget med sina grönsaker, och i Palestina har man skjutit ihjäl en arabisk pojke och hans far som förtvivlat försökt att skydda sonen med sin bara kropp ... nyhetsuppläsaren meddelar att PLO har svarat med en självmordsbombare vilken lyckats få med sig sex israeliska soldater. Dom kan inte vara kloka ...

Kunde inte minnas när det var fred.

Nyhetsuppläsaren berättar vidare att en kvinna på ett vårdhem hittats med likmask i liggsåren. Karl hoppas innerligt att han får vara frisk, falla död till marken när det är dags. Vad händer med Sverige, som han själv varit med om att bygga upp ...

Det hade smugit sig in ett borgartänkande även i vänstern, ett mer egocentrerat tänkande. Karl stod häpen inför det allt mer raserade samhället, vilket till för bara några år sedan hade haft en fungerande sjukvård för alla, skolor där barnen fick tid och uppmärksamhet av läraren, där det fanns tillräckligt med personal att orka ta hand om de gamla på hemmen.

Nu hörde man de mittgrå politikerna i EU: s tyglar yra i nyheterna, hade slutat rösta på sossarna när han insett att han var lurad, att de stuckit huvudet i marknadskrafternas koppel, slickade storföretag i arslet och betalade med arbetares själar.

Trots rövslickeri och sammetshandskar lade styrelserna ned verksamheterna en efter en, sparkade folk, eller avsade sig ansvaret och sålde företagsnamnen till de multinationella företag vilka lovade guld och gröna granar i nyhetsutsändningarna för att kort därefter flytta tillverkningen till något billigare land där påvra människor tvingades arbeta för löner som inte räckte till mat för dagen, och sedan stod de där i teve, politikerna, propagerade svångremspolitik, utlandsskulder, att vi måste hjälpa till allihop, och börserna rasade när vanligt folk drogs in i den låtsasvärld som var aktiemarknaden, där ett rykte kunde höja en viss kurs flera hundra procent på en dag, men där allt senare skulle visa sig vara luft. En av hans arbetskamrater, Peter Hedsröm, som basade i schablonlagret, började morgonen med att läsa Dagens Industri, talade alltid aktier på lunchrasten, köpte Televerket när sossarna sålde, det gick som det gick och aktierna föll.

Karl tyckte det var märkligt. Förr diskuterade hans arbetskamrater senaste fotbollsresultaten på rasten, hade Kinna IF förlorat med 1-3 mot något soplag kunde det pratas domarinsatser, frisparkar och stolpskott in i det oändliga. Eller lönefrågor, det spekulerades inför den årliga löneförhandlingen fastän alla visste hur det skulle bli, någon krona i timmen. Det diskuterades dumma uttalanden från någon förman, orättvisorna i en ny politisk åtgärd, till exempel om spriten hade höjts, eller bensinen, det jämfördes helgragg och skämtades med ungdomarna som aldrig fått napp, men ingen hade någonsin pratat om aktieras förut. Karl kände sig som en främling i denna cirkus.

Egentligen behöver han inte stiga upp så här tidigt, vill bara uppfylla en gammal dröm, att vakna en vardag, stänga av klockan och somna om … Reser sig, går fram till fotändan, trycker på knappen som får nyheternas elände att tystna, det sista han hör är att Borås stolthet Elfsborg förlorat, han kryper ned i värmen, känner efter om han behöver tömma blåsan …

ALBIN …

Kvinnan skriker … skriker … skriker … pojkvännen på golvet, inte vacker längre … tystar henne med ett knytnävslag … när han tar henne ser han in i den nyskjutne grabbens ögon … stirrar honom rakt in i tankarna … pojken flinar … ett glitterskratt som får mandomen att krympa …

Sätter sig upp så hastigt att ryggen smäller till. Maran rider barbacka, svetten rinner, sliter av sig undertröjan och kalsongerna, reser sig, går ut på bryggan, låter vinden torka honom … vänder in, tar upp cigaretterna ur ena jackfickan, tänder en filterlös fransk med en amerikansk bensinare, ut på bryggan igen, drar in rök, ryser, när han sugit klart går han in i värmen, sätter sig i kojen.

Ovanför fyren hörs dagerns första sjöfågel …

Sätter ansiktet i händerna och försöker massera bort likmasken
ur hjärnan ...

KARL ...

vaknar när ansiktet möter solen. Idag ett nytt liv att leva, som legat
i det fördolda, pockat på, men hela tiden sopats in i något mörkt
hörn, av verklighet, omgivning och måste.

Han har förlänats en andra andning ...

Vill inte att kvinnan han nyss drömt skall försvinna, ha kvar
henne en stund, minnas höfterna i soldiset, hennes nyckelben,
doften av hennes kön. Går ut i köket, kuken vajar som en galen
kompassnål, knäpper på radion, det första han måste åtgärda
är kaffetörsten, fyller upp vatten till hälften i kokaren, sätter i
väggkontakten och trycker på knappen. Karl brygger kaffe som
det skall bryggas. Maskinbryggare ger han inte mycket för. Maud
köpte apparater, han slängde dem. Till sist vann han kampen. Går
in och sätter sig på muggen, böjer sig framåt så långt det är möjligt
utan att falla ned i toalettgolvet, viker ned lemmen, det smärtar en
smula, låter sitt vatten vilket tar sin tid i hans tillstånd, visslar glatt
medan han väntar, radion hjälper honom i melodin. Märkligt nog
försvinner inte morgonståndet.

Sluter ögonen, framkallar sin morgonfantasis leende, könshåret
... Det går fort. Sköljer händerna och sitt nu äntligen slappt
dinglande organ över handfatet. Går ut och mäter upp pulver
i filterhållaren, placerar den på den bastklädda tevekannan
och trycker ännu en gång på knappen till vattenkokaren, har
redan kokat upp och svalnat av en smula så han måste göra om
proceduren, det ska koka, tar bara några sekunder, skållar de
malda bönorna. Byter kanal i väntan på kaffet, lyssnar med ett
halvt öra på trädgårdsdags i ettan, de bägge programledarna käftar
om huruvida man effektivast utrotar mossa ur gräsmattan ...

rattar in en annan kanal, en skrikande elgitarr förkunnar dagen i rock'n'rollovsång ...

Lyssnar. Höjer ljudet. Det borde vara grabben från sextiotalets slut, Jimi Hendrix. Flyhänt pojke. Tänk om han ändå klarat sig i sin gåva. Den blev hans ättestupa. Häller upp en full mugg, tar en snus, går ut i hallen och plockar upp Borås Tidning, slänger reklambladet på köksbordet av ohejdad vana, Maud studerade alltid de medföljande bilagorna minutiöst på jakt efter sparköp. Fortsätter in i vardagsrummet, öppnar balkongdörren och sätter sig bland de vissnande tomatplantorna. Träbänken är hård, och litet kall mot hans nakna skinkor. Nu stirrar väl Bengtssons kärring bakom gardinerna i huset mitt emot, nå, det skiter han i, det är hans morgon och han gör vad han vill.

De flyttade till Snickaren i början på sjuttiotalet, strax efter att Jimi Hendrix *kissed the sky*. Ett modernt trevåningskvarter med gulteglade hus nedanför de röda på Muraren. Kinnas befolkning hade ökat och någon bostadsbrist ville man inte veta av, alltså styckades tre nya gårdar ut, elva nya hus, allt från ettor med sovalkov till femrummare, alla utrustade med fina kök, toalett med badkar, och balkong ...

De tog en fyra högst upp, Snickaregatan 15C, barnen fick ligga två och två, vilket var skillnad mot arbetarbostaden de hade armbågat sig fram genom förut, förvisso låg hyra, men trångboddheten hade gått dem på nerverna. Nu fick både de och ungarna avskildhet, de hade ett vardagsrum, de kunde bjuda hem bekanta på middag, en fyrplattors electroluxspis med ugn, en rymlig matplats, och han hade äntligen fått plats för en kökssoffa att vila på maten i, med tidningen över ansiktet och minstingen på magen ...

I lerkrukorna på balkongens golv hade det växt tomater, där hade prunkat basilika, gräslök och timjan, mejram och rosmarin som nyttjades i matlagningen vilken han hade experimenterat med efter studier i de pärmar med urklippta recept Maud sparat från veckotidningarna. Blommorna hade dött efter Mauds ...

Några krukväxter inomhus överlevde hans sporadiska bevattning, men örterna lyckades han förträffligt med, vilket till en början hade förvånat honom, men som nu var en självklarhet. Som balkongbonde skördade han såpass att han förutom under den varma årstiden alltid hade färska örter i maten, kunde torka, förvara i burkar och använda över vintern. Under hösten gav långa helgvandringar bär som han numer hade lärt sig att koka både sylt, saft och gelé på, och svamp, som han torkade, förvällde, eller bara skivade och frös in. Han hade förvandlats till en mykologisk gourmé, fast det tog några säsonger av studerande i svampböcker och rådfrågningar hos experter i byn innan han vågade sig på något annat än kantareller och Karl-Johan ...

Nu gjorde han stuvningar på fårticka, uppblandad med mandelkremla och ostronmussling, fräste ängsmusseron och violmusseron, hackade jättetrattskivling, blandade den med nötfärs och stekte de godaste svampbullar ...

Det var tråkigt att äta ensam. Ibland kom någon av kompisarna förbi, då tog de sig en pilsner på balkongen, pratade och åt något, men de visiterna blev allt mer sällsynta. Alla hade ju sitt. Ett tag hade han sällskapat med en kvinna i 15E, Gabriella, träffade henne nere på ängen när hon rastade sin Yorkshireterrier, men upptäckte snart att hon var en skugga av ... vacker som en dag, men så förbannat tråkig, han satt mest och gäspade när hon diskuterade virkmönstren, vårmodet, eller de heta rykten som florerade i alla de kändis- och skvallerblaskor hon läste. De hade försökt knulla, efter vin och fläskfilé ... Hon gifte sig med en montör från Varberg sen ...

Ensamheten om kvällarna var värst, annars då han var ledig satt han på domusrestaurangen och tjöta med gubbarna. För som vid Essos byte till Statoil hade lokalbefolkningen aldrig anammat det nya namnet när konsumbutiken såldes till en privat ägare, det var Domus oavsett vad där stod på väggen utanför. Eller så strosade han runt, flirtade med damer, njöt tjattret av finniga, håltimslediga elever från Lyckeskolan, ibland kunde man få se ett uppträdande av Gilbert, Karls granne, mästaren i att vagga. Han kunde stå stupfull och vagga fram och åter som hade han en blytyngd runt anklarna, rak i bålen som en fura, med de stabilaste fotlederna norr om alperna, slog aldrig i asfalten. Sorgligt, förvisso, men vansinnigt roligt att skåda ...

ALBIN ...

ser inget längre. Dimman överraskade, det skulle vara klart väder idag. Rapporterna var mer exakta nu för tiden, men denna gång hade meteorologerna missat och han känner besvikelse då han måste vänta. Behöver sprit. Tyskarna hade tyskt vin. Han drack det ogärna, surt och vämjeligt, de påstådda piruetterna mot tungan dansade mest spyvals de gånger han varit tvungen att inta giftet ...

Har inget val.

A man's gotta do what a man's gotta do.

Går in i kabyssen, öppnar skafferiet ...

Petar fram korkskruven på armékniven, med ett gällt *ffffhipphh* drar han korken ur en butelj och sveper mer än halva innehållet ... slänger den i vasken, den krossas inte, men det skräller till ordentligt i det lilla kyffet, springer ut på bryggan, spyr ut över relingen, hör plasket genom foggen när maginnehållet träffar vattenytan långt under honom, vomerar luft och galla, faller på knä i yrsel, trots att han är på avsvimningens rand håller han sig närvarande, vill inte tuppa av, blundar ... öppnar ögonen, allt lugnt igen. Samlar sig, går in, mellangärdet är spänt som en knuten näve. Nytt försök, några djupa klunkar av den vidriga vätskan, det är en vidrig situation, denna gång går det bättre, dricker flaskan i små korta doser, öppnar en ny, sätter sig på sängen, tänder en cigarett, röker, dricker, lägger sig, domnar ...

I drömmen är han med tyskan.

Villig ... trandansar för honom ... fuktig som Hornborgarsjön ... Hon gnäller och ber om en omgång till ...

KARL ...

slänger ifrån sig tidningen i vrede. Mauds gamla arbetsplats, det anrika Kungsfors i Skene, där sömmerskor krökt sina ryggar, förstört sina handleder, och axlar i över hundra år, skall lägga ned sin sista verksamhet i landet. Etthundratjugo anställda får sparken. En av styrelsens ledamöter kommenterar beslutet att flytta resterande produktion till öst med orden "I Sverige kostar en arbetare etthundraåttio kronor i timmen, i Estland bara motsvarande tjugo, så beslutet var nödvändigt för att ..."

Öka lönsamheten.

Det är hans första fria dag och den förmörkas redan. Här om dagen hade han läst att en medellön i månaden för en direktör var fyrtiosex gånger en arbetares, någon var värd åttio gånger så mycket ...

Åttio ...

Vad menar aset med nödvändigt ... nödvändigt att dra in mer pengar till de få majoritetsägarna ... några mer ören i utdelning per aktie ... ge fan i etthundratjugo löntagare, med makar och barn, tre-fyrahundra personer, flera procent av den redan av arbetslöshet ansträngda kommunen som heter Mark.

Är det lönsamhet ...

Karl fryser.

Det finns inte mycket en människa kan göra, tänker han. Medbestämmandelagar hit och fackföreningar dit betyder ingenting längre. Marknadskrafterna med sina individuella lönesättningar och synnerligen diskutabla lönsamhetskrav hade urholkat fackförbunden till den grad att hade LO varit en gammal ek i parken bakom kommunalhuset skulle parkförvaltningen ha sågat ned den för länge sedan som en maskäten rutten allmänfara. Och regeringens senaste giv, tvinga svenska folket att börja spekulera med sin pension. Det borde fanimej polisanmälas. Resultatet kommer att bli, och den gissningen är väl inte så svår, att vissa köper rätt lott, eller tippar fel rad, att människor som rimligtvis borde ha samma antal kronor i månaden efter ett yrkesliv, inte alls kommer att ha det.

Karl slår näven i balkongräcket, det tjongar till i plåten, noterar att en av tomatplantorna har en frukt kvar, den italienska sorten, böjer sig fram, luktar, en intagande, syrlig doft. Den är inte förstörd. Sluter försiktigt fingrarna runt den blodröda munsbiten, lossar den från stjälken och går in i köket. Klockan är halv elva, har inte brytt sig om frukost än, eller rättare sagt, han har druckit frukost, tre muggar kaffe. Tar fram brödet ur en papperspåse, hälften kvar, torr i kanten men mjuk inuti, skär av den otjänliga centimetern, sågar upp två tjocka skivor, lägger dem på ett fat, olivoljan dränker brödet, skär tomaten, lägger ovanpå, saltar och peppar, det rinner i munnen, greppar en pilsner ur kylskåpet, knäpper upp burken, dricker, tar en första tugga, sätter sig på balkongen igen, njuter, ackompanjerad av lekande ungar, talgoxar och en avlägsen ambulans ...

ALBIN ...

Hon ligger kvar på det skrynklade lakanet ... ler, trött och svettig ... känner doften av henne, i munnen ... rummet andas fortplantning, hennes hår är rufsigt, hon glittrar ...

Lever.

Nu framträder ... inga påhittade filmstumpar orsakade av

nervimpulser i hjärnan ... flimrar innanför ögonlocken ... stjärnor
...

Nyårsfyrverkeri ...

Smällen kom snabbt, rakt framifrån, klockrent mitt på hakan.
Kraften var tillräcklig för att sänka vilken boxare som helst i
proffscirkusen, men, det här var en annan sorts fight, han slogs
varken om mästarbälten, ära eller dollars, han vann för att leva.

Det föreligger en viss skillnad i det.

Förlorade han, var han inte mer, matcherna var på liv och död.

Tvingar sig upp ur yrseln.

Gjort det förr. Många gånger.

Att han lever idag, efter att under några år för länge sedan deltagit
i det världsomspännande, högst olagliga undergroundspelet, var ett
bevis på hans kapacitet ...

Hade inte tjänat mycket pengar, ersättningen var inte i närheten
av den summan som en eventuell vinnare i vadslagningen skulle
uppbära om han stöp.

Han var den store favoriten, motståndaren var en okänd
uppstickare.

Han vände matchen.

Givetvis.

Anledningen till steget in var att han ville få kontakt med
organisationen, arbeta mer seriöst. Det kunde bara ske om han
visade sig duglig.

Han njöt av att ta liv, men det innebar inte att han var tvungen
att för all framtid riskera sitt eget.

Döda måste han.

Annars kan han inte leva.

Redan som pojke hade han upptäckt skönheten i död.

Satt nyfiket och såg de små svartmyrorna som kilade in och ut genom
sprickan i kökstrappan på husets baksida, den tjänstefolket använde.

Han är i förskoleåldern, fem, kanske sex år, insekter strävande med laster som långt överskrider dess vikt. De ser glada ut, glädjen smittar av sig, lustiga varelser, han plockar fram det hopvikbara förstorningsglaset ur jackfickan, viker ut linsen ur läderfodralet ...

Den första myran viker sig snabbt. Den andra sätter fart med elden i baken, det lilla djuret börjar ryka i språnget, faller, brinner ... de små kolkropparna ligger snart mångtaliga runt om i gruset i den första vårdagen.

Vad är oskuldsfull nyfikenhet ...

Vad är ondska ... nedärvd eller präglad ...

Är vi som religionen påstår, onda redan i fosterstadiet, varför vi måste döpas in i godhet ...

Det finns ingen återvändo, ingen räddning. Inte kan en kyrkans man tvätta bort den medfödda, mänskliga ondskan från ett nyfött spädbarn, bara trösta ett slag, till dess att verkligheten slår en kraftig magsup i mellangärdet på godhetens skyddsängel ...

Snart vet han sanningen, han funderar på om det finns någon möjlighet att meddela det stora sanna till någon, om han nu skulle ha fel i sakfrågan, ond, god ...

Under ett och ett halvt års blodigt kämpande med otaliga segrar fick han äntligen kontakt. Men inget jobb. Det skulle dröja ett par år till innan han blev kallad. Då var han beredd och för länge sedan färdigutbildad till det värv som stundade.

Ett ytterst välbetalt sådant.

Hade vid tiden för de hårda kamperna redan utsatt sig för mer livsfara än de flesta under en mansålder. Det fanns en handfull krigare i världen med hans erfarenheter. Kunde ibland vagt minnas tiden innan han dagligen umgåtts med våldet, när han var barn.

I fosterhemmet ...

Misshandel, psykisk eller handgriplig ...

Det knyter sig i magen och han tvingar bort tanken. Deltog i sitt första krig som yrkessoldat redan i nittonårsåldern. Men först sjön, sett de flesta av jordens hamnar med dess barer, horor, slagsmål.

Båtarna var vardag, baksmälla hann han aldrig uppleva då det söps ordentligt, även under arbetstid. Överlevde en förlisning utanför Sydafrika som sextonåring. Åtta man hade omkommit i sjön den gången. Om inte vattnet slukade dem, gjorde hajarna det. Sen, på ett fartyg på väg mot Macao, lastat med svensk järnmalm, det skulle vända hem med sockerrör, träffade han Joni P, yrkesmilitär som fått sin skolning i legionen. Ärrad veteran. Kavlade upp skjorta och byxor så fort någon önskade, förevisade knivhugg och skottärr. Finländaren hade avbrutit sitt kontrakt i legionen, tillbringade nu tiden på båtar runt om haven. Berättade att han ville komma ifrån dödandet och träffa, som han uttryckte det, vanligt folk. Hade en ansenlig summa franc sparade, vilken han till sista centimen ämnade ödsla på exotiska kvinnor, absint och hasard ...

Han hade fängslats av finnens berättelser, och när han på nära håll, i hamn, fick bevittna hur den tränade elitsoldaten Joni P, som råkat i skärmytsling med en amerikansk flottist angående en vacker asiatiskas nattlekar, skar halsen av sin konkurrent i den följande bataljen, vilken tilldrog sig i en gränd bakom den neonupplysta baren, visste han, att han uppskattade doften av död ...

Han hade inte varit mer våldsam än andra barn, vad han kunde minnas, aldrig förlikat sig med den typen av pojkar som slogs för struntsaker, men där, i mörkret bakom soptunnorna i ett avlägset land bland publiken som bestod av fulla sjömän, demimonder och småtjuvar, insåg han skönheten i det skådespel han just njutit ...

Steget över gränsen var aldrig svårt, lika naturligt som att byta jobb från en båt till en annan ...

Joni P gav honom ett rekommendationsbrev att överlämna till ett befäl vid mönstringskontoret i Köpenhamn, och när han nästa gång anlöpte Danmark, for han direkt till den adress han fått av finländaren. Några veckor därpå hade han flugits ut över den algeriska öknen i ett ålderstiget propellerplan, landat i Sidi-bel-Abbès. Kontraktet löpte på fem år. Den enda förströelse adepterna kunde åtnjuta var en enkel krog. Plankor över grova träbockar utgjorde bardisken, det serverades dansk pilsner och franskt vin, tonade franska schlagermelodier ur radiogrammofonen. Lokuset hölls öppet onsdag och lördag kväll, bredvid baren bakom ett skynke fanns ett knullrum ...

Han tillägnade sig en bred vapenutbildning. Allt från revolvrar och automatpistoler, k-pist, kulspruta och olika gevärstyper med eller utan kikarsikte, fick lära sig hantera sprängmedel och aptera minor, föröda med granatgevär och eldkastare, lärde sig strida med spaden, med sina händer, tillochmed blyertspennor och skedar kunde vara potentiella vapen. Konditionsträningen var hård och inleddes i gryningen med tio kilometers språngmarsch följt av diverse hinderbanor. Fyspassen följdes av kroppshygien och frukost.

Resten av dagen ägnades åt strid.

Någon natt i veckan skulle det krigas i mörker.

Han trivdes som en säl i ett sillstim, och metamorfosen gick snabbt. Efter ett år togs han ut att delta i sin första strid. Ett förband på tjugo man fick i uppdrag att undsätta en europeisk fabriksledning på besök i en afrikansk diktatur. Industrimagnaterna hade varit på inspektion i ett av moderbolagets trävarufabriker när de tagits som gisslan i ett pågående gerillauppror ...

De hade löst problemet. Inga förluster, varken hos gisslan eller i gruppen. Sexton rebeller hade stupat, han hade dödat för första gången och han hade skrattat hela vägen, aldrig för en sekund darrat på handen.

Han hade hittat hem.

De fick tusen franc i bonus, en generös summa på den tiden, och han förärades sin första utmärkelse att nåla fast på uniformens bröstficka, för tapperhet i fält och för trohet mot republiken Frankrikes folk ...

När de fem åren var till ända skrev han på för en period till. När han till sist lämnade legionen för att söka nya marker hade han stridit runt om klotet i nära ett decennium, förde befälet över en pluton, trettio man, specialutbildade att sättas in i de ständigt pågående konflikterna i de franska intresseområdena. De kunde även hjälpa till då främmande intressen kallade, så prominenta uppdragsgivare som CIA hade vid tillfälle vänt sig till dem angående assistans vid extra känsliga insatsbehov ...

KARL ...

har ätit sin oljegås, sköljer fatet under kranen i köket, placerar det i diskstället, tvättar sig över slasken, löddrar in sig rikligt i skrevet, under armarna och i ansiktet. Får fortfarande, dock inte utan viss möda, upp foten över bänken och kan tvätta sig även där. När morgonhygienen är klar, torkar han sig, drar ett varv med disktrasan över den nedstänkta bänken, går in i sovrummet och klär sig. Han har inte bråttom, först i morgon skall resan påbörjas. Ämnar ta en promenad ned på byn, hälsa på vänner och bekanta, säga adjö.

Låser sjutillhållarlåset. Det hade han aldrig behövt förr i tiden. Kinna hade ända in över sjuttiotalet varit de öppna dörrarnas by, det gick inte för sig nu, brottslighetens fingrar hade sakta men säkert krafsat sig hit. Tar sig ned de tre våningarna visslande på den där Hendrixmelodin han hört på radion. Hade alltid gillat bra rockmusik. Äldste grabben var musiker och hade under hela sin uppväxt spelat skivor av alla möjliga slag. Karl hade inte kunnat undgå att influeras av sonens brinnande intresse och bekostade hans första, riktiga elgitarr.

Ibland, när pojken var ute med kompisar, kunde Karl smyga in i tonårsrummet, lägga på någon obskyr LP-skiva, eller knäppa litet på gitarrsträngarna. Spela hade han aldrig lärt sig, grabben hade inte fått musikens gåva av honom. Karls mor hade spelat gitarr i Frälsningsarmén under sin ungdom, kanske kom det från henne, men intresse för ny och spännande musik, det hade han ...

Solen värmer i ansiktet när han kliver ut ur porten. Tar fram solglasögonen ur fodralet i innerfickan, han äger två par av pilotmodell varav det ena alltid finns i bilen. Tar en sväng runt badet. Den lilla pölen där ungarna inte plaskar längre. Tjugofemmetersbassängen han simmat i så många gånger, lekt i med barnen, har stängt för säsongen. Inget att jämföra med havet, men ändå en bra service i anslutning till bostadsområdet. Bastun hade han och Maud nyttjat ofta.

Han fortsätter promenaden bort förbi kolonilotterna och upp mot den asfalterade tennisplanen mellan Muraren och villaträdgårdarna utefter Gärdesvägen, vars lummighet var ett utmärkt pallarrevir och gillades av fruktsugna ungar. Omgärdat av höga, gröna nät, granne med fotbollsplanen, låg den ålderstigna asfalten med två tennisbanor, där framförallt den yngre av pojkarna hade köat tillsammans med sina kamrater, väntat på sin tur att få spela några timmar, gratis, inte som på den dyra tennisklubbens grusplan nere vid Viskavallen, fotbollslaget Kinna IF:s hemmaarena, där man var tvungen att vara medlem och hyrde in sig någon timme, där man duttade vita bollar i traditionsenligt vita skor, klädd i vita kortbrallor, vit tennisströja och vit slipover med krokodilmärke, och förstås, matchande, vit solskärm. På asfalten vid Muraren var barnen utrustade med vad man hade av gympakläder, mot solen användes Beppehattar prydda med bensinmacksreklam, man slog boll med träracketar, som Björn Borg, och man spelade i vilka väder som helst. Säsongen inleddes när snön försvann och avslutades då den började falla igen. Mellan varven jagade de förstås fotboll, då kunde det bli spel mellan Snickarens och Murarens lag, offsideregeln var ställd offside och målen haglade. Tennisen var Björn Borgs förtjänst. När hans finaler sändes stod Sverige still. Och Stenmark ...

Barnen hade berättat att det hade rullats in en teve i klassrummen när Plex kommenterade Stenmarks oslagbara nedfart, och han minns att de på arbetet fick lyssna till det på radio, inte en maskin på Almedahls var igång när Stenis *dä bare åk* så konkurrenterna stod stilla, for mellan portarna i sin berömda björnmönstrade luva vilken stickades bara några mil från Kinna, i Öxabäck. Inga arbetarungar hade möjlighet till slalomskidor och fjäll, det fick bli miniskidor i backen vid gamla ålderdomshemmet, Olof Markusgatan, både backen och träslottet var ett minne blott, nu tronade där ett nytt servicehus, eller så åkte man i den brantare backen nedför berget ovanför Vråvägen, mitt emot Esso och Vrågärdesgränd.

Det finns inga idrottsstjärnor av Borgs och Stenmarks dignitet längre, tänker Karl och suckar. VM i fotboll, med Ravelli, Henke Larsson och Han-som-bröt-foten-och-spelade-i-Leeds, vad han nu heter … Brolin, nittiofyra, var i närheten, men då hade det varit sommar och de flesta var lediga att glo på teve i alla fall. Fabriken stoppade aldrig maskinerna när Patrik Sjöberg hoppade högst i världen …

Tar höger upp mot Esso, måste säga hej till Maj-Lis i korvkiosken dit han ofta cyklat i hast efter andraskiftet för att hinna innan elva då hon låste. Maj-Lis köttbullar med mos var orsaken till att snålvatten flödade munnar över hela Mark. Hon lade alltid på extra mos och några köttbullar över den vanliga portionen när Karl kom. Han åt och hon pratade. De kunde stå långt över stängningsdags innan han drog sig hemåt.

Karl hade funderat på att bjuda ut henne, hon var snäll, och ett riktigt grant fruntimmer. De diskuterade privatliv, hon var ensam så som han, men de träffades aldrig någon annanstans än vid kiosken …

Hon var nog en femton, kanske tjugo år yngre än Karl, förvisso, men, skulle han ha någon ny kvinna vid sin sida nu … ville han att denna kärlek skulle överleva honom. Tanken var självisk, men nu var det hans tur att vara det. Självisk. Karl hade alldeles för länge ägnat sig åt andra människors väl och ve, utan större tanke på sig själv …

Hon står där som vanligt bakom rutan, handlederna ombundna med bandage ända upp till överarmarna, hon får ont av draget, de nariga fingrarna är resultatet av år med potatisskalning, men det är varsamma händer. Karl skulle gärna smekas av dem. Maj-Lis ler när hon ser honom, har just skalat färdigt till dagens mos, sen kommer hon att börja rulla och steka de små egentillverkade köttfärsundren, värma den långa knäppekorven hon får levererad från familjen Eliassons charkuterifabrik nere i dalen mot Kinnaström, bakom torget, vid Viskan, där Karls ena grabb en kall vårdag drog upp en gädda som var nästan lika lång som pojken själv, den vägde strax under elva kilo, bara rommen vägde niohundra gram, och resulterade i att ungen kunde stoltsera med ABU:s silvernål vid fiskevästens bröstficka …

Han följer henne med blicken då hon knyter upp det blöta förklädet, hänger det på en krok utanför hans synfält, bär en blommig, ljus klänning under. Kiosken är inte öppen än, hon låser upp och gnisslar glasluckan åt sidan.

"Jaså Karl, du går och drar så här tidigt." En mörk alt, det bleka, lätt fräkniga ansiktet får henne att likna en adelsfröken i någon engelsk film.

"Jo, nu är man ledig resten av sitt liv." svarar Karl och skruvar sig.

"Har du ätit …"

"Jodå, tack." Han hör ett ljud bakom sig och vrider huvudet mot gatan, brevbäraren cyklar förbi. Kuno. De är bekanta och hälsar, Kuno viftar med handen och råkar vingla till, den gula cykeln dignar under tre välfyllda postväskor, snart har han återfått balansen och försvinner utom synhåll. Karl vänder sig igen, Maj-Lis är på väg in i kyffet bakom köket, hans blick följer de breda höfterna, håret i en tjock fläta som når henne till ryggslutet, han känner en fjäderlätt rysning fortplanta sig från reproduktionspåsen. Hon kommer tillbaka med två rykande muggar. Karl tar emot och smakar ... starkt.

"Vad tänker du på ...", frågar hon och möter hans blå med sina bruna genom kaffeimman. Han överrumplas, känner sig naken. Jävla fruntimmer, läser fanimej tankar. Dricker en slurk till.

"Ska träffa nån ...", tvekar, blir lättad då hon inte envisas, "det är i alla fall ingen kvinna, om du nu skulle gå och tro nåt sånt" tillägger han, utan att riktigt förstå varför, det är väl hans ensak i så fall ...

"Hälsa nån från mig då." Mer blir inte sagt i saken. När de druckit ur tar de adjö och han fortsätter ned mot centrum, förbi lummiga Olof Markusgatan och nedför Gökgatan, där ligger hyreshusen byggda runt trettio, där man en solig kväll ända in på åttiotalet kunde höra Svajman sjunga och spela dragspel från balkongen på tredje våningen. Karl passerar gamla Systembolaget på Prästgatan, nu huserar där en grossist för arbetskläder, går till baksidan av den rödteglade byggnaden och ser efter om det mot förmodan finns några bigarråer kvar. Nej, ungar, fåglar och höst har gjort sitt. Går längst kyrkogården där den vackra vita kyrkan tronar i solljuset. Där hade de gift sig, Maud och Karl, trotsat föräldrarna som inte delat det unga parets ljusa framtidstro. Till sist hade de tjurskalliga gubbarna och de lika envetna käringarna ändå salat ihop tillräckligt med pengar till en riktigt fin bröllopsfest med mat och sprit och dans till Tore Josefssons trio. Han fortsätter förbi JG:s mataffär och kommer strax fram till Domus, spottar ut snuset, lyckas pricka genom gallret i en brunn, ser gubbarna inne på restaurangen och slinker in. Vid ett bord sitter Måsen från Fritsla, verkar inte vara så full idag, dricker kaffe, spanar ut genom den stora glasrutan. Väntar väl på sin kompis, Piloten, från Kinnahult. Måsens Saab tvåtaktare står som vanligt parkerad utanför och snart lär väl Piloten dyka upp i sin Amazon. Ingen av dem hade körkort, men köra bil kunde de. Kamraterna kunde inte framföra ett fordon i nyktert tillstånd av den enkla anledningen att de var påverkade dygnet runt. Kinnapolisen hade sedan länge tröttnat på att försöka hålla dem från allfarvägarna, de räknades helt enkelt in mellan länsmans läderbehandskade fingrar som vilka trafikanter som helst. Vid ett annat bord sitter Karls kamrat Edvard Olsson med veckans stryktipsrad, bredvid honom Raimo och Jukka, den sistnämnde försöker delge ett expertråd, såvitt Karl kan höra gäller det huruvida West Ham har någon fördel av hemmaplan när de möter Manchester United i cupen …

"Säker tvåa …", väser Edvard, "säker." Jukka verkar anse att en kryssgardering är på sin plats …

"West Ham har faktiskt spöat Liverpool …", slår han fast, men Edvard skakar på huvudet och säker tvåa blir det, sanningen att säga verkar ju utgången solklar som en dobbsko, och i egenskap av trettonrättsvinnare är Edvard den oemotsagde kungen bland dem. Tretton rätt inger respekt.

Nu var det några år sedan han prickade in den där raden, närmare bestämt åtta till vintern, och de hundrafemtiotusenåttahundratrettiosex kronorna var slut sedan länge, men en trettonrättare är likt en världsmästare i boxning, en gång champ, alltid champ.

Edvard och Karl hade varit vänner sedan småskolan, vuxit upp tillsammans, lekt, tagit de första stapplande vuxenstegen tillsammans. Edvards far hade innehaft ett imponerande barskåp och under flera månader hade den alldeles för unge sonen tagit någon centiliter här och en slurk där. Till sist hade han sparat ihop en halvliter krutblandning som de delat broderligt, de var väl i tolv, trettonårsåldern, och rejält fulla hade de blivit, och upptäckta. Edvards far jobbade ständig natt på Ludvig Svensson, en stabil karl, tog dem båda i nacken, ruskade om dem som vore de dockor, gav dem var sin rejäl örfil och sedan släpade han med Karl hem till mor och far, berättade om ungarnas förehavanden. Han glömde aldrig blicken han hade fått av farsan den gången. Men stryk fick han inte. Fick gå och lägga sig utan mat. Det hade inte gjort något, mat var det sista han behövt. Senare under kvällen hade saliga mor kommit in till hans nattläger, placerat en spann vid hans sida.

Den hade han behövt ...

Karl slår sig ned bland vännerna och snart är samtalet igång ...

ALBIN ...

vaknar sent på eftermiddagen.

Dimman är ...

Korrigerar pisseståndet ut i vattnet från bryggan, drar in ett par djupa, fuktiga andetag, skakar av, lägger in en ny snus. Tvungen att vänta. Sjörapporten meddelar att det skall klarna fram på kvällen för att vara helt borta nästa morgon. Hungrig, och törstig. Inne i kabyssen finns det fortfarande gott om konserver, vrider och vänder på plåtburkarna, väljer mellan den ena obegripliga rätten efter den andra. Kan inte tyska och omslagen ger honom inget till skänks. Öppnar en som ser ut att kunna innehålla något som liknar människoföda med hjälp av en väggfast konservöppnare, petar med en matsked ur innehållet i en kastrull, vrider om ventilen, tänder och sätter kokkärlet på spisen. Elektriciteten i bostadsavdelningen hade varit lätt att få igång men spisen i kokvrån var gasoldriven och han hade tvingats ta tuben från båten för att få varm mat. Spolar friskt vatten i sejdeln, äter rykande sörja tillsammans med kalla, konserverade grönsaker.

Plötsligt dyker hans mors omsorgsfullt tillagade söndagsstek upp, gäckar hans desperata smaklökar, gräddsåsen, färskpotatisen, de nyupptagna morötterna. Och saltgurkan i lagen som enligt hennes eget recept skulle innehålla en rejäl bit ingefära vilket gav sältan en pikant bismak. Vinbärsgelé ... och till maten, vatten, eller vid högtidliga tillfällen ett glas rött, han hade aldrig förlikat sig med smaken ...

Sköljer fat och bestick, klär av sig de svettsolkiga kläderna, går ned i undervåningen och duschar. När kroppen är ren och torr drar han på sig nya kalsonger, strumpor och undertröja, de använda kläderna stoppar han i en plastpåse, knyter, de skall slängas. Den brunrutiga flanellskjortan vill han inte göra sig av med än, kommer att behövas i höstrusket framöver, blåjeansen får duga ett tag till.

Istället för att öppna ytterligare en vinare, beslutar han sig för att ta en risk ...

Tar på sig ylletröjan, går i stövlarna och grabbar tag i rocken från stolsryggen, toppar med den stickade mössan, smutskläderna, stänger dörren till bostadsavdelningen och klampar spiraltrappan ned, det sticker till i ryggen ... måste stanna till, smärtan molar genom kotorna ...

Skallen är trimmad men kroppen har sjunkit i kapacitet. Det är inte underligt, men det gör ju inte saken mindre sorglig då han alltid varit stark och smidig. Det är drygt en månad sedan han fick reda på att tiden var slut. Läkaren hade gissat att han skulle få ett halvår, kanske mindre ...

Förtränger det.

Väl ute förseglar han fyren med järnbommen, låser med ett kraftigt hänglås. Går knaggliga cementtrappor gjutna över klippor ned mot båten. Fiskesamhället ligger någon distansminut in i dimman, han kontrollerar kompassen och tuffar inåt land, lägger till någon kilometer söder byn ...

Det är en märklig känsla att röra sig i ett ingenting, ser bara handen framför sig, sedan är det mjölkvitt ... och när han plötsligt drabbas av en hostattack stannar ljudet framför honom, faller till marken likt en rutten gren ...

Fiskar upp cigarettpaketet ur fickan, tänder en ofiltrad pinne och drar in röken, spottar tobaksflarn. Aktar sig för att inte trampa fel ute på klipporna, inte läge att skada sig nu. Följer instinktivt en riktning, någon kompass behöver han inte längre. Snart når han skogsranden, martallarna, skönjer dem likt mörka, krökta slavar i det vita. Han vet att vissa av de knotiga, krökta träden är över hundra år ...

Vad har inte de kämpat emot ...

Livskraft.

Han känner med de saltpiskade träden ...

När han når samhället är mörkret över honom. Det borde finnas en servering även nu, efter turisternas framfart. Nästan alla dessa fiskebyar, som en gång levt av havet hade nu sitt ekonomiska beroende ställt till sommarens tillfälliga förbipasserare, levde upp några månader om året då ölstinna båtgäster krävde rökta räkor till tugg och havssnidade vrakdelar att hänga tillsammans med glaskulor i fisknät på väggar i inlandet ...

Huvudgatan ligger tom. Inne bland husen är dimman lättare, nu kan han se en bit uppåt gatan. Vid torget ligger korvkiosken, där har samlats ett antal ungar runt några flakmopeder, de varvar sina tyska sachsmotorer, halsar ur burkar, av ölkaraktär antar han, en av mopedisterna delar sin mosbricka med sin flicka ...

Lämnar ungdomarna bakom sig utan att någon bryr sig om honom. Slänger påsen med smutskläder i en papperskorg. På andra sidan torget ser han att han har gissat rätt ...

Där skiner en upplysning – Falcon.

Support your local dealer.

Krogen är öppen, och varm ... det är inte sant. På en trång scen står han, mörklockig, jeansklädd, sjunger, spelar gitarr och munspel. Han är sig precis lik, som på det där omslaget från ... ja, från sextiotalet ... Albin är inte bara sjuk, han är fanimej galen. *The times they are a-changin'* ...

Kan inte ...

I de små båsen trängs unga med gamla, sorlets volym är lagom men kommer väl att stiga med intaget under kvällen. Beställer en flaska visky och en öl vid bardisken. Bredvid honom står en karamell, hon önskar en alkoholfri drink. Grogg utan sprit är som att knulla en termos, tänker han. Ångrar sitt eget val då han upptäcker att ölet även säljs i kannor, ändrar till en tvåochenhalvliters, betalar och sätter sig vid ett ledigt bord längst in. En servitris kommer och ställer ned den lagrade viskyn, kannan med pilsner och två glas, lämnar honom sedan ifred utan några påtvingade trevlighetsfraser, vilket får honom på bra humör.

Han drar sig förstrött i skägget. Zimmermans låt är slut, nu inleder han en annan gammal ... *It's allright, ma (I'm only bleeding)* ... Albin ruskar på huvudet, häller först upp öl i det höga glaset, ett kraftigt skum förkunnar den goda kvalitén och han ser det krypa uppåt för att till sist lägga sig som ett tjockt lock över den bubblande, gyllengula vätskan ... först då för han glaset till läpparna och dricker befriande klunkar, torkar sig med ovansidan av handen, gör om proceduren, och igen, det tredje glaset låter han stå, slår upp visky till brädden i det mindre glaset, håller den bärnstensfärgade drycken mot ljuset, okulärbesiktigar, sippar ... andas djupt för att fånga rökigheten i mun, näsa och lungor ... godkänd, annat hade varit en överraskning, lagrad i tio år, men även i sin banalaste form är den en av de två, tre sorter till vilka han räknar vara bäst i världen. Han dricker ur, ställer ned glaset, häller upp ... Nu kan han slappna av ...

En ny sång.

Seen a Shooting star tonight and I thought of you ... Han dricker, lyssnar texten som fångar honom likt en kramande pyton, och sväljer honom i presens ...

KARL ...

inser att det är onsdag. Det visas film på Kinna biograf i Folkets hus i kväll. Lämnar vännerna, tar den korta promenaden upp mot kommunalhuset där både bibliotek, bio och politiker är inrymda. En kärleksfilm med Clint Eastwood visas för andra veckan. Bion är inte känd för att visa aktuella Hollywoodalster, men vad gör det.

Fast ...

Clintan i en kärleksfilm ...

Clint har regisserat själv, den begåvade Meryl Streep är motspelerska. Karl studerar stillbilderna i de två stora reklammontrarna, läser en liten maskinskriven resumé av dramat nere i ena kanten, beslutar sig på stående plats för att festa av Kinna, skall gå till Hotellet, äta middag, sedan skall han se Clint och Meryl i en kärleksfilm, efter det kanske det blir en öl nere på Knallens. Eller två.

Går tillbaka till vännerna i cafeterian, Edvard har satt sitt sista garderingskryss i sitt fyrtioåtta raders system. Raimo nickar men Jukka ser tveksam ut. Det där med West Ham ... till slut plitar han ned en fjärde gardering, tvåa, till sitt säkra kryss i ett något modestare trettiotvåraders, det är ju i alla fall Manchester United, inte Liverpool ...

Raimo är nöjd. En gardering kvar. De båda kamraterna tippar ihop, delar på utgifter och eventuella vinster, men de ligger ständigt tvåa i rangordningen, med tolvan som gick in för några år sedan. Jukka suckar, viker sig, men under protest:

"Nu blir det ingen utdelning. Krysset går in, tro mig."

Karl ler, det är samma sak varje vecka, men han tröttnar aldrig på det vänskapliga käbblet, det ingår i spelet. Han tippar också, har faktiskt planerat en skrälletta till West Hams fördel, men veckans system sätter han ihop vid köksbordet med en pilsner och Propellerns tipsexpert som enda sällskap, nöjer sig med sexton rader. Fått in några tior och elvor genom åren, en billig hobby. För

Raimo, Jukka och Edvard är det blodigt allvar och en livsstil, de kommer att hinna ändra raden flera gånger innan de lämnar in den slutgiltiga kupongen på lördag förmiddag. Ägnar resten av veckan åt att studera knäskador och spelarköp, formkurvor och tränarbyten, sedan träffas de hos Raimo och Jukka på lördagseftermiddagen, de har de rätta kanalerna på kabelteve, de dricker grogg och öl, äter chips, oliver och kryddiga pilsnerkorvar, följer under skrän och stor spänning de framplingande resultaten i Premier League. Ibland är Karl med. Undrar om han kommer att ha möjlighet att se Watford spöa Crystal Palace på lördag ...

Hoppas det.

Karl går fram till kassan och tar sig en kopp kaffe, lägger två femkronor på disken, sätter sig vid Kula ett slag. Arbetslös svetsare som då och då har något påhugg på någon oljeplattform. Arbetsmarknadssituationen bekymrar honom föga. Har under årens lopp sparat ihop en ansenlig reserv och kan unna sig att leva ledig resten av sitt liv om han så önskar. Jobbat i Brasilien och på Nordsjön, svetsat pipelines över både den ryska, kinesiska och amerikanska kontinenten. En gång hade han med sig en uppstoppad piraya till Karl, den står hemma i bokhyllan, kallas Dirty Harry och hatälskas av barnbarnen. Ibland är Karl tvungen att ta ned fisken, den minsta flickan vill alltid träffa den torra skinnbiten, så fort hon kommer innanför tröskeln ropar hon "Det var länge sedan vi pratade med Harry ...", det är signalen. Karl tar ned den forne köttätaren, blåser av dammlagret, och med en specialförställd röst diskuterar Dirty Harry sedan viktiga angelägenheter så som dagisfröknar, huskattens förehavanden, barnprogram i Bollibompa och lördagsgodisfavoriter, fiskträffen avslutas alltid med att den unga fröken pussar Harry adjö, vilket också tvingar Karl att kyssa den vassa tandraden ...

Kula tippar inte fotboll, han ägnar sig åt hästar, uteslutande V-75, det är hans passion. På sätt och vis är det hans andra yrke.

Han är travproffs. Reser runt på banorna i Sverige, ingen vet hur stora summor han förlorar eller vinner men de flesta anser att han nog gör sig en rejäl extrainkomst på havremopederna. Han talar aldrig i pengar. Det verkar som om det inte rör honom alls, vinst eller förlust. Febrigt kan han berätta om en nykomling som han tror starkt på, något tips han snappat upp runt stallarna, kuskarnas tillstånd, hästarnas form, stamtavlor, tränare och ägare. Det finns, enligt Kula, en magi runt de löddriga kroppar vilka travar kolstybb och slåss om positioner med rävspel och tjyvnyp, bloddoping och fodersorter, träningsresultat och varvtider.

Kula verkar inte vilja ha sällskap idag, svarar knappt på tilltal, läser Aftonbladet. Karl reser sig och går bort till de andra gubbarna istället. Raimo och Jukka avböjer middag och biobesök. Raimo skall hem och Jukka är på väg till sin stuga vid Stora Hålsjön, ska fiska och basta några dagar, tagit ut semester från bilplåtslagarfirman han driver ute vid Näs, slitit hela sommaren med eftersläpande jobb, skärmbucklor, riktandet av bilkarosser och nu vill han ha lugn, är bara inne i byn för att diskutera veckans rad, braxen väntar på honom, han röker fisken i en egen konstruerad rök, ett oljefat, äter den saltad och dricker Lapin Kulta till, en delikatess.

Edvard tackar ja. Han har jobbet att tänka på i morgon, men ser inte något hinder till att ta sig ett par pilsner efter filmen. Han cyklar ju till Ludvig Svensson där han arbetar som förman i väveriet, det klarar han, även om han skulle råka vara litet trött ...

ALBIN ...

Inget kunde stoppa dem. De var mästare och det fanns inte bättre. Bevisade sin överlägsenhet gång efter annan. Det var först när hans kollega, The Bull, stupade, som han anade sin egen dödlighet ...

De hade kallat honom The Bull på grund av hans slående likhet med en runt den tiden ung, berömd sångare som kämpade med en engelsk popgrupp om flickornas, på scenen, uppkastade trosor, och vann ... Dessutom var The Bull, liksom sångstjärnan, född i Wales.

De hade delat glädjen i arbetet. Tjuren var den enda han hade kunnat tala med om sina böjelser, någon som visste exakt vad han menade med tillfredsställelsen, livsglädjen i och runt en omsorgsfullt uträttad avlivning.

Det var gruppens första förlust i strid. Reträtten var noga planerad, det var en förlupen kula, avfyrad ut i mörkret, som råkade träffa kamraten i ryggraden. Två av soldaterna släpade den sårade till helikoptern. Vännen dog i hans armar, hans sista luftkyss drog in flygbränsle, metall och djungelnatt, strax innan de nått gränsen till det land de utgått ifrån ...

De fritagna FN-observatörerna klarade sig, dock avled en ung kvinna i sviterna av någon infektion, men det var inget som de kunnat påverka, det låg utanför ansvarsområdet.

Så ... efter att i nära tio år ha stridit på främmande platser, beslutade han sig för att inte förnya kontraktet, tog ut innestående lön, lämnade ökenstaden och bosatte sig vid den franska nordkusten, köpte en nedgången gård vid havet, njöt av renovering och friskt klimat.

Nåddes av ett meddelande från en tidigare kollega som upplyste honom om att det fanns personer vilka höll honom under uppsikt för framtida uppdrag. Han erbjöds, av naturliga skäl, engångskontrakt i de för den övriga idrottsvärlden väl förborgade, globala matcherna, man mot man, kamper som följt i krigares fotspår i alla tider ...

Några hundår återstod ...

KARL ...

De båda vännerna ger sig till fots förbi och runt Folkets Hus ned mot Hotellet. När de passerar entrén föreslår Edvard ett fönsterbord, de har utsikt ned mot dalen och den nya sträckningen av 41:an, *riskväg* fyrtioett, som den kallades innan man breddade asfalten en bit ned mot Varberg. Förr dog folk som insekter på en kladdig flugfångare längs den slingriga och smala landsvägen. Politikerna var tvungna att göra något åt problemet efter intensiva protester.

På sina platser vid linneduk ser de ut över en av de bördigaste jordarna i världen, som just här hade fått vika en smula för byns tillväxt, säd frodas på hart när var hektar i dalen ned mot havet ...

Karl beställer sjötunga med smält smör och kokt, pressad potatis med grönsaker, där står primörer i menyn men det tar han inte i sin mun. Edvard vill ha nötstek med grillad potatis, brunsås och lingon. Till maten tar de också in var sin pilleknarkare, samt öl.

I väntan på maten sitter de tysta, ser ned över järnvägsstationen, vägen, och bortom den golfbanan.

Solen står redan lågt och skuggorna från de förbipasserande bilarna är långa ...

ALBIN ...

Rekreation i hemmet, några veckors semester för att vila kroppen och läka en del blessyrer han ådragit sig i den senaste matchen, ordnade en länge önskad golvvärme i badrummet, arbetet tog några dagar i anspråk. Då ...

Hörde någon av sig ...

Det ringde mitt i natten.

I yrsel och mörker trodde han att det var stridslarm. Desperat sökte han automatgeväret och kängorna ...

Det tog nästan tjugo sekunder innan han klarnat hjärnan tillräckligt för att inse att det var telefonens ringsignal, att han sovit i fredstid i järnsängen i det kaminuppvärmda sovrummet på sin franska gård, vapnen fanns inlåsta och kängorna stod i farstun ...

KARL ...

När maten kommer in fattar de gafflarna och hugger in som vanligt, under tystnad. De är hungriga och maten smakar förträffligt. Det tar knappt fem minuter innan det är dags att beställa in kaffet.

"Något till ...", frågar servitören, en för dem båda okänd yngling med kustdialekt, antagligen från Falkenberg. Karl och Edvard enas om att det faktiskt skulle sitta bra med en konjak.

Kaffet kommer strax in serverat på bricka, i en porslinskanna, två koppar med var sin staniolinsluten mintchoklad på fatet. Ingen av dem använder grädde eller socker. De dricker, fortfarande under tystnad, kaffet och konjaken varefter de båda lägger in en pris. Karl tar med nyporna ur nysilverdosan det halvt hemlagade snuset från Bengt Sändhs Snusfabrique, vilket numer tillverkades av Swedish Match i Arvika. Det kom i tvåkilosförpackningar, det var bara att röra ned litet pottaska blandat i en kaffekopp ljummet vatten, ta fram elvispen och röra ihop det. Karl hade fått brev från trubaduren för ett par år sedan där han meddelat sina kunder att det var dags att gå i pension. Fick en rejäl summa för snusfirman och flyttade till Spanien, less på dis över Österlen. Edvard trycker upp en rejäl Ettan under läppen, sedan tar de varsin tandpetare, lutar sig bekvämt tillbaka i stolarna, knäpper upp sina livremmar och lossar översta knappen i byxorna ...

Efter några minuters ro på maten öppnar Edvard munnen för något annat än mat och dryck. Han är likt de andra vännerna nyfiken på vad Karl ska ta sig för.

"Jag har ett ärende ...", svarar Karl.

"Jaha ..." Han ser i Edvards ansikte att han inte nöjer sig med svaret.

"Ja ... det är litet känsligt. Jag kanske berättar ... när jag kommer tillbaka."

"Känsligt ..."

"Vi ska nog betala nu. Om vi ska hinna." Karl vinkar till sig Falkenbergaren ...

ALBIN ...

Mannen i luren hade på engelska, med tysk brytning, föreslagit ett möte i Paris några dagar senare, brutit samtalet utan att avslöja sin identitet eller säga adjö ...

Han sov ej mer den natten.

Nyfikenheten segrade. Instinkten sa honom att det inte lurade någon fara. Han visste sig inte ha några personliga fiender.

Beslutade sig för att lita till sin intuition ...

KARL ...

gråter under filmen. Det händer inte ofta. Minnesbilder av Maud överfaller honom och vad än Clint och Meryl har för sig där uppe på duken, associerar han filmstjärnornas beteenden med sitt förhållande till sin fru. Undrar om hon var så lycklig som hon påstod ...

Gav han henne tillräckligt med kärlek ...

Han vill tro det.

Men, man vet ju inte ...

Vad han vet, är att han saknar henne. Varje vaken sekund på dygnet vill han höra hennes röst, om det så är för att hon ska be honom gå ut med soppåsen. Vill känna hennes varma, mjuka kropp. Kramarna. Han saknar kramarna. De tog ofta i varandra. Aldrig en dag utan en stund tillsammans under alla år. De hade träffats på Hjortnäs i juni femtiofyra. De var sexton år och jobbade på fabrikerna, han på Almedahls och hon på Kungsfors i Skene. Hon stod med ryggen mot chokladhjulet, hade just vunnit en stor ask Tag det rätta – tag ... som hon höll under armen. Han skulle köpa varmkorv, vände sig om, och deras blickar ... det hade varit som om han hade dragits dit, känt stickningarna från hennes fantastiska blå ögon i nacken.

Han skulle aldrig glömma det viktigaste ögonblicket i sitt liv. Det var som om de bestämde sig över folkmassan, en osynlig ledning ringlade mellan dem, runt främmande axlar och hattar, snirklande mellan vingliga ben och virvlande musik ...

Han beställde ytterligare en korv, och två sockerdricka, tillverkade i det numer nedlagda Marks Bryggeri i Skene, stegade över till henne med läsken i ena handen och korvarna i den andra, hon hade skrattat det allra första glittrande skrattet när hon såg hans fumlighet, hjälpt honom fri från flaskorna och placerat dem på disken bakom sig, torkat honom ren från senap, tackat och sträckt sig på tå och pussat honom mitt på munnen. Om det fanns något i verkliga världen som kunde jämföras med kärleksromanernas blixtförälskelser så var det just det som hände den kvällen. En varm kväll. De hade dansat, men det var bara en formalitet. De var ett par. Ingen av dem kom senare ihåg om de hade träffat några kamrater där på dansbanan, visste inte helt säkert vilken artist som hade underhållit, Karl gissade Harry Brandelius men Maud vidhöll Bröderna Lindkvist. Edvard påstod att det varit Simon Brehm med Lill-Babs men Maud och Karl kunde inte minnas sig sett vare sig den store mannen med basfiolen eller det vid den tiden nya stjärnskottet uppträda i verkligheten förrän långt senare i Lennart Hylands Karusellen som lämnat radion och började tevesändas på nyårsafton femtiofyra. De gifte sig i november samma år. Maud väntade då det första i raden av kärleksbarn ...

På bioduken står Clint i ösregnet och Meryl sitter i bilen med sin make som kommit hem från tjurutställningen där han varit med parets två ungar och ett nöt som givetvis vunnit 1: a pris. Under dessa få dagar har Meryl och Clintan haft en passionerad kärleksaffär och nu vill han att hon skall lämna sin man. Han står därute i dunklet, vattnet rinner om honom, Meryl fumlar med handtaget, maken väntar på grönt ljus, anar ingenting …

Hon öppnar inte bildörren …

Maud är inte hos Karl längre …

ALBIN …

tog tåget till Paris …

Klev av på Gare du Nord, gick rakt över gatan, tog in på ett knarrigt hotell där en skinntorr liten gumma som liknade mumien Ramses II förde befälet, hon visade honom på en skranglig, järngallerförsedd hiss.

Svetten flödade under den långsamma färden till femte våningen. Kändes som om den trånga buren när som helst skulle tappa sitt grepp om den klagande hisskabeln, falla ned i mörkret. Korgen skakade uppåt, det gnisslade, knakade och knäppte runt omkring, när han klev ut darrade knäna, hade aldrig tidigare känt en sådan tydlig, ursprunglig rädsla. Inte ens då han var barn och hans styvfar drog remmen ur hällorna, kommenderade honom att böja sig över det blanka ekskrivbordet inne på kontoret i direktionsvillan på Skötkonungagatan i Örgryte …

I Paris förflöt några dagar. Efter att envist vägrat ta trapporna och istället åkt upp och ned i den gamla anordningen ett flertal gånger, lade sig den nyvunna hisskräcken, men en smågnagande nervositet lämnade honom aldrig …

Var morgon serverade damen frukost på rummet. Den bestod av en kanna starkt kaffe, en croissant med en portionsförpackning söt, mörk marmelad. Efter måltiden, som han intog i sängen, blaskade han av sig vid byrån i ett emaljerat tvättfat som kvinnan fyllt med hett vatten, bredvid på ett blommigt porslinsfat låg likt en grå död vitfisk en isterluktande bit tvål.

När han var ren klädde han sig, slängde de smutsiga underkläderna i skräpkorgen bredvid tvättbänken, åkte ned till receptionen och kontrollerade om han fått något meddelande. Därefter strövade han gatorna ...

Efter några dagar miste han tålamodet, beslöt sig för att döva rastlösheten och följde en demimond hem. Betalade för ett dygn. Tillfredsställd och på bra humör lämnade han den lilla lägenheten ...

Hon kunde sina saker, hade givit honom den nödvändiga avspänningen.

Nu var hon död ...

Vild och vacker. Nekade honom inget. Hon förtjänade det inte. Kanske borde han sparat henne, ingått något slags affärsrelation. Seriösa honor fanns det få av. Han hade fått förmånen att uppleva den absoluta tillfredsställelsen, i gryningen, i samma ögonblick som hennes naglar genomträngde hans ryggskinn, när benen kramade honom som omslöts han av ormar ... höll honom i ett järngrepp ... när han lade sina fingrar om hennes hals ...

Då öppnade hon ögonen ... såg in i honom ... blev ett med honom ... förstod ...

När de glittrande ögonen slocknat, kysste han henne för enda, och sista gången.

Efteråt var de tillsammans ytterligare en gång. Rökte en cigarett vid hennes sida. Höll henne ömt, absorberade värmen. När hon kallnat lyfte han henne, lade kroppen i badkaret, sköljde av sig könsdofterna i tvättstället, knäppte på radion, lämnade vindsvåningen, såg till att låset gick igen ...

Tog trapporna trots att hissen fungerade. Fick inte fastna. Solen sken. Visslade melodin han hört skråla i kärlekens lya. Han var vid gott mod ...

Edith Piafs brustna stämma.

Non je ne regrette rien ...

När han anlände hotellet berättade föreståndarinnan att han nyss sökts av en äldre herre som väntade på en bistro en bit nedåt gatan ...

KARL ...

och Edvard sitter med var sin öl på Knallens Värdshus, en gemytlig lokalitet, från att ha varit en ren nöjeskrog med uppträdande av olika artister, hade en kines tagit över i början på åttiotalet, bytt den robusta träinredningen och discolamporna mot stoppade soffor uppställda i små bås, lågmäld belysning, asiatisk konst på väggarna och hemlandets populärmusik strömmande ur de diskret utplacerade högtalarna, levande ljuslyktor och en vacker karpdamm med slöa fiskar i olika färgtäckningar. Krogen var så djupt rotad att den nye ägaren, en man vid namn Chen An En, efter en tid som Kinna-Kina hade tvingats sätta upp den gamla neonskylten igen. Traktens andra kinarestaurang, först ut var Skene, hade kanske inte blivit den formidabla succé man räknat med, men det bar sig, folk kom. Den levande, musikaliska underhållningen var förvisso historia, men baren fanns kvar och nu kunde helt plötsligt Kinnas befolkning serveras exotiska rätter så som friterade räkor med sötsur sås, biff med bambuskott och bläckfisk, och till lunch fanns där även vanlig husmanskost. "Flukostkolv med mos", eller "köttbullall med pomflitt ..."

Knappt några människor på krogen, trots onsdag och lillelördag. Två tydligt nyförälskade ungdomar sitter och ser i varandra. De har fått in sin beställning, räkor med den röda, genomskinliga, sötsura såsen och en väl tilltagen skål med ångande ris. De tar någon tugga, sippar direkt ur ölflaskorna, pussas och nojsar, fnissar högt åt något som bara angår dem ...

Karl märker sig begå en av sju dödssynder, Invidia, han avundas det unga vackra paret, känns som om det inte alls var så länge sedan han själv suttit så där ...

"Ja, skål då", avbryter Edvard. Karl känner sig trött. Spriten har lämnat kroppen, de åt ingen efterrätt på Hotellet så de har beställt in glass och friterad banan med en söt, klibbig kolasås som de petar i då och då. Den avslappnade miljön till trots är han en smula nervös inför morgondagens resa, sin uppgift. Hur skall han tas emot av människan han ämnar besöka ...

Skakar bort oron. Nu är nu. Sedan är en annan dag.

Höjer ölstopet, krockar glas med sin kamrat ...

ALBIN ...

Mannen satt vid ett bord längst in i lokalen, läppjade på en café au lait, en cigarill stack ut ur det smala, fårade ansiktet likt en radioantenn. Han var kal på hjässan, tofsar av grått, luddigt dunhår kvar ovanför öronen, små runda glasögon bars upp av en tunn, feminin näsa, klädd i en en väl skräddad sidenkostym med väst, ljus skjorta och mörk fluga, mannen reste sig, tog hans hand, skakade den med ett förvånansvärt kraftigt grepp, varpå han bjöd honom den lediga stolen.

Han presenterade sig som Wolfgang Schnell-Fockstraub och talade utan omsvepande kallprat om att Albin bevakats under sin vistelsen i staden, att mordet på den prostituerade kvinnan noterats, men att han inte lade sig i folks privatliv.

Efter någon timmes lågmälda diskussioner beseglades det muntliga avtalet med ett handslag.

Albin var inte någon simpel slagskämpe längre ...

KARL ...

Edvard frågar inte mer. De har känt varandra så länge att han inser lönlösheten i att envisas, vill inte Karl, berättar han inte. De pratar om andra saker, livet, minnen, de har en hel del sådana. Karl minns kanotturen på Öresjön den där gången för länge sedan. De hade haft var sin flicka, var sin farkost och dricka. Paddlat ut på sjön en lördag efter jobbet och nått platsen de rekognoscerat. De skulle inte bli störda, då udden låg ensligt till. Camping var vanligt bland ungdomarna i Mark, alltid fanns det någon som kunde låna ut ett tält. Men för omvärlden uteslöt de en specifik detalj i sammanhanget, att det skulle finnas personer av det motsatta könet med på äventyret.

De ämnade grilla och festa ... Och allt hade börjat bra, de hade slagit upp tältet under den varma eftermiddagssolen, skämtat och stojat och finurlat en hel del över vilken pinne som skulle sitta var inuti den impregnerade canvasen. Efter många magplågande skrattattacker stod till sist den tillfälliga boningen i den mjuka undervegetationen strax ovan sandstranden. De slog sig ned att skåda mästerverket och drack en välförtjänt butelj. Festen kunde gå av stapeln. Först klädde de av sig, badade sig rena i den långgrunda sjön ...

Han hade fastnat för Ulla-Kajsa från spinneriet, en sprallig, glad flicka, något år äldre än Karl, blond och kurvig. Edvard ämnade kurtisera den mörka finskan från väveriet, Satu, en söt, blyg flicka i deras egen ålder. Det var första gången de var ensamma på äventyr. Edvards ögon hade glittrat med vågorna i upphetsningen över att snudda vid vuxenvärlden. De var fortfarande oerfarna gossar. Flickorna var fullt redo att ta emot de brunstiga kalvarna ...

Ulla-Kajsa hade kysst honom där ute i vattnet, men han vågade inte snudda vid hennes bröst, trots att det var det hans hypofys krävde ...

När de badat hade de lagt sig att torka på filtar nere vid stranden, händer trevade, kön bultade och sprängde, och när det blev för varmt slängde de sig i vattnet igen, tog en pilsner, satt och pratade. Mot kvällningen letade de ved i skogen, gjorde upp eld, grillade, slog mygg och drack de gröna glasens hämningsbefriande nektar …

När solen sänkte sig bortom trädtopparna, och vattnet låg som en spegel, började Edvard berätta spökhistorier. Karl förstod snart hans intentioner, märkte att flickorna kröp närmare intill dem. Satu trollade fram en flaska finsk vodka ur ryggsäcken, sade sig stulit den från sin far, vilket fick dem alla att dra efter andan … det var inte ransoneringstider längre, men ett grovt brott. Efter en inte alltför lång tvekan tog de en slurk, Karl tyckte det smakade hemskt, men svalde, när flaskan gick runt igen låtsades han dricka utan att släppa in en droppe, Ulla-Kajsa var modigare och tackade nej, då vågade också Karl hålla sig till ölet. Edvard drack däremot några klunkar till och blev gladare och mer högljudd vartefter tiden led. Ulla-Kajsa och Karl gick en promenad. Den nordiska sommarnatten var över dem, lade sig som ljuset tränger tunt bomullsöverkast. Solen gick inte helt ned den natten. Vid en liten å som mynnade ut i sjön en bit från platsen där de slagit läger, lade de sig ned i det höga gräset, Karl bredde ut en filt och sedan hände det. Han trädde in i vuxenvärlden på riktigt. Det hade inte varit någon kärleksromanernas himlastormande upplevelse, men Ulla-Kajsa hade inte skrattat åt hans klumpighet, istället hjälpt honom tillrätta och de hade faktiskt fått till det, och det blev till ett av dessa härliga minnen från ungdomen som inte hade med obehagligheter att göra. De hade inga skydd, varför han drog sig ur innan det var dags. Generad över avbrottet och villrådig till fortsättningen, fick han ånyo hjälp av den kloka, unga flickan, hon förde hans hand, visade hur hon ville bli smekt, den kvällen var han lycklig över att ha Ulla-Kajsa med sig i de första stapplande stegen i en ung mans liv.

Upplysningens tid var ännu ej kommen, det här var ju långt före sextio-, och sjuttiotalens frigjordhet, men man kunde alltid smyga till sig någon lämplig biologibok i biblioteket, vilket var en högtid. Där fanns tecknade bilder på hur det såg ut under kläderna, och vetenskapligt torra beskrivningar på hur parningsakten gick till, dock i ett tillräckligt upphetsande ämne för att göra pubertala pojkar handsvettiga ...

Efteråt hade de legat kvar, tittat upp i stjärnorna, pratat, kramats, det dröjde inte länge innan Karls underliv pockade på uppmärksamhet igen, nu var det hon som lade sig på honom och det var ljuvligt att ha hennes bröst i ansiktet medan hon älskade honom.

De hann inte färdigt, avbröts av ett gällt skrik från tältplatsen ...

ALBIN ...

Han fick inte vara ledig länge. Det första jobbet hade gällt en obekväm, sydfransk politiker, skulle försvinna ned i Medelhavet där rovfiskar förintar alla spår. Framtiden såg ljus ut, han fick sina behov tillfredsställda, samtidigt som han erhöll en väl tilltagen ersättning.

Men det hela skulle växa i komplexitet, de inledande jobben var bara en prövotid, ytterligare en skola. Han fick hela tiden stöd och goda råd av Herr Schnell-Fockstraub, mannen som alltid gick klädd i nya, välpressade sidenkostymer, som försörjt sig i yrket i många år men som nu dragit sig tillbaka från fältarbetet och startat en agentur med säte i Schweiz, där han satt som spindeln i ett nät med handplockade personer, professional hit men med ett arbetsfält som sträckte sig över hela jordklotet. Gamle Focken hade även lyckats med ett jobb inne i Sovjetunionen. En bedrift under det kalla krigets glansdagar ...

KARL ...

De rusade upp från kärleksbädden. Det lät som om någon höll på att dö. De drog på sig kläderna i en hast och smög sig mot lägret ... De såg en vild och naken figur bredbent och skrikande, springa runt elden med händerna för skrevet. En bit bort stod en annan varelse, studsande och ivrigt borstande sitt skinn i flammornas dansande sken ...

Häpna åsåg Karl och Ulla-Kajsa skådespelet. De hade lyckats sätta upp tältet över ett pissmyrsamhälle. Edvard och Satu hade ägnat sig åt att dricka finsk joddlartango ytterligare en liten stund, när de unga tu småningom var mogna för amorösa lekar i det provisoriska kärlekstemplet, hade de lagt sig på en matta av invaderande mördarmyror. De hade varit alldeles för bedövade av lust och alkohol för att märka något i förstone, men när det stack till i Edvards totempåle hade helvetet brutit loss på allvar ...

Karl avbryts i sina minnen av krogägaren. Chen viskar att det är tid för sista beställningen, hans personal, uteslutande familjemedlemmar, står och stampar vid baren och vill gå hem. Edvard beställer en visky men Karl vinkar avvärjande, känner sig mätt och trött. Nu skall han ha en skön natts sömn, tidigt i morgon skall han göra sig i ordning, tåget från Varberg mot Borås anländer stationen åtta fyrtiofem, det brukar vara punktligt.

De slår följe upp mot Muraren, där Edvard bor med sin mulliga maka och de två döttrarna. De talar inte under promenaden och till sist tar de farväl utanför Edvards port, som nu är låst. Portlås var någonting nytt i Kinna, det hade aldrig behövts tidigare. Marks Bostad hade installerat dem både på Snickaren och Muraren ...

Brottsligheten hade sakta men säkert infekterat. De hade haft sina småtjuvar och knarkare även i Mark, men det hade varit en liten, välbevakad klick som Kinnapolisen kunde kontrollera. Det var först i slutet på åttiotalet som människorna i den lilla byn börjat låsa om sig, förr stod bilar och boningshus öppna ...

När Karl har lämnat Muraren får han ett infall. Han vänder näsan från Snickaren och styr istället stegen upp mot Esso. Han undrar om Maj-Lis hunnit gå hem. När han går runt knuten på bensinmacken, som nu mest säljer folköl, chips, senaste dansbandshitsen *Goa låtar 48*, läsglasögon och grillkol, ser han att det är stängt i korvavdelningen och den intilliggande tobaks- och godisluckan. Han blir besviken, inte över den missade vickningen, han är mätt som en fullmörtad gädda, han hade längtat efter kvinnovärme, strålande över den kalla ståldisken ...

Fortsätter förbi kiosken, tar vägen om radhusen på Vrågärdesgränd och passerar villorna runt Gärdesvägen, ned mot Snickarbadet, i svängen ovanför den branta backen ned mot bassängen, där barnen pulkar sig igenom vinterhalvåren, om där finns snö, vintrarna är ofta disiga och bistert regniga i Västra Götaland, ser han åt vänster några ljus uppe på Kammarberg.

Går nedför grusvägen jämns med stängslet som skall förhindra cyklister att köra utför den branta grässlänten och stoppa ungar från att planka in på badet under sommaren, sneddar över gräsmattans upptrampade stig ovanför den bortersta gården, når sin egen. Lekplatsen ligger öde. Gungornas bildäckslik hänger i ljuset från lyktstolparna, vars artificiella glorior omges av svärmande, feta nattfjärilar. I några av de taniga träden och inne i buskagen, varför planterar man taggbuskar på lekplatser ... hör han nervösa fåglars tjatterklagande över hans störande tramp på asfalten. Gårdens fyra hus har nästan alla fönster släckta, här och var lyser det, i 16A ser han änkan Marianne, stå i köket på första våning. Barnen var utflugna och hon bodde ensam med sina katter, pensionerad i förtid från sitt arbete som mellanstadielärare på Knalleskolan, hade aldrig riktigt hämtat sig från makens död i en trafikolycka en midsommarnatt för många år sedan. Hon brygger kaffe, häller kokande vatten i en röd bryggtratt över en blommig tevekanna, i munnen ryker en cigarett, höfterna vaggar rytmiskt till musik som inte når ut i natten.

Även dansken inunder hans egen lägenhet är uppe. Karl förnimmer musik genom den öppna köksfönsterluckan.

Låser upp porten, går de två långa trapporna upp mot tredje våningen, knäna protesterar men det skiter han i ...

ALBIN ...

Först när den sista droppen lämnat glaset reser sig den grovhuggne, vitskäggige mannen från sin plats. Om någon av kroggästerna, mot förmodan, slänger en loj blick mot främlingen, ser denne en man påminnande om en fritidsklädd jultomte gå mot herrtoaletten, om denne någon också noterat hans alkoholintag, skulle människan förundras över mannens stadiga gång, inget vinglande, inga snedsteg, mannen ser spik nykter ut ...

Han låser inte dörren, ställer sig i det trånga, förvånansvärt fräscha båset, här torkar man upp pisset efter sig, fäller upp klosettens lock, knäpper upp gylfen och låter sitt vatten. Det tar sin tid. Han vet att den exakta mängden i hans fyllda urinblåsa är 3,2 deciliter. Det har han mätt. När han befriat sig och sköljt av händerna, torkat sig under varmluftsmaskinens utblås, han avskyr dessa apparater, lämnar han lokalen. I en plastkasse bär han med sig ytterligare en flaska högländsk malt, för vilken han fått betala en smärre förmögenhet. Bartendern hade varit tveksam till att sälja sprit för medtagning.

Går vägen tillbaka i ett lugnt tempo. När han åter når det lilla torget, är ungdomarna försvunna och korvkiosken stängd. En liten bit därifrån står en telefonkur, en riktigt gammal modell, har sett några sådana i sina dar, men knappast sen han var grabb. Den här liknar ett förkrympt slottstorn byggt i trä, underdelen är öppen för vindarna och överdelen är försedd med ett utsirat tränät, båsets saloonsvängdörrar är rödmålade, har knoppar till handtag och sticktakets kupol är, trots sin ringa storlek, mäkta vacker där den sträcker sin spira i dimman. Över dörröppningen talar en skylt om att det är en *Rikstelefon*. Han får en plötslig ingivelse, går in i kuren, lyfter luren från klykan på den anakronistiska telefonkioskens moderna telefonautomat. Den har myntfunktion, vilket är utmärkt, han har inte hunnit införskaffa något telefonkort. Någon mobil apparat äger han inte, det räcker med båtens fasta station. Många mynttelefoner i landet hade bytts ut mot kortautomater, det hade hans kontakt meddelat honom innan han reste, eller så hade de helt enkelt plockats bort, då de flesta människor nu kunde nås på stående fot ...

Han lägger i två kronor, lyssnar, den fungerar, slår därefter numret som han har i huvudet, första signalen ljuder direkt ...

KARL ...

är framme vid dörren, ämnar sätta nyckeln i låset, upptäcker att det är komplicerat ... försöker en gång till men det vill sig inte. Då hör han telefonen ...

Nu skärper han sig. Ingen ringer honom så här dags, ingen ... såvida inget allvarligt hänt ... tänk om lillflickan ... eller något annat av hans ... råkat ut för ... Nu ringer det igen därinne. Han har signalen på högsta volym. Han vill inte kalla sig lomhörd, hör fortfarande syrsorna om somrarna, men i vissa register och i en del störande ljudmiljöer är hans hörselsinne decimerat, som när han sitter i en bil, eller går bland trafiken i Borås, om han dammsuger eller har stereon på så hör han inte telefonen annat än i det högsta volymläget, men nu i tystnaden låter telefonen alldeles för högt ... äntligen vill nyckelaset in ... vrider om ... letar fram sjutillhållarnyckeln. Inne i lägenheten ringer tredje och fjärde signalen ...

ALBIN ...

bestämmer sig för att tio signaler får gå fram, sedan skall han lägga
på, försöka igen i morgon bitti. Vid fjärde signalen ser han att någon
klottrat på skylten För telefonens tillhandahavande, spretiga, svarta
tuschversaler.

Vill du KNULLA ring Kuksugar-Kicki, följt av ett telefonnummer,
den sista siffran kan möjligen vara en sjua, eller en nia, det är inget
snille som har skrivit ...

När femte signalen letar sig fram genom telefonledningarna
plockar han fram fickkniven. Håller luren mellan axeln och hakan,
fäller ut det rakbladsskarpa lilla bladet och när sjätte signalen tjuter
honom i örat, börjar han ursinnigt skrapa bort förolämpningen
som, förmodar han, någon försmådd yngling skrivit dit när han
inte fått komma till. Han hatar sådana meddelanden.

Grabben skall skatta sig lycklig att han inte tagit honom på bar
gärning ...

KARL ...

stänger dörren, inte så tyst som han tänkt sig, nervös nu, andas
tungt, sätter sig vid telefonbordet i hallen. Vid nionde signalen
lyfter han luren.

"Det är Karl ...", rösten är grumlig ...

På andra sidan linjen hör han ett frenetiskt skrapande ljud, som
om någon stod på andra sidan jorden och ringde honom från en
telefonapparat tillverkad i en svunnen tid. Inget annat ...

Bara raspet ...

"Vem är det ...", rösten klar nu, Karl känner en rysning fara
genom kroppen, han har ingen aning om varför, den bara är där,
letar sig från hårbottnen, nedför nacken och ryggen, vidare utefter
låren och försvinner någonstans vid anklarna ...

"Hallå." Inget svar. Nu kan han höra något annat också, som

om det låg svagt ovanpå det kraftiga sprakandet, det var någon som andades stötigt från andra sidan ...

ALBIN ...

avslutar sitt arbete. Missfirmelsen är nu ej mer och han kan koncentrera sig på att lyssna till den lätt skärrade stämman från den andra änden. Han hör ett:

"Hallå ..."

Då tappar han luren, den slår i automaten men han fångar den blixtsnabbt, och för den åter mot örat ... Han känner igen rösten ... men lyckas inte koppla den till något ansikte, hänger luren i klykan, beger sig skyndsamt mot båten och sitt härbärge bland klipporna ...

KARL ...

sitter länge med telefonen i handen. Han vaknar upp ur dvalan, vet inte hur lång tid som förflutit, lägger på. Stirrar på luren som om den skulle tala om för honom vem det var som ringt. Får hjärnan att fungera igen, han har ju faktiskt nummerpresentatör. Fick den av dottern i julklapp.

Karl går ut i köket, böjer sig en aning, kisar, det är dunkelt under köksskåpet där den lilla skvallerbyttan hänger väggfast som en ladugårdsspindel.

INFO 10, talar presentatören om för honom med svarta digitala tecken. Det betyder att samtalet gjorts antingen från ett hemligt nummer eller från en automat.

"Tack för hjälpen du ...", säger han, reser sig, går in på toaletten, pinkar och borstar tänderna, tvättar sig, klär av sig, kryper ned i sängen. Kommer på att han glömt ställa klockan, kliver upp, åtgärdar problemet och kryper ned igen, somnar inte, det märkliga telefonskrapet hemsöker honom ...

ALBIN ...

ligger vaken i mörkret. Undrar om Målet, i andra änden av telefonen, kan sova nu ...

Radion står på, svagt. Ut i rummet sjunger någon som visar sig heta Svante att han är en *Cool typ*, det är ett jävla gung. Han ser ned på sin ena fot som verkar röra sig av egen vilja där nere i dunklet, viftar fram och tillbaka som i trans ... han låter foten gå ... han har kläderna på sig, stövlarna står vid sängändan, rocken hänger på sin plats över stolsryggen. Ignorerar värmen, den tjocka ylletröjan gör att han svettas ymnigt, raggsockorna är genomvåta, och sedan brister den grånande, men vitale rockpoeten ut i sång och den här gången framkallar det svåra minnen som ligger djupt, mycket djupt begravda, det är sångens fel.

"Begravningsentrepenören gråter ... de ensamma positivhalarna dör ... silversaxofonen blåser: Jag borde vägra Dig. De spruckna kyrkklockorna och hornen blåser hånfullt i mitt ansikte ... Men, det är inte så ... Jag föddes inte att förlora Dig ..."

Texten strimlar honom, lämnar sår som av rakblad skurna. Det är inte så det var menat ...

Min älskade ...

Mina barn ...

Allt är borta.

Han vrider sig runt i sängen, sätter sig upp, tar fram pistolen och kontrollerar ammunitionen.

Han sätter pipan mot tinningen.

Blundar ...

Måste behålla kontrollen.

Ett litet tag till ...

Mörkret skrämmer honom nu ...

Men är ljuset verkligen tryggheten ... Han vet inte. Det vore så lätt att släppa taget. Att ge efter. Att ge sig iväg till den lockande, energiska lilla punkten, långt där i fjärran. Men det som gör honom osäker är att det inte kommer några som helst ljud därifrån, ingen musik, inget utom den där klara ljuspricken, lika stark för hans inre som solen. Intuitionen skriker *Fara* ...

Tanken viskar *Gå* ...

Han balanserar på en slak lina. Utan skyddsnät.

Men vad är säkerhet ...

Är det att se på teve varje kväll, äta sig mätt, leva utan att förnedra sig, arbeta, sova med tak över huvudet med kuken i en kär fitta ... ha vänner man kan lita på, nära att älska och älska och älska ... fiender att hata hata hata ... motgångar att bemästra.

För att kunna njuta måste man lida. Utan lidande kan man inte uppskatta de bäst utskurna och möraste bitarna ur livets oxe. Så enkelt är det. Har man cyklat sig svettig och nära nog andlös uppför backen, njuter man villkorslöst av det korta, men härligt snabba nedförslutet. Är det inte helt uppenbart, att vore det nedförsbacke hela tiden, skulle man drabbas av tristess, tyna och dö ...

Det går inte att leva ljumt, man måste leva kokhett.

Och iskallt ...

Han säkrar vapnet, lägger sig igen, pistolen kommer att fungera, han vet det, men rastlös som han är i sin väntan måste han företa sig någonting annars blir han galen. Snart glider han in i dvala, något vått rinner nerför hans kinder, in i öronen ...

Hon tvingar sig på. Det var länge sedan, han har lyckats hålla henne borta.

Men ...

Dragspelsmusik ... ser inte hennes ansikte, en skugga över hennes framsida då solen slowmotionslänger sig i havet långt där ute i otydligheten. Bälgdragaren sliter för allt han är värd då fiolgnidaren ökar tempot i en vild, djävulsk melodi vilken nästan får den lilla dansbanan att rämna av folkets lust ... Hon står på andra sidan av den svettdansande folkmassan. Han försöker få ögonkontakt men ger upp då hon inte märker honom, vänder sig istället mot scenen, violinistens hår står på ända i upphetsning, äntligen kommer alla timmars skalövningar till sin rätt, man kan se satans musikants ögonvitor spegla den nedgående solen strax innan han sluter ögonlocken och låter sig famnas av något annat ... han finns inte hos sin publik längre ... har trängt in i stråkvirtuosernas paradis ...

Då lägger någon en sval hand mot Albins bröst.

Han rycker till, vänder huvudet, det är kvinnan från andra sidan, hennes hårlockar ramar in ett leende, som på film, hennes första replik glömmer han aldrig:

"Har du någon som väntar där hemma ..."

"Nej."

"Bra ... följ mig, jag bor i närheten." Hon är barfota, bär en vit sommarklänning med mönster av blå blommor, hon sträcker sig lätt på sina brunbrända tår, en lång tungomfamning ... Han går med, där finns inget annat att göra, hon har lagt beslag på honom. Vem kan slåss mot sitt öde ... hon tar hans hand, drar honom bakom sig ... På trätiljorna sliter de av kläderna, ingen blygsel, det är som om de alltid känt varandra ...

Vilar i henne, de sover i en oformlig hög, på golvet, vaknar, älskar, dåsar ... äter, dricker, badar, älskar ...

Det blir en lång sommar ...

Torsdag ...

K arl har arslet i örat och älskar att bli kysst på fötterna. Bob Dylan sjunger om knulla. Kungen gillar semlor och i Varbergs hamn läser en tillsyningsman sin dagliga morgonporrtidning ...

KARL ...

Klockans summerton i örat, det som är skadat av buller ...

Där tjuter en ständig signal. Han försökte sjunga tonen för sonen en jul och grabben hade spelat den på gitarr, några oktaver under det verkliga läget. Enligt honom var Karls ringande ton ett fyrstruket högt vinande ilsket Ass. Sen hade grabbhalvan skrattat, talat om för far sin att Ass betydde arsle på engelska, hela familjen hade skrattat, så ock Karl. Han gick omkring med röven i örat. Vissa ljud, så som tallriksskrammel, höga barnskrik, oljudet som uppstår när man fyller ett badkar med vatten, eller applådåskor, plågar honom, det skrapar i örat och det gör ont. Tinnitus kallas det. Vävlagaren på Almedahls räddade hans hörsel den där gången för länge sedan, men han hade varit skadad redan då. Han hade lärt sig att leva med sitt handikapp, sov bra på nätterna, läst om människor som blivit helt vansinniga av plåga, fått gå i terapi hos specialister, men Karl stod ut, hade alltid hörselproppar i byxfickorna så att han kunde skydda sig vid behov.

Han sträcker ut armen, slår av väckarklockan, drar tillbaka den under det varma täcket, ångrar sig och petar på den lilla knappen som får radion att vakna. Ur högtalaren babblar en hurtigt lustig, manlig morgonpratare i P3, käften går som en lammaröv och inget vettigt kommer ur den, han vrider om till en annan kanal, klassisk musik, *nej*, vrider några varv till och i P4 pratar en morgonpigg människa vid namn Bosse med en irriterande alert människa, hon nämns bara som du, Karl förstår att det är Sjuhäradsradions stjärna, Bosse *Boa* Bosfelth, som har ett av sina omtyckta reportage i etern. Idag handlar det om en utställning som pågår i Borås, hembygdsföreningen har samlat ihop virkade hantverk från bygdens kristna syföreningar, dessa alster skall ställas ut i gamla Eisers fabriker ...

Han stänger av radion med en tung suck. Det är bara nattradion som går att lyssna på nuförtiden, och P1, kanalen där ingen får heta Svensson, eller Karlsson, där de heter Eksedler, Vittfält, Fågelberg, Hirschfält, Duva, Sommerdal, Klarin eller något annat påhittat skitnamn. Om de hetat Fittberg, Kukdal eller Kötthög så kanske folk hade reagerat. Fast ingen bryr sig om varför kultureliten i Sverige är överklass, eller låtsad överklass, folk skulle väl bli stötta över könsorden, Vitt får man säga, men inte Fitt.

De andra kanalerna innehöll meningslöst rundprat och påtvingade skojigheter om ingenting. Det är vad den vanlige lyssnaren antas orka med. Och däremellan en låt med Britney Spears, den populära lilla pojkdrömmen med sitt dubbeltydiga budskap, Sex och oskuldfullhet, jag knullar inte, men jag vill nog göra det när jag gift mig. Han vill inte höra sån dynga, han vill höra röster med riktigt blod, om livet, sprungna ur skrevet, som Mick i Rolling Stones, inget hymlande där inte. Eller Dylan i *New Pony*, "Come over here pony, I, I wanna climb up one time on you ... Well you're so nasty and you're so bad, But I swear I love you, yes I do."

Karl gillar rock'n'roll, hade aldrig anammat Kalle Jularbo och det andra dragspelstjafset, knätofsfioler och falska nyckelharpor som var så populära i Sverige när han var liten, han är ju för fan jämngammal med Charlie Watts, trummisen i Stones, visst, en del jazz är ju lyssningsbar, men även där saknas det ofta stake, Miles Davis var ju rätt kool, och Chet Baker och Charlie Parker, men mycket av Parker var ju bara skalor upp och ned och så fort som möjligt, som en flöjtkonsert av Vivaldi, tråkigt.

Den engelska han kunde hade han lärt sig genom att lyssna på musik. Suttit med LP-skivornas texthäften och Engelsk Ordbok, envist stavat sig genom låt efter låt. När det sjöngs slangord hade han frågat yngste sonen, Emil, som var en naturbegåvning när det gällde språk. *Little Willy*, som The Sweet sjöng om, hade han alltid trott handlat om en häst ... till dess att grabben berättat för honom vad little Willy betydde. Nu reste Emil mycket i jobbet, turnerade med sitt band, spelade på små rockklubbar runt om i Europa och kunde det mesta om engelskans klurigheter. Karl hade fått ett amerikanskt slangordslexikon av honom en gång, men det hade inte täckt upp alla underligheter i de anglosaxiska ordlabyrinterna.

Karl samlar mod, håller andan, och lämnar värmen under täcket, går in i badrummet och tar en snabb dusch i badkaret. Vattnet stänker om väggarna, han har inget duschdraperi. Maud hade pysslat med sånt, rengjort, och sett till att det alltid varit rent och fräscht i badrummet. När förhänget möglat tillräckligt, hade han dragit ner det och slängt det i soporna. Just när han skall kliva ur karet halkar han till och är väldigt nära att falla, i sista sekunden får han tag i tvättstället, återvinner balansen och han noterar i sitt minne att åka till Ikea när han kommer hem igen, inhandla den där halkmattan ungarna alltid tjatar på honom att införskaffa för sin säkerhet. Det är en märklig sak med att bli äldre. Helt plötsligt börjar omgivningen tro att man blir helt hjälplös, oroar sig för alla möjliga märkliga olyckshändelser. Han har klarat sig ett helt vuxet liv utan halkmattor och mobiltelefoner men nu skall han plötsligt använda både det ena och det andra. Det där med mobiltelefon tyckte ungarna var en bra säkerhetsåtgärd, tänk om han låg där i skogen, på en av sina långpromenader bland tall, steglitsar och brännässlor, med brutet ben, utan att kunna kalla på hjälp. Han hade fått en i födelsedagspresent, med möjlighet att ansluta till internet. Vad skulle han med det till. Den låg kvar i originalförpackningen i ett av köksskåpen. Han kunde tänka sig att ta fram den om han skulle ut på någon längre biltur någon gång, men där gick gränsen. Hade inte ens läst manualen som följt med. När han tänker efter har han aldrig talat i en mobiltelefon, ens hållit i en. Halkmattor hade han fnyst åt i alla år, utom när barnen var små och skulle bada, då hade han köpt dem på löpande band. Alla fyra ungarna hade älskat att bada med skum, plastankor, vattenkannor och ubåtar. Gummit i mattorna hade snabbt eroderat till ett segt klister, varför de hela tiden hade måst bytas ut.

Men nu var det dags igen, när han kom hem från sitt ärende skulle han inhandla en ny livvakt, sprungen ur något träd i Sydamerika ...

ALBIN ...

angör gästhamnen, klockan är strax före sju på morgonen. Han hade känt en vidrig pust från Värö pappersbruk, likt ett uppsvullet dött djurs ångor i den sydliga brisen, just när han rundat piren vid Varbergs fästning, men här inne är den borta. Här stinker i stället den ruttna tången, men den doften går an, känns som hemma. Den begynnande dagens himmel är full av måsar, dimman har lättat något, och det är inte så rått längre. Ingen människa syns i närheten. I beredskap har han två av sina fyra förfalskade identitetshandlingar, ifall någon i tullhuset mitt emot färjestationen skulle vara nyfiken, han hade räknat den risken som försvinnande liten, då båten faktiskt var registrerad, falskt, i Sverige. Enligt bokstavs- och sifferkombinationen tillhör den en fiskare från Galtabäck, strax söder Varberg, Valter Åkesson, och i ett av körkorten, det han tänkte använda inåt landet, heter han

Sven Lundin, fotot visar en glad farbror och läser man det fingerade personnumret är han sextio år.

Falsk identitet var inget problem, hans kontakter var goda efter att ha tjänat multiinternationella företag och organisationer, regeringar och oppositionspartier runt klotet, även hemlandets ... Fast det var ett tag sedan ...

De låg bakom Palme, den omtyckte, men också hatade statsministern. Det var patetiskt att se Holmér jaga kurder efteråt, Albin var en av två, kanske tre, nu levande personer som visste vem uppdragsgivaren var, och inte var det någon kurd. Han var aldrig med i första ledet, men satt i full beredskap i Köpenhamn om det spåra ur ...

Det gjorde det inte.

När han förtöjt båten, går han upp förbi Tullhuset som ännu är mörkt och obemannat, vidare uppåt Hamnvägen mot hamnkontoret i Hamnmagasinet, vilket ligger som en lång länga med plåtskjul och träbodar i ytterkanten av Societetsparken. Det lyser i fönstret på en av de rödmålade bodarna. Det visar sig av skylten att döma vara rätt, och han behöver inte vänta på att kontoret skall öppna. När han kliver in pinglar en gammaldags dörrklocka i mässing över hans huvud och han ser en medelålders man bakom ett skrivbord, läsande en färgglad tidning, han hinner skymta en bild föreställande en fet, naken kvinna, högröd i ansiktet fumlar den förödmjukade tuttentusiasten med valkiga sjönävar ned magasinet i en av skrivbordslådorna, vilken han skjuter igen med en smäll.

Utan omsvep meddelar han sina önskemål. Han vill ligga i hamnen några dagar, upp mot en vecka, och betalar avgiften som anges på skylten på väggen bakom mannens rygg. Den hamnansvarige nickar och säger att det inte är någon som helst trängsel så här dags på året och att han lätt och ledigt kan ligga där han ligger, säsongen är så länge isen inte lägger sig.

På frågan hur man tar sig till tågstationen, meddelar mannen att det bara är några hundra meter, först upp till höger längs Norra Hamnvägen och sen vänster genom Järnvägsparken, han informerar även om att tåg från Varberg upp mot Göteborg och nedåt Malmö avgår en gång i halvtimmen nu efter den nya hösttidtabellen, tåget mot Borås brukar nog gå en gång i timmen. Efter att han slagit en blick på armbandsklockan, ett billigt japanskt ur, säger mannen att Göteborgståget hinns gott och väl med om han går nu direkt.

Mässingklockan pinglar för andra gången denna tidiga morgon ...

KARL ...

filar sina fötter. Det är ytterligare en av Mauds förtjänster. Hon hade alltid gillat hans fyrtiofemmor. Kelade med dem, kysste dem, det vill säga om han skötte dem och höll dem rena, hon ville inte bli skrapad vare sig av vassa tånaglar eller raspiga fötter när de låg intill varandra, och det hade de gjort ända in till slutet ...

Karl såg ingen anledning att inte fortsätta sköta dem. Fötterna var, näst intill kuken, lika vitala som tänder och händer på hans kropp. När han smörjt in sig med Mauds fotkräm, han hade fortsatt att köpa den av bara farten då han besökte Apoteket, klär han sig i sina vardagskläder, flanellskjorta och favoritjeansen. Går ut i köket och brygger sig kaffe, frukost ämnar han äta på tåget och han börjar känna sig jäktad, tåget går snart från Varberg. Tänkt promenera till stationen i lugn takt och då måste han strax gå. Väskan står färdig i hallen, biljetterna ligger i rocken, han hinner, måste hinna, dricka sina två muggar kaffe, annars fungerar han inte, lyfter av bryggtratten, häller upp i en mugg, placerar den på köksbordet och går tillbaka in i sovrummet där den vackra nysilverdosan ligger. En och annan i hans omgivning anser den nog vara smått skabrös, han tycker den är vacker och ganska lustig, beställde den från Bengt Sändh förra hösten. På locket sitter en glad, naken kvinna på sin lika oklädde, mustaschprydde make, hon rider honom i munter älskog och dricker en kopp kaffe samtidigt. Runt dem står att läsa med bokstäver i relief: Snus och mus är mitt förtjus, kaffe och pitt är gummans. Konstnären bakom bilden är Hans Arnold, vars underbara monsterbilder man kunde avnjuta till skräcknovellerna i Fib/Aktuellt då det begav sig. Han har en med ett älghuvud på också, det motivet är skapat av den kände illustratören Gunnar Brusewitz. Har samlat på sig udda dosor genom åren, inget direkt medvetet samlande, det hade bara blivit så, hade en i näver med. Ibland hittade han någon vacker, eller ful, eller ovanlig dosa på någon loppis och han kunde bara inte låta bli att köpa den. En av dem var i mässing, en Skultuna, en annan var liten och avlång och hade ett fällock med gångjärn på ovansidan, den var i silver och innehöll mintpastiller. Går ut i köket, tar i för att få av locket, det kärvar idag, eller så är hans fingrar fortfarande morgonsvaga, det lossnar, njuter sin, som han brukar uttrycka det, näst bästa stund på dagen ...

ALBIN ...

hinner precis med rälsbussen mot Borås, biljett får han lösa hos lokföraren, då någon konduktör ej syns till. Han går bakåt genom mittvagnen och sätter sig vid en fönsterplats i den tredje och sista vagnen. Ovanför vagnsdörren lyser stora, digitala siffror, 07.57. Det skakar och bullrar i vagnen, det stör honom inte, han älskar att åka tåg, både stora långfärdsvagnar och som nu, i den mindre, lokala varianten.

De når strax Tofta och när de passerat Veddige kan han äntligen njuta av den ännu låga morgonsolens smekning av en Viskadal i höstfärger. På åkrarna vänder bönderna jorden inför vintersömn, traktorerna glänser i azur och cinnober ... långt där ute dansar älvorna ...

Handen ... just det. Hennes hand, den svala, den hon först rörde vid honom. Hon bar en ring, i form av en orm, med ögon av blå safirer, han tog handen i sin, synade den närgånget, hon såg förvirrad, litet generad ut.

"Du har vackra händer", sade han, smekte henne lätt över handryggen, såg in i henne, hon rodnade ... kanske hade ingen sagt det förut. Det var inte bara hennes händer, under kläderna fann han allt, under skinnet, ännu mer ...

Hon är borta.

Punkt.

Och snart, mycket snart är allt fullbordat ...

KARL ...

Promenaden ned mot stationen går i maklig takt som planerat. Passerar Vivo, beslutar sig för att gå in och köpa litet färdgodis. Det är billigare än att handla inne på stationen i Borås, och dessutom jobbar en annan av hans favoritmänniskor där, den unga Mi. Han köper alla sina dagligvaror där, inte bara för Mis skull, affären ligger nära. Storhandlar gör han två gånger i månaden. Åker in i den rymliga Volvon, en kombi, åttionia, står blodröd, blank och redo i kallgaraget, in till Borås eller ned till Skenes nya lågprisbutik. När han kommer in i speceriaffären som nyss öppnat för en ny dag i folkets tjänst, klockan är bara några minuter efter åtta, står Mi vid mejeriavdelningen och fyller på gräddtetror. Hennes långa rödlockiga hår är uppsatt i en hästsvans idag. Hon skiner upp när Karls gängliga lekamen upptar hennes perifera synfält, vänder huvudet mot honom:

"God morgon, Karl. Inte på jobbet idag ..." Hon ler med hela kroppen och paradoxalt nog dyker hans yngsta dotter upp för hans inre. När hon var runt tre-, fyraårsåldern studsade hon upp och ned samtidigt som hon viftade med armarna när hon ville berätta något nytt, roligt, hon var glad för det mesta, det var då han hade myntat uttrycket "glad i hela kroppen". Nu hoppar inte Mi, men hon har ett kroppsspråk som får honom att minnas. Hon gör honom lycklig i köttet bara genom att vara ...

"Nä, nu har man lön ändå", svarar han och gengäldar hennes leende med ett tokflin, "Ska ut på resa och tänkte ha nåt att knapra på", fortsätter han och går vidare mot kassan och den strategiskt placerade godishyllan. Mi släpper två tredeciliters kaffegrädde och följer honom.

"Pensionär." Hon smakar ordet som vore det en maträtt. "Lyxigt." Nu retas hon. "Då kan du ju komma förbi litet oftare tycker jag", fnissar, "och förgylla mina trista dagar ..."

Mmmm ... Du skulle kunna förgylla mina dagar också, tänker han, din ljuva vestal i väster. Han når godishyllan. Något för andedräkten. Toy finns inte längre, slutat att tillverkas, ser inte till ungarnas forna favorittuggummi heller, Bugg, päronsmak och jordgubb, alltid i lördagspåsarna. Karl tar halstabletter, en chokladkaka och litet saltlakrits, för säkerhets skull tar han en näve vinegum också, även om de känns litet hårda, och så stinker man om fingrarna av dem, men de är ett komplement till det salta.

Karl betalar och går vidare ned mot stationen, förbi det gröna huset med bostäder i övervåningen, gamla Vivo, den lilla butiken som låg där på hörnet, före nytillbyggnaden på sjuttiotalet. Ett tag fanns där en firma som sålde och lagade symaskiner, samt saluförde akvarietillbehör, men nu var det tomt, passerar gummiverkstaden där han brukat byta sina bildäck, men som nu är nedlagd, lokalen inhyser en pizzeria. Bakom gummiverkstaden låg vad de kallat för Dalen, en av barndomens magiska platser. Där nere lekte han tillsammans med Edvard. Och Krister, som kom att försörja sig på att laga upp gamla bilar som han avyttrade. Han emigrerade sen, till Australien ...

De byggde kojor omfamnade av grenar, grävde fördämningar

i bäcken, letade guld i leran, de krigade indianer och cowboys, rökte bolmört och låtsades att det var cigarrer, anlade gräsbränder som de nogsamt släckte, utom den gången då Kinna Brandförsvar fick rycka ut. Då hade de varit rädda. Sprang som den där Bob Beamon när han hoppade världsrekord, åtta och nittio, eller som den gången Kurre Hamrin tog fart efter att ha gått så länge med bollen, och gjorde det där oförglömliga målet mot tyskarna i VM i fotboll femtioåtta.

Men de hade kommit undan. Där fanns nog de som anat vilka de skyldiga voro. Nu fanns inte Dalen mer. Där skräddarens gamla skabbiga, vita träkåk en gång låg, fanns det numer ett äldreboende, och dalen bakom var sedan många år igenfylld, lövskogen försvunnen, bäcken borta, stora klätterträdet nedhugget, almen, i vars grenklykor de suttit och ätit snask eller mumsat nypallade bigarråer, spottat kärnor och njutit utsikten ned mot Fritslavägen, eller i dödsförakt klättrat över i det stora trähusets vind via en av de tjocka grenarna, upptäckt döda fåglars skelett i golvdammet, jättespindlar i de dunkla hörnen, ända till skräddaren upptäckt dem och spikat igen vindsfönstren på baksidan av kråkslottet för evigt ...

Karl styr stegen förbi EG: Larssons bilfirma där han för endaste gången i sitt liv svikit Volvo och köpt en begagnad inbytesbil, en stor Kapitän, så nära raggarbil de någonsin kommit, han och Maud. Det ljusblå skeppet hade ungarna kallat vagnen vilken han hittat billigt. De hade bara haft den ett par somrar då den visats sig vara en riktig rostburk, dock en vacker, rolig och högst personlig familjeburk. Han tar Fritslavägen ned mot byn, väntar på grön gubbe vid polisstationen, passerar gamla Boråsvägen förbi Rönnäng och biblioteket, bion och kommunalhuset och vid Domus tar han vänster nedför backen. I ett av husen på höger sida låg förr musikaffären där han köpte Emils första, riktiga elgitarr, Thor-Eriks musik, som ägdes av det kända dansbandet och drevs av gruppens förre busschaufför och kombinerade ljudtekniker. Ingen i orkestern hade tid att förestå butiken då de var fullbokade som få västkustband. Nu var inte dansbandsmusik något som upptog Karls musiköra ett dugg, men affären var bra och han hade fått gitarren på tre års avbetalning, sex tusen kronor hade den kostat, mycket pengar för en textilarbetare men han hade aldrig tvekat, klart att grabben skulle ha en riktig gitarr, förstod att elplankorna på färgillustrationerna i Hobbexkatalogen inte var något att sätta i händerna på en spelsugen tonåring. Han hade satsat rätt. Ungen hade brunnit för sin gitarr och blivit skicklig, nuförtiden försörjde han sig på sitt spelande. Han var ingen berömd stjärna, men familjen hans levde väl på musiken, och en gång hade han spelat i *Måndagsbörsen* på teve … det hade inte många från Kinna varit i närheten av och Karl hade varit stolt som en kyrktupp …

Karl gladdes över alla sina fyra barn. De hade givetvis orsakat oro i tonåren, men mest av allt hade de skänkt honom glädje. Den yngsta av dem, döpt till Karin men kallades mest Kajsa, jobbade som sjuksköterska på lasarettet i Varberg, tog hand om skadade människor på akutintaget, ett krävande och ansvarsfullt arbete. Trots sin gymnasiala ekonomiutbildning, några års vidare studier vid universitetet i Göteborg och jobb på en konsulterande byrå uppe i självaste Stockholm, körde äldsta grabben, Lasse, sopbil i Borås med omnejd. Grabben fick nog av att lura på folk dyra avtal och fonder, hoppade av den monetära cirkusen och flyttade hem till byn igen, fick jobb i Borås och hade kört sopor i tio år nu, bedyrade att han var lycklig, Karl trodde honom, varför skulle något av hans barn ljuga … ärlighet och uppriktighet var något han förespråkat sedan de tultat i blöjsnibbar. Köra sopor var ett fritt arbete som numer var hyggligt betalt, pojken hade det bra. Så också hans äldsta barn, i hemlighet hans favoritdotter, som för alltid skulle vara lilla Eva för honom. I späd ålder envisades hon med att hon skulle bli mamma, kock och bagare när hon blev stor. I den ordningen. Sen var det polis som gällde, därefter ville hon bli skådespelare, men det blev aldrig av, hon visade sig vara en riktig begåvning när det gällde att teckna. Efter några år av knapert leverne på folkhögskola, sökte hon och kom in på Konstfack, försörjde sig som tecknare, frilans, med uppdrag för olika månadsmagasin, dagstidningar och hade även varit med och animerat en del film. Hon reste en hel del i jobbet, och hittills den enda av hans avkomma som inte skänkt honom något barnbarn, vad han förstod var hon en omtyckt kvinna, och vacker som en vårdag var hon också, det hade hon varit i hela sitt liv. Eva bodde i en magnifik takvåning i centrala Malmö tillsammans med en väninna. Karl hade varit nere och hälsat på dem ett par gånger. De hade bara ett sovrum ...

Han går vidare nedför backen, förbi Viktorins guldsmedsaffär, resebyrån och Café Cecil som bakar de bästa semlorna i Sverige. Historien om hur det blev Kungliga Hovleverantörer är en smula speciell och måste nog berättas här:

Kungen hade på sin Eriksgata kört genom Kinna i början på sjuttiotalet, på minuten inbokad vid alla möjliga tillställningar. Enligt sägnen hade han trotsat tidsplanen, beordrat sin chaufför att stanna vid första bästa fik, ville ha en kopp kaffe och en semla om han skulle orka med att bevista det påbörjade kärnkraftverksprojektet Ringhals vid Bua strax norr om Varberg. Han hade under morgonen bevistat Eisers fabriker i Borås som förutom hållbara strumpor tillverkade världens bästa underkläder, svenska arméns underställ, sedermera skulle företaget gå under i tekokrisen, säljas och flytta utomlands, men vid den tiden höll det sig ovan ytan. Den unge, ännu ogifte och mycket omtyckte Hans Majestät Konungen Carl XVI Gustaf af Svea Rike passerade just polishuset i Kinna, chauffören hade styrt genom Rydal, passerat barrsjöarna, tagit höger ned mot byn, och den kungliga svarta stora blankputsade svenskflaggade limousinen stannade just till vid dåvarande Jonssons Herrfrisering, en förbipasserande dam vid namn Ingrid Olsson hade, efter en personlig förfrågan genom limousinens bakruta från Hans Höghet själv, rekommenderat Cecils Konditori. Ingrid skulle aldrig glömma mötet och talade ännu in på det nya millenniet om de korta sekunderna som sitt livs stora tilldragelse. Därpå gled den stora bilen näst intill ljudlöst vänster nedför backen, parkerade vid trottoarkanten där Karl nu befinner sig, och ut steg en byxskrynklig Konung, tätt följd av sin kepsprydde droskförare och en av de två medföljande säkerhetspoliserna. En gång i tiden, hade Karl läst, kunde man ibland se de Kungliga knalla runt på stadens gator som alla andra, men Sverige skulle inom sinom tid vakna och tvingas in i den stora vida världens hemskheter, med kidnappningar, terror och småningom statsministermord ...

De magknorrande männen gick den knarrande trappan upp, köpte var sin kaffe med tillhörande fastlagsbulle, ingick både påtår och tretår. Chauffören fick sköta den likvida transaktionen, sen sjönk de ned i en av de mjuka sofforna och slukade läckerheterna. Efteråt talade Kungen en stund med Cecilia Grankvist, konditoriets ägarinna, medan livvakten införskaffade en bulle till sin vid bilen väntande kollega, han fick även en mugg kaffe på köpet. Och allt sedan den dagen levereras det var senvinter en kartong innehållande tolv styck fastlagsbulle i två lager med styv papp emellan, nu omdöpt till CG-Semlan, det kan tolkas fritt, Carl Gustaf-semlan, eller Cecilia Grankvist-semlan, reser första klass, först specialbeställd taxi ned till Landvetter, därifrån med inrikesflyg till Arlanda, där Den Kungliga Varubilen möter upp och transporterar bullarna längst E4-an ned till Hans Kungliga Majestäts Chateau i Gamla Stan ...

ALBIN ...

De röda siffrorna ovan dörren i vagnens bortre ända visar 08.25, de har just passerat Björketorp, nu dröjer det inte länge innan han får beträda den mark som för så många år sedan stals från honom, innan han hann ta sitt första steg på dess yta ...

Han hade aldrig anat något. Det var först när Mor avlidit hela bedrägeriet hade avslöjats. Far, må han brinna i helvetet, dog i en hjärtinfarkt sjuttiotvå, men Rut hade hållit fast vid livet och somnat in tre dagar före sin nittiofemårsdag. Han höll sig ajour med hemlandet i allmänhet och Göteborg i synnerhet. När han läste faderns dödsannons i Göteborgsposten söp han sig full på visky. *Dancing on your grave* ...

När han firat färdigt sin plågoandes död, ringde han Mor. Hon hade först låtit avvaktande i luren, till dess att det gick upp för henne att det faktiskt var den sedan länge försvunne sonen hon samtalade med ... sedan dess hade de haft en kontinuerlig förbindelse via brev och telefon ...

Han var inte på någon av föräldrarnas begravning, men en jurist på advokatfirman, vilken skötte Mors komplicerade ekonomi, hon var en förmögen kvinna, hade per brev uppmanat honom att närvara vid testamentets exekution. Det avslöjade inte bara att han hade pengar, nej, viktigare än så, det berättade att han en gång adopterats ...

Och vem som hade lämnat honom ifrån sig ...

KARL ...

stannar till vid stationskiosken. Rune Eliasson står där som vanligt. En glad gubbe med två passioner i livet, fiske och cigarrer. Den oansenliga kiosken några meter från rälsen som förbinder Borås med havet innehar troligtvis rikets, kanske nordens bästa cigarrsortiment, allt från de något billigare Amerika-, och

Hondurasrullade, till de mest exklusiva Kubatorpederna. Jämfört med cigarrerna är sortimentet av månadsmagasin och porrtidningar, godis och dagstidningar inte i närheten av benämningen välsorterat och ändå finns där en hel del att välja mellan. Rune startade Kinna Fiskeklubb redan på sextiotalet, arrangerar fiskeresor både till fjälls och till sydligare trakter. De elever på Lyckeskolan som valt fiske som tillvalsämne hade fått förmånen att uppleva Rune Eliassons speciellt utvalda äventyr, som exempelvis de i svågerns från Varberg trålare, då i ett av Runes favoritvatten, Lilla Hummelgrund, några distansminuter innanför Fladen.

Karl fiskar själv och har varit medlem i klubben sen sjuttiotalet, minns första gången han fångade en kattfisk, denna fula, delikata kotlettfisk, vilken brynt i smör, serverad med nypotatis och en syrlig örtsås är en upplevelse milsvida från fiskpinnar.

Karl föredrar dock sjöarna och framför allt åarnas vatten, han är en genuin å-man, älskar att smyga utefter de snåriga, ringlande kanterna, krångla sig igenom buskagen ned mot vattnet att lura gammelgäddan att svälja exempelvis en dropfish, en utmärkt spinnare som med sin bekrokade gummifisk givetvis är en oemotståndlig munsbit för å-gäddan, även de riktigt stora abborrarna ser dem som lördagsgodis, att efter timmars vandring sätta sig vid Viskan eller Häggån, *ffftsssa* upp en fiskeväskssval skumskakad pilsner, lyssna på tystnaden i vattnets stilla gång, någon skogsfågels sång, och sedan en god snus och en stunds meditation i Gud Fader och hans natur. Karl är inte religiös, men under dessa stunder är han salig ...

Karl hinner prata en stund, tåget kommer inte in än på en kvart. Rune berättar att han skall till varmare vatten och dra upp storvilt över julen. Det blir inte den första resan för honom och Karl kan se upphetsningen spritta som en trasig elsladd i Runes ögon över att bara för sin inre syn ana de bjässar som hägrar i blådjupa skattkammare: blue marlin, tonfisk, havsabborre, kanske haj.

Karl passar på att fylla på snusförrådet, han köper två dosor Ljunglöfs.

Ångrar sig, tar tre ...

ALBIN ...

När rälsbussen gnisslar in vid perrongen känner han en rysning gå genom kroppen. En behaglig sådan. Reser sig, tar på skinnrocken och ställer sig vid utgången. Medför inget handbagage. Behövs inte. Har inte tänkt att bli långvarig. Bråttom. Två skäl:

Inte lång tid kvar.

Hämnd ...

KARL ...

ställer sig på perrongen, ungefär där han beräknar att den tredje vagnen kommer att stanna. Han vill åka långt bak, helst i sista vagnen, skulle det hända något, ibland gör det ju det, brukar bilderna i tidningen visa att de sista vagnarna alltid klarar sig. Han ser de tre vagnarna komma genom kurvan ovanför Ringvägen och Rönnsbackagatan, kvarteren som en gång hyste de gamla arbetarbostäderna som familjen trängdes i fram till sjuttiotalet, de som nu rustats upp och kostar en förmögenhet att köpa. Karl lyfter upp väskan från marken och gör sig redo ...

En kort rysning far genom kroppen då han inser att det är dags ...

ALBIN ...

En sista skakning. De står stilla. Dörrarna öppnas och han kliver ut på asfalten i byn, där hans rötter sög sin näring ...

Ser en rörelse i ögonvrån, vänder huvudet mot höger ...

KARL ...

När ekipaget bromsar in far ytterligare en ilning genom Karls kropp, denna gång är den inte angenäm, utan som ett obehagligt minne man kvickt vill skaka av sig ...

Han kommer på att han måste visa biljetten framme hos tågföraren, här finns ju ingen konduktör ...

Går bort mot platsen där motorvagnen bör stanna. Först när den står helt stilla öppnas dörrarna. Karl äntrar vagnen och märker inte passageraren som just kliver av ...

ALBIN ...

En lång gubbe kliver på framme i första vagnen. Ser ryggen försvinna in i tåget. Han vänder blicken mot backen som leder mot centrum. Ägnat tid att studera kartan över Marks kommun och vet, trots att han aldrig nuddat Kinna med sina fötter, exakt vart han skall ta vägen. När rälsbussen börjar skaka iväg tar han fram fickpluntan och stärker sig med en rejäl sup.

Påbörjar promenaden mot backen ...

KARL ...

De når snart Fritsla och där kliver Sten Vik på. En god kamrat sedan tiden på Almedahls. Vik var en grann karl med silvergrått, yvigt hår som fick honom att likna Albert Einstein, och med händer som tallrikar. Han var pensionär och hade så varit i närmare ett decennium. De har inte setts på en tid men Karl kan se att Sten, trots sin ålder, en bit över sjuttio, fortfarande rör sig vigt och obehindrat, samt att han inte blivit så mycket kortare, vilket får Karl att se på sin egen framtid med tillförsikt, Sten verkar vara karl för sin skinnrock, om dock inte som i fornstora dagar. I handen bär han en nylonväska, förmodligen samma väska han använt för att stoppa ned sin ståltermos med kokkaffe och plåtlådan med fläsk och potatis i, på den tiden då han var bas nere i färgeriet. När han får se Karl, genom två vagnar, inget fel på synen, börjar han vifta frenetiskt med vänstern i luften. Det är Stens traditionella hälsning och Karl minns att han brukade skrika ett rungande: "Död Åt Kapitalet – Häng Pultronerna", under den knutna arbetarnäven. Ett ögonblick senare slår sig Sten ned i sätet mitt emot Karl, nickar, som om det bara var några dagar sedan de senast mötts, böjer sig fram, drar upp väskans dragkedja och sticker ned näven, halar upp en sjuttiofemma brännvin, två plåtmuggar, en stor falukorv och en lagrad ost, placerar allt på fällbordet mellan dem och tar fram en fickkniv ur rockens innandömen, viker ut bladet och skär en decimetertjock korvbit som han spetsar på kniven och räcker över till Karl, varpå han skär upp en skiva ost som han lämnar över på samma sätt. När han fått tugg själv, skruvar han korken av brännvinsflaskan och skvätter upp litet brännvin i muggarna ...

"Det härrr krrrrräverrr en sup", talar han med sitt karakteristiska, välartikulerade uttal. Sten hade i många år sjungit tenorstämman i Fritsla kyrkokör, hans paradnummer var julottans höjdpunkt, Adolphe Adams *O, helga natt,* spelat amatörteater i otaliga hembygdsspel och nyårsrevyer genom åren och utvecklat en för trakten helt egen artikulation, man skulle aldrig få höra Sten Vik skorra de för skåningar, hallänningar, västgötar och smålänningar tjocka r:en. Han hade redan som ung man anammat de stora skådespelarnas uttal, Anders de Wahls skälvande vibrato i radiouppläsningen av Tennysons *Nyårsklockorna* från Skansen var nyårsafton, tagit efter Gösta Ekmans, Lars Hanssons, Edwin Adolphssons och Georg Rydebergs artikulering och intonation som han nogsamt instuderat på Fritsla Folkets Hus filmvisningar om lördagarna. Några Markbor hade nog sett honom för litet högfärdig, men Stens självklara framtoning stillade även den mest ölstinne krogyngling från eventuella elaka påhopp. Sten Vik var en varm och glad person utan några divalater, det lokala kändisskapet till trots. Emellanåt, i större sällskap, kunde han uppträda en aning blygt, men efter uppvärmning blev han inte sällan festens medelpunkt, speciellt när han drog någon av sina många fräckisar, sjöng eller för den skull visslade en för tillfället populär schlagermelodi ...

Karl biter av en rejäl tugga korv, följt av ost, sörplar sedan på den ljumma spriten, inte särskilt gott men han avstår inte ...

"Vart för dig denna resa ...", undrar Sten.

"Mot Stockholm" svarar Karl, tar en munsbit korv.

"Som jag då", fortsätter Vik, dricker det sista ur muggen och häller upp en skvätt till, tittar undrande på Karl som ruskar nekande på huvudet. "Skall filmdebutera på ålderns vinter." Han flinar förläget men sträcker på sig. "Ja, någon gång måste väl bli den första ..." Sten dricker ur, lägger ned mat och dryck. Karl räcker över sin bägare som också den, efter att Sten runkat den kraftigt mot golvet för att tömma den på sista droppen, åker ned i väskmörkret.

"Film ...", frågar Karl. Hur i allsindar har han kunnat få en filmroll ...

"Jo, jag läste i GT om en provfilmning för en ny film med Per Oscarsson i huvudrollen. Jag var ju med när de spelade in *Sparvöga* här i byn på åttiotalet, som statist. Då träffade jag Per vid en lunch. Jag ringde helt enkelt upp filmbolaget och bad dem fråga honom om jag dög ..."

"Ja ..."

"Han påstod att han kom ihåg mig och jag fick åka upp och provfilma, det var i somras. En ung kvinna ringde i juli och sa att rollen var min." Nu tar Sten upp en rulle hushållspapper ur väskan, drar av några bitar papper, räcker en till Karl och lägger en i knät, sedan torkar han av munnen och händerna, gör bordet rent från smulor, rengör fickkniven och stoppar ned den i fickan, slänger servetterna i skräpkorgen under fällbordet. "Det är bara en biroll."

Karl är förstummad …

"Jo, det skall bli spännande", fortsätter Sten, "och bra betalt är det också. Tio dagars jobb med början på måndag, jag tänkte tillbringa helgen i Stockholm, har faktiskt aldrig upplevt stan, när jag var upp och provfilmade åkte jag hem samma dag. Nu har jag hyrt ett hotellrum mitt emot centralstationen och tänker bevista Drrramatennn på lördag kväll, jag har redan beställt biljett, de spelar visst Shakespeare där, Trrrettondagsssaffftonnn."

Karl får mål i mun:

"Då får man se dig på biografen då."

"Jo, jo, det låter det …" Nu ler Sten, brett, nickar, smakar bokstäverna: "Biiiogrrrrafffennn …"

ALBIN …

stannar till i korsningen. Trycker på knappen till trafikljuset. Där är inga bilar ute på riksväg 41, men han väntar ändå på att det ska slå över till grönt. Går genom parken bakom kommunalhuset, förbi en vit estrad, tar vänster vid hotellet och kommer upp vid bion. Där stannar han till och studerar filmaffischerna en stund. Det visas en romantisk film med Clint Eastwood och Meryl Streep. Han har inte sett den, och tänker heller inte göra det. Eastwood i en romantisk kärleksfilm …

Han fnyser förnärmad, promenerar sedan vidare, över gatan, mot en pizzeria vägg i vägg med en matbutik. Beslutar sig för att det är dags att dricka frukost. När han kommer fram ser han att de slår upp dörrarna till vattenhålet först klockan elva. Det är nästan tre timmar till dess.

Han går ned mot centrum …

KARL ...

"Du då, vad för dig till den Kungliga Hufvudstaden ...", frågar Sten och lyfter teatraliskt på ögonbrynen. Karl vet inte vad han skall svara, han har inte talat om för någon vad han ämnar ta sig för. Det angår bara honom, och personen han hoppas på att få träffa. Han stirrar ut på de förbirusande granarna, små gläntor där ett och annat förfallet torp står och väntar på att någon älglängtande tysk skall köpa det.

"Jag har ju inte sett Stockholm på några år. Och jag blev pensionär häromdagen ...", säger Karl, och beslutar sig för att den informationen får räcka. Sten nöjer sig med svaret, lutar sig bekvämt tillbaka i sätet och stirrar ut genom fönstret. Efter ett par korta stopp når de Borås järnvägsstation, tar tåget till Herrljunga, där de kliver på stockholmståget. Sten reser i första klass, men de har beslutat att träffas i restaurangvagnen litet senare ...

ALBIN ...

når gamla konsum, noterar att varumärket, den liggande, blå, eviga åttan, flera meter lång, har lämnat spår efter sig i form av ett ljusare färgfält längs den gråvita, skrovliga långsidan på sextiotalshuset. Han spottar mot väggen, viker av i hörnet, passerar entrén och hittar dörren till restaurangen. En skylt förkunnar att serveringen öppnar klockan nio. En timme kvar ...

Han går ned mot torget ...

KARL ...

ser den kvinnliga konduktören öppna dörren mellan vagnarna. När han hör hennes: "Nypåstigna", har han redan tagit fram färdbeviset ur dess pappficka och väntar på sin tur. Han erfar en frihetskänsla han inte haft på länge, inte ens under semesterveckorna med Maud och ungarna, i Varberg, för längesedan, då fanns alltid den där gnagande känslan kvar under skinnet, att de fria veckorna snart skulle vara till ända och måndagsmannen skulle poppa fram ...

Nu var det annorlunda. Han hade inte en aning om hur nästa dag skulle se ut, almanackans dagar var lika vita som den oskrivna boken om hans liv ...

Visste inte var han skulle bo, eller om han skulle lyckas i sina planerade förehavanden, och ovissheten var fan i mig fantastisk ...

"Tack så mycket", ler konduktörskan och klipper biljetten. Han kan inte låta bli att med blicken följa henne nedför gången. Det rycker till i pungen. Det vore väl fasen om han inte skulle försöka sig på att umgås horisontalt med ett fruntimmer igen. Han kommer att minnas hennes vackra tänder ...

En gammal lada skymtar förbi, grått virke segar för att hålla sig uppe ...

Livskraft ...

I sätet mittemot sitter ett ungt par och kysser varandra helt obesvärat. Pojken har en tuppkam, grön och orange, rakade skallsidor, i de utstående öronen hänger skrot. Flickan har färgat sitt långa stripiga hår kolsvart, runt ögonen har hon smetat ut sminket långt utåt tinningarna, som den där tjejen i filmen *Bladerunner*, bägge har slitna skinnjackor, han jeans och hon kort skinnkjol och grovmaskiga nätstrumpor, de har båda kraftigt sulade militärkängor.

"Jag trodde punken var död." Han tror först att han tänkt tanken, men förstår på de ungas reaktion, de avbryter tungleken och stirrar på honom, att han faktiskt uttalat orden högt, så han fortsätter: "Sex Pistols svinade sig i teve, men *God save the Queen* och den där knarkande basisten Sid Vicious tolkning av *My way* var låtar det, det var stake i dom ...", drömmande ser han ut mot granarna, "eller Clash, *London calling*, energi ..."

"Punken kan inte dö" svarar punkhannen.

"Det sa man om Elvis också", kontrar Karl, "Mig veterligen var han rock'n'rollen personifierad, även om han spelade in en hel del skit under sin karriär."

"Har inte farbror hört Offspring …"

Farbror, tänker Karl, det har ingen kallat honom förut. Den hängivne punkpojken börjar sjunga, skränigt, flickan ler, hon observerar, analyserar stofilen:

"Give it to me baby - aha aha - give it to me baby …"

"Kan inte påstå att jag har sett dem, men jag tycker att jag känner igen låten", Karl tvekar, "är inte dom amerikaner … punken var väl i *huvudsak* en engelsk företeelse, en reaktion mot arbetarnas situation i England, och en punkspark mot allt slätstruket och förutsebart som skvalade då …"

Nu säger inte den unge mannen något på en stund, flickan fnittrar, hennes hårt sminkade ögon spritter. Plötsligt slår hon pojken på låret och båda ungarna börjar skratta.

"Jo", säger mohikanen, "Jänkarna har en ny våg nu, men det är väl mest kommersiellt skräp. Gammal é äldst. Vill farbror ha en pilsner …"

Farbror …

"Ja, tack, men är ni tillräckligt gamla för att få ha sådana varor …" Nu skrattar de igen, den unge mannen böjer sig fram och halar upp tre flaskor öl ur en grön militärväska som han har förvarad mellan kängorna på golvet, öppnar dem med skärpspännet på sin skinnjacka, lägger kapsylerna i skräppåsen under fönstret, ordentlig, ung herre, jämnar med tummen och pekfingret till flaskhalsarnas metallfolie, räcker sedan i tur och ordning över buteljerna, först till sin flickvän, sedan till Karl, den sista höjer han i luften och utbrister:

"Vi skålar för rock'n'rollen, den lär i alla fall aldrig dö. Det är väl det det handlar om, rock'n'roll … å bärs …"

"Ritchie Blackmores Rainbow …", säger Karl och höjer flaskan han också.

"Va ..." Pojken håller fortfarande ölen i luften.

"*Long live rock'n'roll*, med Rainbow", fortsätter Karl. "Vill minnas att det var Ronnie James Dio som sjöng, det är en riktigt bra rocklåt. Ritchie Blackmore lämnade Deep Purple och startade sitt Rainbow och sjuttioåtta släppte de en LP som hette så. Jag har den kvar hemma någonstans i skivbackarna." Punkrockaren krockar flaska med Karl.

"Long live rock'n'roll", säger han och för flaskan till munnen. De dricker sakta ur sina öl, är tysta en stund ...

Karl är bevandrad i musiken. Det var både ungarnas och hans egen förtjänst, visst, det mesta av det som hördes i radion var olyssningsbart, men då och då dök det faktiskt upp någon pärla i etern, inte sällan köpte han en skiva med någon ny, bra grupp, många gamla bra vinylplattor hade barnen tagit med sig ur boet och det hände att han saknade någon speciell låt, då köpte han nyutgåvor, på cd. Fick en cd-spelare av ungarna i julklapp nittioett, först hade han varit misstänksam till detta format med sina löjliga plastfordral, vilka dödade själva omslaget som konstform, men efter några år insåg han bekvämligheten i att slippa byta sida, den utmärkta ljudkvaliten, att kunna programmera maskinen att hoppa över vissa mindre intressanta stycken, att ställa en riktigt bra favoritplatta på återspelning så att han kunde ligga i soffan och njuta av den om och om igen.

Det hade drivit Maud till vansinne ...

"Har du nu satt skivspelaren på *ripiiit* igen ...", kunde hon skrika från köket när Nazareths hese sångare sjöng *Go down fighting* för tredje gången i rad. Eller när Cornelis framförde Forssells översättning av *Le Gorille, Djävulens sång*, sjunde vändan ...

Skrattar inombords åt den gången den isländska sångerskans skiva gick en hel natt. Hade varit lindrigt nykter, just funnit hennes musik tack vare att Janne Schaffer i en intervju nämnt hennes första soloskiva som en av sina favoriter. Maud gick och lade sig på lördagskvällen, men han hade stannat uppe, lagt sig på soffan med Björks *Debut* laddad på repeat ...

Där hade Maud hittat honom på morgonen, med kläderna på, och med *Human behavior* strömmande från högtalarna. Det var ett tag sedan han senast lyssnat på den skivan.

Innan Maud försvann ...

ALBIN ...

Eleverna utanför Lyckeskolans högstadium står i klungor. En del röker, förmodligen mot skolans regler, andra står och pratar, ibland knuffar någon pojke till en annan. De flesta verkar glada ...

Livskraft.

Iakttar på behörigt avstånd. En välbekant känsla sprider sig i kroppen ... står en bit in på Lilla Lyckegatan mellan Knallens och gamla Posten, där ett försäkringsbolag numer huserar tillsammans med en mindre diversebutik.

Ägaren till affären, den medelålders, redan gråhårige, något överviktige Matti Hapala packar upp en ny sändning spritessenser, var inte ett dugg orolig över att inte bli av med partiet, bra extrakt med traditionella smaker sålde som isglass en het stranddag. Matti öppnar butiken tio, men han gillar att gå upp långt innan hans fula, lata hustru och bortskämda tonåringar är uppe och gör livet till pest. Kaffe och cigarretter är det enda kroppen kräver om morgonen, sen morgonståndet försvann. Begäret ämnar han tillgodose nu. I pentryt innanför duschrummet tillbringar han sina morgonstunder tillsammans med kaffe, John Silver utan filter, Borås Tidning och den gamla röda vinylklädda radion på lagom låg volym, inrattad på någon kanal som sorlar gött. Emellanåt kan han slänga en blick ut genom fönstret, studera ungarna som skall in i och kämpa med matteprov och tonårsfinnar och andra hemskheter, se lärarna med sina portföljer komma hukande ur sina franska bilar, fröknar och magistrar kör franskt, Peugeot eller Renault, rektorer, Citroën. Dock med ett undantag. Den cigarrillrökande biologiläraren med sitt jättelika, gråsprängda skägg och huvudet krönt i en elegant basker, i handen, plastpåse, inte portfölj, Axel Andersson, glider i en sportig gammal Merca V8 cabriolet, vilken just i skrivande stund väser förbi ute på gatan, tala om trollen, men bara han, och endast om solhalvåret. När frosttiden kommer krypande tar han fram sin Peugeot ur sommarförvaringen, man kan ställa vintertiden efter Axels bilbyte ...

Matti lyfter ut en mugg ur skåpet ovanför diskbänken. Han är något av en samlare av kaffemuggar. Smiter då och då in i någon prylbod och söker nya. Hyllorna rymmer inte en enda dublett. Dagens bägare har en rovfågel på porslinet: Projekt Pilgrimsfalk, häller upp ångande kaffe, ställer tillbaka kannan och ämnar först sätta sig vid bordet under fönstret, men ångrar sig, tar cigarettpaketet från fönsterbrädan och går ackompanjerad av en smäktande dansbandslåt ut genom bakdörren där har han några trädgårdsmöbler. Det är ännu inte för långt gånget in på hösten för en utomhusfika, njuta av den friska luften ur en god cigg. Sätter sig, fiskar i byxfickan efter tändaren men kommer åt något annat. Inget liv i spaken i dag heller, och det är helt okej, bara tanken på att krypa på liket där hemma kan få den mest virile att dö. Får fatt i rätt apparat, en amerikansk tändare med en svensk flagga. Matti känner sig svensk efter alla år i Kinna, fast det är kluvet det där, som hockey-VM, hjärtat klappar för de Blåvita lejonen då: Hakka Päällä Suomen Poika ...

Matti tänder en av de ofiltrerade lustpinnarna och spottar genast tobaksflagor, en fastnar mellan tänderna, irriterande, försöker få loss den med tungan men den sitter där den sitter. Nå perkele, den får sitta, tandpetare har han i pentryt. Lägger ned tändare och paket på bordet, lyfter på ena skinkan och släpper en morgonfjärt som ekar i gränden mellan skolans och gamla postens tegelväggar, dricker en första mun av den ångande drycken, drar ett djupt bloss, lutar sig tillbaka i sommarmöbeln.

Då får han syn på främlingen ...

Står på andra sidan gatan, vid Knallens. Matti tycker sig först känna igen mannen och är nära att ropa till, men inser, när han möter isblå ögon över luftrummet, när kylan sprids i kroppen som om morgonen inte var levande alls, bara kall och död, att han aldrig sett människan förr, och heller inte vill lära känna honom ...

Albin lämnar med plötslig avsky, tycker inte om att bli störd, den fjärtande rökaren med blicken och koncentrerar sig på viktigare saker, har siktat in sig på en blond, skrattande flicka i sin begynnande blomning ... han ler.

Livskraft.

Kommer att trivas i den lilla byn ...

Vänder sig mot rökaren igen, ser sig för, först åt vänster, sedan åt höger, vänster igen, mot ungdomarna, går därefter över gatan mot den fete mannen i fåtöljen vars ansikte nu har förändrats från att ha varit rosigt, till torskgrått ...

Bör inte vara noterad än, förutom hos denne nyfikne lille rädde man i sin fula stol. Hade karln inte släppt sig, hade han aldrig sett honom.

Var för långt bort i tankarna ...

KARL ...

känner magen morra, korven och osten har gjort sitt och det är dags för ordentlig mat. De har just lämnat Skövde, reser sig, nickar åt de förälskade tonåringarna, går framåt i färdriktningen, mot restaurangen, tar sin tid att vingla fram mellan sätena. Vagnen före restaurangen är en familjevagn, komplett med någorlunda utrymmen och en mindre lekplats. Det lever om ordentligt och här och var ser Karl föräldrars trötta blickar mot evigheten utanför fönstren. Han skyndar på stegen och är, när tåget skakar till, ytterst nära att trampa på en knodd som sitter mitt i gången och bygger med duplobitar. Gudskelov parerar han den lilla myrlingens hand och landar, med god marginal, en decimeter från de små flinka fingrarna, öppnar den sista skjutdörren, med visst besvär då den automatiska öppningsfunktionen är ur lag, vilket kräver en hel del muskelkraft, och träder in i en annan dimension, människor i avslappnade sittställningar, sippar på ett glas vin eller en öl, äter av olika rätter, sörplar kaffe och småpratar med varandra. Harmonin i vagnen får Karl att tänka ...

Mor.

Maja.

Hon dricker kaffe på fat, med en hård sockerbit i den tandlösa munnen, ena handen vilande på den rutiga vaxduken, vedspisens knastrande, ibland knallar det till inne från lågorna, och i kökssoffan ligger morbror Sune och vilar sig med en tidning över ansiktet, mors förkläde, smutsigt efter att ha tagit upp middagspotatisen, i ett lätt solregn ...

Karl glider ned i den stoppade sitsen på den fast förankrade, snurrbara fåtöljen mitt emot Sten Vik som meddelar Karl att han är tvungen att gå fram till kassan och beställa, själv väntar Sten på biff med lök som är dagens rätt. Det låter gott och Karl går fram och beställer samma sak, till det tar han in öl och en miniflaska Skåne. En välfriserad, ung man bakom disken, han har en mycket korrekt framtoning, vars vita skjorta pryds av en namnbricka vilken deklarerar hans namn, Tommy, meddelar att maten strax kommer att serveras ute vid bordet. Karl tar sin matbricka och sätter sig på sin plats och inväntar lunchen. Sten får in sin portion några minuter före Karl men väntar på Karls mat. Strax sitter de forna arbetskamraterna och äter under tystnad, köttet är något segt, men de klagar ej, slukar maten med god behållning. Sten lämnar kvar de kokta grönsakerna med en ursäkt om att han aldrig varit mycket för kaninmat, men Karl uppskattar dem och hans tallrik är snart tom. De fullbordar måltiden med att svepa sina snapsar, dricka ur sina öl och därefter reser sig Sten och går och hämtar två kaffe som de fyller med både påtår och tretår allt under det att de sitter och samtalar om dåtid och framtid. Det är när Karl slår sig lös och föreslår en konjak som det händer. Sten blir plötsligt grå som en knölsvansunge i ansiktet, gapar och med en ljudlig duns rammar han pannan rakt i bordsskivans ljusa trä, den urdruckna kaffekoppen far i golvet utan att krossas, hasar nedför gången och stannar mot en stol några fastskruvade bord längre ned. Karl far chockad upp för att se vad som hänt. Sten andas inte. Hans ögon är öppna men visar inga som helst tecken på att se något. Det går några sekunder innan Karl förstår allvaret i situationen, att hans vän nog är död. Vad som hänt kan han bara spekulera i, men någon filmdebut kommer det inte att bli för Sten Vik. Han rusar fram till servitören Tommy och förklarar sin väns belägenhet, varpå den unge mannen tar ett överraskande raskt skutt över disken, utan att vare sig slå ut den fulla glaskannan med bryggkaffe eller slå huvudet i hyllan ovanför, som hoppade han djungelhäck på fritiden, och när Karl vänt sig om är Tommy redan framme vid Sten. Han ser den unge mannen med möda få ned vännens slappa kropp i mittgången och börja ge honom konstgjord andning, då och då sätter han sig upp och trycker den döde i bröstet, Karl har sett tilltaget på film, efter några långa minuter ger han upp, vänder sig mot Karl och skakar på huvudet. Han kan inte göra mer. Med gemensamma krafter bär de den tunge Sten förbi de chockade gästerna, en del sitter med händerna framför munnen, som för att förhindra ett skrik, andra vänder generat på huvudet när de närmar sig. I en relativt rymlig kupé bortom köket, förmodligen ett fikarum för personalen, lägger de Sten på en soffa, hans längd gör att fötterna sticker ut över kortsidans armstöd. Därefter tillkallar Tommy tågchefen, som genast dyker upp i dörröppningen, han presenterar sig som Tommy han också, det finns tydligen en hel del Tommys i tågbranchen, tänker Karl och är väldigt nära att börja flina, den makabra situationen till trots. Det är chocken, tänker han och skäms. Nåja, Sten hade inte tagit illa upp, han minns sin väns ibland råa skämt om sex och död. Tommy två, som verkar vara runt omkring de femtio, med ansträngt knäppt uniformsväst, använder en fast väggtelefon och vad Karl kan förstå, ringer han personalen i Hallsberg för att genom dem ordna så att Sten kommer av tåget, de passerade just Laxå, så det blir nästa uppehåll. Sen använder han, med en knapptryckning, samma telefon till att ropa efter en eventuell läkare bland passagerarna, hans röst dånar i tågets högtalarsystem, därefter frågar han Karl om Stens personuppgifter, tyvärr kan Karl bara hjälpa till med namn och hemort. Tommy två hämtar därefter en termos med kaffe och ett fat fyllt av olika sorters småkakor, de sätter sig i fåtöljer mittemot Stens viloläger. Tågchefen är nervös, äter kakor så att det spritter smulor på den mörkblå uniformen, men Karl kan inte få ned en enda tugga, kaffet tar han däremot tacksamt emot. Mannen erbjuder sig också att hämta litet konjak, för att mildra den hemska upplevelsen, men Karl avböjer, det känns orättvist, de var ju på väg att dricka konjak, han och Sten, nu ligger vännen stendöd i soffan. Tommy ett stängde åtminstone till ögonlocken så att de slipper se uttrycket i hans ansikte, nu ser han ut att sova. Tommy ett kommer in i kupén och har i släptåg en lång, smal herre i femtioårsåldern, vars bakhuvud kläds av en blond hästsvans som räcker honom halvvägs ned mot ryggslutet, mannen är stiligt klädd i en ljus, svagt mönstrad sommarkostym, vita, blanka skor och en osannolik promenadkäpp med silverkrycka i form av ett varghuvud, det är bara hatten som fattas, men när mannen sträcker fram sin högerhand för att hälsa, ser Karl att han verkligen har en, en halmhatt, som han placerar på bordet för att kunna ta i hand. Och nu brister det för Karl. Och han börjar skratta. Och han kan inte hejda det för allt silver i Sala. Och han blir högröd i ansiktet av både skam och ansträngning, tårarna rinner utmed hans heta kinder och han är tvungen att sätta sig ...

De två Tommysarna och den välklädde mannen stirrar på Karl, som hickar till några gånger, hostar och slutligen samlar sig tillräckligt för att resa sig, be om ursäkt och gengälda den framsträckta näven från vad som visar sig vara pediatriker Viggo A. Kavelingen på arbetsresa till Stockholm för att delta i ett plötslig spädbarnsdöd-konvent med efterföljande festivitas, han konstaterar snabbt att Sten med största sannolikhet avlidit i, plötslig pensionärsdöd hinner Karl tänka och är på väg att börja skratta igen men denna gång biter han sig i tungan så att det går hål, en massiv hjärnblödning, men att en slutgiltig obduktion av en specialist får avgöra. Hursomhelst kan han med hundra procents säkerhet dödförklara Sten, han fastställer tiden för avlidandet, vilket han noterar i ett anteckningsblock, och passar också på att trösta den nedslagne ynglingen, Tommy ett, med att det inte hade funnits en chans på hundra att rädda mannen till livet. Döden var förmodat ögonblicklig och oåterkallelig ...

Viggo A. Kavelingen tackar inte nej till en kopp kaffe och en konjak, men Karl ruskar på huvudet när tågchefen ytterligare en gång trugar honom en slurk. Tommy ett har försvunnit ut till sin restaurang och de tre kvarvarande männen sitter tysta och väntar på att tåget skall nå nästa hållplats. När de till sist närmar sig Hallsberg går Karl tillbaka till sin plats för att hämta rocken och väskan. Han tar adjö av det trevliga punkparet, nämner inget om katastrofen i matkupén, vill inte dämpa ungarnas glädje, meddelar dem bara att det är dags för honom att byta tåg. De tar i hand och den unga kvinnan ger honom en puss på kinden, generad lämnar han dem att fortsätta det de höll på med. Under vägen tillbaka funderar han över vad han skall göra. Karl antar att han bör följa Sten hem, han var änkling och vad Karl vet har Sten inga barn, alltså tillhör det väl rimlighet och god sed att se till att hans gamle arbetskamrat kommer hem ordentligt. Han gruvar sig över att hans uppdrag nu blir uppskjutet, tar ur innerfickan upp sin svarta, linjerade anteckningsbok, fingrar pärmarnas yta, utan att slå upp den, han vet ju vad där står. Detta är ju ett klart fall av force majeure. Han har väntat länge på denna resa, då kan han väl vänta några dagar till ...

Han stoppar ned anteckningsboken, beslutar sig för att följa sitt hjärta och åka hem med Sten. Finns där inga anhöriga skall han ordna med begravningsdetaljen och sedan, när vännen är i jorden, får han fara på nytt.

Ja, så får det bli. Det finns inget som kan hindra honom från att slutföra sin avbrutna gärning ...

ALBIN ...

Matti är nära att svälja sin John Silver med glöd och allt när han drar efter andan, främlingen är på väg rätt emot honom, paralyserad likt en råtta inför kobran vill han egentligen kasta sig in i den varma tryggheten innanför dörren som står på glänt inom bara ett par meters räckhåll, regla bägge låsen och ... men han kan inte röra sig ...

Det här är ju löjligt. Förstår inte denna plötsliga skräck. En gubbe. Det är allt. En gammal man i silverskägg, stickad mössa och skinnrock, jeans, kraftiga stövlar, ser ut att vara sjuttio, minst. Han sätter sig rakare i stolen, greppar paketet och tänder en cigarett till, trots att han redan har en rykande i mungipan, när han upptäcker misstaget, spottar han ut den förra, sätter den nytända på plats.

Matti tror inte sina sinnen när gubben lyfter upp honom ur stolen som om han var en säck med tyg och när han släpas de tre trappstegen upp mot butikens bakdörr och in i köksregionen känner han inte skavsåren som uppträder längst hela sidan av kroppen, han märker inte att han tappar bägge träskorna, både nylonskjortan och gabardinbyxorna rivs sönder när en utstickande flisa i lättmetalltröskeln fastnar i tyget och han förstår fortfarande ingenting och cigaretten sitter fortfarande i mungipan och den ryker långt efter det att Matti Hapala är död ...

KARL ...

Två ambulansmän och två poliskonstaplar äntrar tåget. Med sig har de en bår, en nylonpåse och landstingets, för Karl mycket välbekanta, almedahlsvävda frottéfilt. Vant packar de in Sten i liksäcken, sätter en liten lapp med ett ID-nummer på hans stortå, drar upp blixtlåset, och placerar en identiskt lapp i en liten plastficka på säckens utsida, lägger honom på båren, täcker med filten och går ut. Det tar bara ett par minuter.

Karl släntrar efter polismännen och bårbärarna med tankarna farande, plötsligt ser han ...

Maj-Lis i korvkiosken står i solstrålarna framför fönstret hemma i hans sovrum. Hon bär ett tunt nattlinne och i motljuset kan han ana hennes kropps konturer. Hon stänger till fönstret som stått öppet, sedan vänder hon sig mot honom och ler, utan att säga något lossar hon knuten på bandet vilket håller hennes hår, hon skakar på huvudet och lockarna är fria, sedan lyfter hon det tunna tyget och tar på kvinnors underbara vis av sig. När hon står där med armbågarna upp i luften för att få plagget över huvudet stannar hon i rörelsen ... och han ser henne ... och hon ser att han ser henne ... och hon låter honom se ... tiden stelnar ... sedan kastar hon linnet, närmar sig bädden, som ett kattdjur, hon lyfter undan täcket, som faller till golvet, hon kryper upp på honom ...

Karl har erektion. Några meter framför honom vaggar Sten död och här går han med skavande stånd över en korvkvinna han aldrig delat annat än ord med. Han skäms litet, även å Mauds vägnar.

Han får åka polisbil till rättsmedicinska på Universitetssjukhuset i Örebro. Färden tar en stund och under den lugna resan hinner han på något sätt få ordning på tillvaron igen. Det som har hänt har hänt och det finns inget han kan göra åt saken ...

ALBIN ...

textar på baksidan av en reklamskylt, sätter den på entrédörren, *Stängt p.g.a. sjukdom.* Sitter en stund i pentryt, dricker kaffe ur en ful mugg. Den döde ligger ihopknölad under disken inne i butiken. Radion står på och han får reda på att IFK Göteborg sensationellt förlorat bortamatchen mot Örgryte och därmed givit bort sin plats i allsvenskans tabell till Hammarby, och nu leder Helsingborg serien med ett enda poäng med bara några få omgångar kvar att spela. Funderar på om han skall stänga av bryggaren, men låter bli. Det är inte hans problem. Reser sig och går ut, slänger in mannens trätofflor och skjuter till bakdörren som automatiskt går i lås, ser sig nogsamt omkring, eleverna har försvunnit in i skolan, ingen människa i närheten. När han passerar utemöblerna sträcker han ut handen och tar tändaren och cigarretterna från bordet ...

Går upp mot restaurangen igen ...

KARL ...

På sjukhuset tar rättsmedicin vid. Sten hämtas av en sköterska och ett manligt biträde, de skjuter honom på en hjulförsedd, klinisk stålvagn. Karl får öka på stegen för här gårtla' vettla' du i hundra, han nästan småspringer för att hinna med vitrockarna och poliserna genom vindlande källarkorridorer under kallt lysrörssken. Efter en stund, tillräckligt lång för att göra honom andfådd, beslutar sig på springande fot att i fortsättningen promenera minst en timme om dagen, når de ett stort rum, i mitten en vagn med blänkande verktyg och en plåtbänk med avrinningsränna i det annars rätt kala rummet. Ena långsidan täcks av blanka metalldörrar och Karl behöver inte fråga för att förstå att det är ett antal kylskåp, ej ämnade för mjölk, smör och ägg. Framför ett av dem parkeras rullbåren, det manliga biträdet öppnar dörren, skjuter därefter in Sten i två spår i flervåningsförvaringen, Karl hinner se att där ligger fler kroppar på höjden ...

Det är den sista skymten han får av sin vän, lagd i påse i ett opersonligt kylfack i ett likförråd i Örebro. Det enda som bryter av mot kylluckorna och väggarna är två barnteckningar som hänger invid lysknappen vid ingången, mörka fläckar i papperet från häftmassan, den ena föreställer en båt på vågor, den andra en påskkärring på sin kvast, driven av en osynlig motor, det ryker bakom kvasten, under båtteckningen läser Karl den bakvända och vinda handtexten som i översättning lyder: Till världens bästa morfar. Vid kortväggen är ett tvättfat förankrat i betongen. Sjuksköterskan ber honom följa med och ytterligare en gång får han, flåsande som en sjuk tjur och med en växande oro att göra Sten Vik sällskap i rummet de nyss lämnat, i raskt tempo följa lakansmänniskorna och poliserna genom gångar och uppför trappor. Till sist visas de in i ett rum med två soffor, fyra pinnstolar och ett litet bord med virkad duk under ett askfat i form av en öppen handflata med en duva i mitten. Karl pustar ut i en av sofforna medan lagens långa arm placerar ändalykten i var sin stol, han fäster blicken vid duvan i handflatan, den känns bekant, böjer sig fram och vrider litet på askfatet, ingen signatur, bara en liten klisterlapp: Made in China. Var det inte någon av jäntorna som gjort nåt liknande i skolan ... försöker minnas vem av dem, men han får ge upp.

Efter någon minuts andhämtning står en tjock man i vit rock i rummet, en färgglad sidensjal är snyggt instoppad i kragen, han liknar Oliver Hardy, har ett stetoskop hängande runt halsen, en blyertspenna sticker fram vid vänsterörat och en cigarett vid det högra, namnskylten förkunnar att Doc. Manfred Puddelpohl står framför honom i egen hög person. Karl reser sig och möter Manfreds utsträckta hand. Efter ett artigt ruskande och en snabb nick mot poliserna, frågar läkaren om någon har något emot att han tar sig "ett plozz", vilket ingen i församlingen har. Doktor Puddelpohl slänger sig, mer än sätter sig, ned i den lediga soffan, lägger ena benet över det andra, tar cigaretten från örat och tänder den, inhalerar snabbt tre kraftiga bloss, fimpar av glöden i askfatet och frågar dem om någon vill ha kaffe ... Ingen vill. Han försvinner, kommer tillbaka efter någon minut, nu har han en rykande mugg i handen som han dunkar ned i bordet och sätter sig i soffan igen, tänder den nyss släckta cigaretten, lutar sig fram, lyfter upp muggen och sippar kaffe. Han ser på Karl, och han ser på lagens väktare, varpå han utbrister:

"Jävla trågig med den man på tåg. Zådana zakär händärr ... Livet." Vid livet, far han ut med händerna och eftersom han fortfarande håller i muggen, spiller han en skvätt som far iväg och så när träffar den ene polisens blanka sko, han dricker lite till och drar åpet i sig resten av giftpinnen, fimpar och ställer, nu litet försiktigare, ned muggen på bordet, lutar sig i soffan, nickar till och somnar. Genast börjar den svagt lutande mannen att snarka ljudligt. Polismännens och Karls blickar möts. Den ene polisen fnissar till och Karls mage börjar rycka, spänningen lossnar. Doktorn snarkar vidare och den ene av poliserna presenterar sig som Walter, kollegan nickar, mumlar sitt namn, Karl hör inte vad han säger. Walter, som verkar föra befälet, börjar fråga ut honom om hans och Stens personuppgifter, hemadresser och eventuella anhöriga till den avlidne, doktorns snarkningar ackompanjerar hela proceduren. Karl får ännu en gång förklara att han bara kan bistå med Stens namn och adress, den andre polisen noterar förhöret i ett anteckningsblock. Plötsligt rycker doktorn till i sin sömn, hostar och sätter sig rakt upp, ser först förvånad ut, sedan berättar han att kroppen, efter att ha obducerats, vilket skall påbörjas när de anhöriga har underrättats, kommer att forslas till Borås. Hans sekreterare sköter redan de formella turerna runt en bårflytt, en begravningsbyrå kommer att sköta den detaljen. Polisen Walter säger att det nu står Karl fritt att fortsätta sin resa ...

Karl meddelar att han ämnar följa sin vän hem, ordna begravningsdetaljen, då han inte vet om där existerar några anhöriga, Walter kontrar med att de snart kommer att informeras om hur det står till med den saken, Kinna-polisen är underrättad och kommer att återrapportera ...

Karl, som faktiskt börjar känna sig kaffesugen, frågar Doktor Puddelpohl angående vägen till närmsta fik utanför sjukhusområdet och får till svar att det bara är några hundra meter till Kafé Öreblue:

"Ett fårrtrräfflik rrestaurratjån med härrlik äkk- och tjåttbållesmårrkås."

Poliskonstaplarna erbjuder skjuts, men Karl känner att han har åkt färdigt, avböjer med att han behöver frisk luft och en promenad och lämnar rökrummet. När han är ute skiner solen, men skuggorna har blivit längre. Det är eftermiddag och snart kväll. Har ingen aning om när nästa tåg avgår, just nu struntar han i det, han vill äta något, vara för sig själv en stund, behöver tänka. Ser sig noga om innan han går över den hårt trafikerade gatan och vidare nedför trottoaren mot kaféet. På vägen går han förbi Veirons Tobak & Tidningar, vänder om och smiter in i butiken, köper sig en kvällstidning och en trisslott av en lång, kraftfull negress som definitivt inte heter Veiron. Karl har inte sett en så vacker kvinna på åratal, inte ens på film, andas in hennes yviga hår, leende och hud i hela sin värld, hon doftar nyspolade vinteräpplen, inbillar han sig. Vill inte lämna tobaksaffären. Letar efter något mer att handla, grabbar tag i en mjölkchokladkaka av främmande fabrikat, går runt bland tidningshyllorna med månadsmagasin och porrtidningar, tyskt billigt öl ...

Hemifrån var trafiken regelbunden och väl organiserad, en dagsresa och behovet av pilsner och rödtjut var tillfredsställt.

Förnedringsresorna.

Norrmännen till Sverige. Svenskarna till Danmark. Danskarna till Tyskland. Tyskarna till Polen. Vart åker Polackerna … kanske till Sverige, svartjobbar, så rullar det på i den europeiska gemenskapen …

Karl bläddrar förstrött i en musiktidning som visar sig skriva om hårdrock. Ser då och då mot kvinnan, som hela tiden följer honom med sina mörka brunnar. Skulle inte tacka nej till att drunkna i dem, som poeter deklamerat, går till disken, fortfarande med musikmagasinet i handen, försöker sig på en slags klumpig konversation, svamlar. Kvinnan ler tålmodigt, talar en färgglad, varm östgötska, inte den lokala, gnälliga dialekten, som den där revymakaren från staden brukar använda i sina tevesända shower, vilka Karl aldrig orkat titta på längre än i några minuter. Han betalar och lämnar butiken, tvärt emot vad hela hans ande önskar. Just i denna stund vill han flytta till Örebro. Karl stannar till utanför tobaksaffären och hämtar andan …

Trafiken rasar på bara någon meters avstånd men han hör knappt. Pungkulorna vibrerar som stenhårda maraccas under bålen, ackompanjerade av bastrumma från hjärttrakten. Knäna skakar. I öronen sus.

Vad händer …

Livet är härligt.

När han sitter på Kafé Öreblue med en av de största smörgåsar han någonsin serverats, en flaska mineralvatten och en mugg svart kaffe, kommer han att tänka på att han måste ha lämnat kvar Elfsborgsväskan på lasarettet. Han svär, men lugnar sig. Får gå tillbaka sen …

Läkaren hade rätt, mackan är god, hemrullade köttbullar, två stekta ägg, rödbetssallad, ost, tomater och gurka på grovt nybakat rågbröd. Kaffet är gott. Han tar en av de tjocka, ihoprullade ostskivorna på teskeden, doppar den i det varma, låter den smälta och äter kaffeosten med välbehag, doppar de andra skivorna och njuter, han äter och dricker, avbryter för att läsa om obskyra, för honom okända hårdrocksmusikanter och ...

minns trisslotten ...

ALBIN ...

når restaurangen, ser att det redan sitter folk därinne.

Träder in i den rymliga lokalen. Där sitter några gubbar utspridda, två spelar schack och dricker kaffe, någon sitter ensam ett par bord bort och läser en tidning, vid ett annat bord sitter två av livet hårt ansatta män med öl och kaffe, en av dem plockar fram en flaska brännvin ur innerfickan, med darrande hand fyller han upp i kopparna, de ser rejält bakfulla ut.

Har själv aldrig lidit av sådana åkommor. Dricker, men aldrig så att han tappar kontrollen. En flaska sprit om dagen, aldrig mer än två. Arbetet har aldrig påverkats i negativ riktning på grund av alkoholintaget. Det är inte heller livets vatten som kommer att ända hans levnad, levern är i god kondition, allt enligt provresultaten vid läkarundersökningen.

Går till kyldisken, tar en plastbricka, två öl, ett glas, en inplastad ost-och-skink-fralla toppad med en skiva röd paprika samt en persiljekvist, skapelsen ser inte värst smaklig ut, men han tar den ändå, skjuter sedan fram allting via trärälsen till kassan, där han grabbar några tandpetare och ett antal servetter och betalar utan att byta ett ord med damen, sätter sig i hörnet längst ned i lokalen, med ryggen mot de andra gästerna.

Det är tyst.

Han ser ut genom panoramafönstren. Till höger en bank och en frisör, rakt fram, en parkering och butiker, får eld på en cigarett, öppnar bägge ölen, dricker den ena i djupa klunkar, bottenslurken låter han vara, häller därefter ur den andra flaskan i glaset, låter skummet sjunka medan cigaretten röks ned till dess att den bränner honom. Då och då kör en bil förbi i sakta mak ...

Han hade gjort sin halvårskontroll för litet mer än en månad sedan. Cleménse Fileforté, läkaren i Beaumont, en liten hamnstad i närheten av hans hem på Normandies norra udde Cotentin, hade varit hans personliga läkare ända sedan han lämnat legionen. En gammal kuf, med fyra schäfrar som enda sällskap, de sprang runt och sket i hans stora grå inmurade deprimerande trädgård och skällde oavbrutet. Ibland kunde Doktor Cleménse avbryta sin pågående undersökning för att springa ut och skälla tillbaka. Då blev de tysta en stund. När han återvände, svettig och högröd i ansiktet, brukade han morra något om att de borde ha skjutits för länge sedan ...

Cleménse hade under alla år varit diskret, det hade han betalt för att vara, aldrig frågat eller kommenterat de olika yrkesskador som kunde uppkomma. En gång hade han opererat ut en 22:a ur hans ben. Skottet, en rikoschett, hade avlossats av en döende livvakt till en högt uppburen mäklare i norra Tyskland. Då, när Baader-Meinhof-ligan härjade som värst med sina lönlösa och för en yrkesman smått löjliga metoder, kidnappningar, mord i syfte att rucka på den västtyska regeringen, hade påföljden blivit att de flesta förmögna affärsmän och politiker höll sig med eskort. Målet den gången hade haft två män i sällskap. Han hade sänkt dem båda innan Målet fallit, men den ene hade hunnit slänga iväg ett skott, en ren reflex, hade inte ens siktat, och den lilla ettriga kulan hade via asfalten bränt sig in i hans vänstra lår, trettiotvå centimeter ovanför knät. Doktor Cleménse hade aldrig kommenterat händelsen med ett ord. Grävt ur kulan, tagit emot checken och hållit käft. Skador i jobbet var sällsynta. Han besökte den lilla mottagningen två gånger om året, rent rutinmässig hälsokontroll. För litet över en månad sedan hade han fått ett telefonsamtal ...

Doktorn hade aldrig ringt honom förut, trots att han uppgivit sitt nummer. Provresultaten skickades alltid i ett diskret kuvert, utan avsändare. Han förstod därför att det var allvarligt. Redan dagen därpå lämnade han sin gård, belägen vid havet på den västra sidan av udden, körde de två milen längs småvägar upp till staden och möttes av en bedrövad Cleménse, inte alls den bullrige och skämtsamme man han var van vid.

"Jag beklagar monsieur ...", avslutade han. Utifrån trädgården trängde hundarnas skall genom de blyinfattade fönstren ...

KARL ...

plockar fram en slant ur plånboken. Det visar sig vara en tjugofemöresstor pollett i mässing, prydd med bokstäverna WMF på båda sidor, den gäller i kaffeautomaten på Birgers Konditori ... han hade sparat den av nostalgiska skäl, som en slags lyckopeng. Så vitt han visste fanns det ingen annan kaffemaskin kvar i dag, pollettdriven, i trakterna runt Sjuhäradsbygden.

Han och Edvard Olsson hade festat till det inne på Statt i Borås en gång, minst tjugo år sedan, innan branden, de blev kvar på en efterfest hos en blond finska, i en lägenhet uppe i Hässleholmen, och när de dagen efter skulle dricka sig någorlunda nyktra för att kunna se fruarna i ögonen hade han köpt dubbla polletter, sparat den ena och sagt något som: "Ifall jag någon gång i framtiden är helt utan pengar, kan jag alltid köpa mig en kopp kaffe på Birgers." De hade skrattat gott åt skämtet, så som bara män kan skratta i bakfylla ...

Han drar för dragkedjan om myntfacket. Den en gång ljusa renskinnsplånboken köpte han på en turistresa upp genom finska lappmarkerna tillsammans med Maud för länge sedan. Skinnet hade mörknat, börjat lukta hund, några sömmar hade spruckit, inget som inte skomakaren i stationsbacken kunde fixa för ett par tior. Han vägrar göra sig av med plånboken, inte av ekonomiska skäl, den påminner honom om en lycklig tid ...

Lägger polletten på bordets blankputsade glasskiva, därefter bläddrar han bland sedlar, kvitton och en och annan teater- eller biobiljett, och där ligger den, de svenska skrapdrömmarnas Rolls Royce, med potentialen att inbringa honom tjugofemtusen riksdaler per månad i tjugofem år. Undrar flyktigt om han får leva i tjugofem år till ... Förutom värkande knän och ibland molande rygg är han ju i hyfsad form.

Det var Sten Vik också ...

Trisslotter hade egentligen varit Mauds avdelning. Var vecka, alltid på en torsdag, förmiddag eller eftermiddag beroende på vilket skift han gick, lämnade han in sitt sexton raders stryktipssystem i M. Högvalls Tobak & Symaskinreparationer som låg vägg i vägg med frisören. På onsdagen följde han noggrant lagens resultat och tipsexpertens råd bland sportsidorna i Borås Tidning, dagen efter lämnade han in sin rad, och brukade samtidigt inhandla Maud litet spänning. En gång hade hon vunnit tusen kronor på en penninglott, men när så trisslotten dök upp blev det en sådan i veckan istället för en Bellman- eller penninglott i månaden. För det mesta var vinsten tjugofem eller femtio kronor, om det var något över huvud taget, då byttes lotten alltid ut mot nya vinstchanser. Då och då hade Karl fortsatt traditionen, post lagvigd ...

Han skrapar den första rutan utan dröjsmål ... 100 000:- står det ... han skrapar nästa ... 75:-, med en teve runt ... två sådana rutor till och han får åka till TV och skrapa i direktsändning ... 100 000:- i nästa, och sex rutor kvar ... 50:- ... sen blir det 1000:- ... han gör en paus, lägger ned polletten, smuttar kaffe och sopar ihop skrapet tillsammans med brödsmulor, föser ned det på golvet då där inte står något askfat på bordet, och ger sig därefter i kast med följande ruta i ordningen ... en 50:- till ... nu drar han ned på

tempot, vill smaka spänning ... ytterligare en teveomgärdad 75:a
... den näst sista rutan skrapar han försiktigt, försiktigt, försiktigt,
en millimeter i taget ... 1 ... 0 ... 0 ... han märker att pulsen
har ökat, och andningen, känner en svettdroppe rinna längst
med tinningen och ned efter kinden, han torkar bort den med
skjortärmen och skrapar fram en 0:a till, 1000:- och nu blir det en
thriller. En ruta kvar, och med flera vinstmöjligheter.

Hua ...

Dricker mer kaffe. Tar en tugga av mackan. Blickar ut genom
det avgassmutsiga fönstret. Trafiken dånar tät ute på asfalten.
Vänder sedan återigen uppmärksamheten mot lotten och skrapar
den sista rutan ... den första siffran blir en 2:a, vilket raserar allt
... ointresserat skrapar han fram 25:-, sopar ned skräpet, knycklar
ihop lotten, lägger den i fickan och stoppar ned kaffemyntet i
plånboken.

Ögnar ytligheterna i kvällstidningen och tuggar bröd, köttbullar
och ägg. Efter en stunds ätande ligger en stor bit smörgås lämnad på
tallriken. Karl orkar inte ens få ned en salladsflik. Kaffet är närapå
urdrucket, en kall slatt i botten av muggen. Lägger in en stadig pris
Ettan under vänsterläppen. Lutar sig tillbaka i den mjuka soffans
ryggstöd och lägger först nu märke till kvinnan som sitter vid ett
bord längre bort. Smala armar, tunn överkropp, det glänsande,
svarta håret i kontrast mot den anemiska huden. Hon är egentligen
inte någon som brukligt borde fästa på hans näthinna, förkärleken
till yppiga, tafasta fruntimmer ligger djupt rotad i hans natur, men
där lägrar sig ett rofylld lugn över hennes uppenbarelse, ett slags
inre självsäkerhet. Hon ser ut att befinna sig runt sin guldålder. Karl
observerar henne en smula från sidan, hon märker inte hans blickar.
Hon dricker kaffe, eller kanske te, sitter avslappnat tillbakalutad
i en fåtölj, hennes långa fingrar greppar en bok som Karl genast
känner igen, en deckare skriven av en författare från Uppsala. Karl
kommer inte ihåg hans namn, ett märkligt namn har han, men

minns romanens udda titel, *Svalan, katten, rosen, döden*, har köpt den i pocket på Ekstrands efter att ha läst en artikel om författaren i tidningen. Den ligger på tur i stapeln bredvid sängen, högen med litteratur att läsa ...

Kvinnan bläddrar fram nästa sida. Karl noterar att hon har gott om skrattrynkor kring mun och ögon. Verkar fast i bokens handling, hon ler, höjer ögonbrynen i bryderi, i sin värld av bokstäver, komman, frågetecken och punkter och ... vad är det som händer i hans kropp, är han galen .... Hans hypofys skall enligt gängse regler vara gammal och trött, inte uppmana till amorösa lekar. Han kommer ihåg den där kulturelefantens, Bengt-Bertil Fjölberg, recension.

"Det är modigt av ett förlag att satsa på en författare som borde ägna sig åt att mata duvorna och klappa barnbarnen på huvudet ..."

Vad tyckaren inte ville eller kunde inse var att mannen förmodligen inte hade haft en chans att ägna sig åt sin livsdröm före sin pensionering ...

Karl är gubbe nu. Har aldrig använt det epitetet om sig själv förut, trots att han var i utförsbacken, inget stup än, snarare ett lut. Gubbe. Åldring. Med ståpick i byxorna så fort en mondän kvinna andades luften i hans sfär, med begär till jungfrur, som om han inte åldrats en dag sedan trettio. Hade inte knullat på länge. Måste vara därför. Att spilla sin säd tillfredställde ingen man, snarare fick det honom att längta ännu mer ... men det skyddade mot prostatacancer hade någon forskare kommit fram till. Och att äta starka pepparfrukter ...

Runka mer gubbar, och brinn i käften.

Lev Längre ...

Men ...

Glad

Varm

Hullig

Kåt

Kär

Lek ...

är vad Karl ...

Medan tankarna flyr omkring som blodtörstiga knott, hamrar mot hans innerskalle som envetna tusenbröder mot en för stor metmask, märker han att det kittlar, en fjäderretning i hans högerfot, strax till vänster under den främre trampdynan. Lönlöst försöker han gnida fotabjället i den ergonomiskt utformade skon. Det tilltar istället. Måste få av sig skon, annars blir han galen. Kröker sig mellan bord och soffa, trångt, flåsar högljutt under manövern. Han hade hört någon säga, vem hade han glömt, att om man kvider när man tar på sig skorna har man blivit tjock ... åhh, vilken befrielse, med en ljudlig duns åker skons gummisula i kafébordet, den svettångande strumpan också, drar upp skanken och lägger foten över vänsterbenet, kliar frenetiskt.

Sluter ögonen och njuter ...

Maud hade brukat smörja in hans fötter när han var duschad och torr. Sedan hade hon masserat honom. Hon hade gåvan och det hade närapå fått honom att svimma. Det var en tillgiven akt, samtidigt erotisk, fingertoppskänslan, värmen. Det slutade ofta, inte alltid, i att de älskade med varandra. Han låg och tog emot sin kvinnas ömhet och när den blev intensivare och högre upp på kroppen var det i det närmaste omöjligt att inte förlusta sig i varandra. Han hade varken förr eller senare i livet sovit så bra som efter Mauds massage av hans anima ...

Karl öppnar ögonen och märker att bokkvinnan ser på honom med ena ögonbrynet höjt och med ett förvånat, snett leende.

Känner att han rodnar, skäms, som kunde hon läsa hans tankar, tränga in i det forna parets sovrum, bevittna deras hemligheter ...

Tar genast skon och böjer sig för att få på den igen, slår pannan i glasskivan, det tjoffar till. Distinkt. Som den gången när han tappade en fryst kyckling i köksgolvet.

Han skrattar.

Tror han ...

Nu ble' de' kväller.

ALBIN ...

Nej. Inte hade det varit levern. Sex månader, kanske mer, kanske mindre, hade doktorn sagt. Det var omöjligt att förutspå dödsdagen, men att den obönhörligen skulle komma, det var klart som Karlavagnen en molnfri natt i december. Hans kropp skulle inte ha en chans mot den snabba spridningen i hans inre, sjukdomen var tyvärr obotlig i det stadie den utvecklats till. Ett halvår tidigare hade det inte funnits ett spår av den, plötsligt och utan förvarning hade den dykt upp. Han fnyser till. Så hade han själv jobbat som yrkesman. Fort in, fort ut. Konceptet hade varit framgångsrikt.

Nu attackerades han på samma sätt.

Av en förbannad åkomma ...

Känslan hade varit ... falling down ... som genom ett hisschakt ... svindlande skräck ... våning efter våning ... smala streck av ljus från golvspringorna i hissdörrarna passerar blixtsnabbt hans ögon som spårljusen från en vattenkyld kulspruta ... vet inte hur långt det är kvar till botten ... vet man någonsin hur långt ner man kan sjunka ... finns inte alltid de där små strimmorna av ljus ... ilningar i mörkret, av räddningens trygghet, de som kan bromsa upp fallet så att man kan, åtminstone, påbörja uppstigningen igen, bara man får fatt i någon av dem ...

Doktor Cleménse hade skrivit ut recept på smärtstillande, drösvis med burkar med tabletter och kapslar vilka innehöll så mycket droger att han kunde flyga till månen, stanna en stund, och flyga tillbaka. Han hade inte hämtat ut doserna, rädd att kopplas bort från verkligheten, mista kontrollen. Kände att kroppen förintades, cell efter cell, snabbt, men det var inget som inte spriten kunde ta hand om.

Än så länge ...

Sveper ölen, fimpar den halvrökta cigaretten och reser sig. Det är dags att avlägga visiten för vilken han kommit. När han går förbi den tidningsläsande mannen ser han i ögonvrån att människan tittar på honom. Möter blicken, liksom i förbigående. Hans ögon viker genast bort, låtsas fortsätta studera bladet. Memorerar mannen för framtida bruk. Fotografiskt minne. Han är ett vittne som noterat honom. Men platsen, och tiden, är illa vald för ett direkt ingripande.

EDVARD ...

Olsson möter främlingens isblå ögon. Han försöker hitta tillbaka till sin för en sekund sedan lugna andning genom att fortsätta läsa sportresultaten i Borås Tidning, men hjärtat hittar inte sin brukliga takt. Mannen hade verkat bekant, utan att han kunde peka på hur. Han kunde inte påminna sig ha sett gubben förut. Förstod heller inte skräcken som drabbat honom från ingenstans, det måste ha varit blicken, jösses, den var ond, hatisk, det var som om han hade träffats av en stenhård käftsmäll ...

Edvard känner fortfarande knottror längst nackens skinn, ned över ryggen under nättröjan och den i vanligt fall så skönt värmande flanellskjortan.

Fy fan ...

Med skakande händer bläddrar han tidningen, försöker irritera sig över Elfsborgs tredje raka förlust och IFK:s senaste schabbel, men kan inte koncentrera sig på texten, bokstäverna spritter likt vilsna nattfjärilar kring papperet.

Han viker ihop Propellern, lägger den på sidan av bordet, dricker kaffet och reser sig på darriga ben för att gå och fylla på en tretår. Ser ut genom fönstret, mannen står vid hörnet av byggnaden, vid ingången till matbutiken, ser nedåt bygatan, vänder sedan huvudet upp mot kyrkan, viker av och försvinner ...

I flera minuter sitter Edvard och försöker få sina ben att slappna av. Han är rädd som en strykhund, men förstår inte riktigt varför. Kaffet står orört på bordet och kallnar ...

KARL ...

kommer till sans men vill inte, än, sängen gungar, ögonen slutna, sträcker sig för att nå snusdosan på nattygsbordet.

Handen trevar utefter ett kvinnolår ...

"Hallå, Karl ... är du vaken ...", släpper det angenäma hullet som hade han bränt sig ... Karl öppnar ögonen, men kan inte se något, mer anar ljus ...

Han är blind.

ALBIN ...

Promenaden till Snickaren tar bara en kvart, men han ångrar redan att han inte hyrde sig ett fordon när han anlände Sverige. Intentionen hade varit att göra det, men istället tog sentimentaliteten över, han ville verkligen se och uppleva byn, han ville känna marken under sina fötter, andas atmosfären ur människorna, visserligen mot alla sina inarbetade, yrkesmässiga regler, men det struntade han för en enda gångs skull i, det här var inte något vanligt jobb. Dessutom är inte Kinna så litet att inte en främling kan passera utan uppmärksamhet. Det gäller att förhålla sig någorlunda anonym, exempelvis avstå från att slå ihjäl folk så fort lusten faller på. Butiksägaren var ett misstag. Nåväl, ibland styrs han av sina känslor, inte av förnuftet. Det var inte första gången. Men han oroar sig inte. Spilld sprit är spilld sprit ...

Är min förestående sista utandning en psykopats straff ... Är jag galen
...
    Nej, jag är inte psykopat.
    Visserligen är frånvaron av skuldkänslor över mitt värv fullständig, men obenägenheten att inte kunna anpassa sig till samhällets regler stämmer inte på mig. Har brutit mot lagen. I övrigt har jag framlevt mitt liv inom ramen för vad som krävs av en hederlig medborgare. Psykopatens brist på planering är min direkta motsats. Planering är a och o i deletebranschen, givetvis med en självklar förmåga att improvisera då nöden så kräver.
    En psykopat måste vara en person vilken laddar ett automatvapen fullt av död, går in på en skola, eller en arbetsplats, skjuter besinningslöst. Eller någon som lyfter på telefonluren, trycker på Röda Knappen, beordrar sitt land, sitt folk att attackera ...
    Jag har känt personlig njutning i själva raderingen, men inte hyst aggression gentemot målen, tvärs emot, ibland har en egendomlig ömhet, respekt, infunnit sig. Trots att jag inte jagar, kan jag ändå förstå varför jägaren ibland sänker mynningen, låter det vackra djuret undkomma ...
    Vara i Gud ett tag ...

Han når rätt hus, nummer 15, går utan att visa någon som helst tvekan in i port C – sättet att inte väcka uppmärksamhet bland nyfikna fönstergluttare är att beträda området man för tillfället skall operera i som vore det den egna hemmaplanen, utan tvekan, inget tjafs ń stannar till vid tavlan som hänger till vänster, vilken talar om för honom vem och vilka Svenssons, Kraliçs och Järvinens som bebor trappuppgången. Det finns uppenbarligen bostäder även i husets källarvåning. Alltså är här åtta lägenheter, två på var plan,

K. Lindgren bor längst upp, de gulnade plastbokstäverna berättar att hyresgästen bott här länge, hiss saknas och han börjar bestiga de långa trapporna.

En plan bör vara enkel.

Det är hans.

Ring på och när Målet öppnar:

Action ...

Når andra våningen, tvungen att vila, konstaterar att den tunga andningen, det piper astmatiskt i luftrören, betyder att konditionen är slut. Han är en sjuk åldring. Vägrat acceptera det, men resignerar nu. Andas. Rullgardinen är neddragen, natten är inte längre på väg, den är redan här. Det har gått förskräckligt fort. För två, tre månader sedan kunde han i ett euforiskt endorfinrus springa de åtta kilometerna i löpslingan var gryning, innan han renade sig i den egenhändigt byggda, vedeldade bastun ute i ett av uthusen, kokade sitt kaffe på nymalda afrikanska bönor, drack sin morgonsup, oftast ett dricksglas vodka, ibland gin, samt en skvätt vinäger i ett glas med brunnens vatten. Frukost. Arla födointag hade han aldrig ägnat sig åt, intog istället en god lunch, gärna pasta serverad med öl och senare, mot åttatiden om kvällen, en stadig middag, uteslutande kött från granngårdarna med kokt skalpotatis eller någon annan rotfrukt, rikligt med grönsaker, bröd, köpt av bagaren i byn, snaps och mer öl. Efter middagen, några stadiga Scotch, gärna en single malt, vilken han med sina kontinuerliga biltripper uppåt högländerna införskaffade lådvis från de lokala destillerierna. Salongen i hans gamla stenhus kröntes inte bara av den stora öppna spisen, en av de mer framträdande möblerna var ett ekfat.

Finviskyn.

Någon gång då och då tappade han fatet på en skvätt, lade på någon bra LP-skiva, Elvis sjuttiotalsproduktioner, Las Vegas-grejorna, satt i fåtöljen vid öppna spisen, doftade, läppjade den smakrika spriten till tonerna från historiens viktigaste musikera. Fuck sextiotalet med Beatles och Jimi Hendrix och all annan neddrogad hippieskit. Lennon blev bra när han lämnade skalbaggetramset, praise the Lord for Yoko Ono. Men det fanns ingen Gud. Den där lilla galningen sköt Lennon in i stjärnornas och hjältarnas ouppnåeliga himmel där Elvis och Jussi väntade. Outsiders. Björling en sångrebell som gjorde vad han måste göra, sjöng överjordiskt och söp sitt mindrevärdekomplex ur kroppen. Elvis dövade sin ångest med droger och mat, och Lennon …

Ja, fy Fan …

Ekfatets innehåll var inte en dryck man hällde i sig för att döva ångest, det var ett livselixir att njuta …

Nu är han tillbaka i en trappuppgång i Kinna. Han andas normalt igen. Innanför dörren till höger hörs en röst, en radiopratare förkunnar att låten som just spelats var från en skiva med Gösta Linderholm, han känner igen namnet, har förmodligen läst något om artisten i en av de svenska tidningar han prenumererat på genom åren.

Någon skramlar med disk.

Det är lyhört …

KARL …

känner varma fingrar mot ansiktet, och som ett under: Han får synen tillbaka …

"Det blev rätt blodigt, jag blev tvungen att bandagera … du har antagligen fått en lätt hjärnskakning." Kvinnan fnissar. Karl ser henne otydligt i det trånga utrymmet. Det är hon från fiket. En uppenbarelse i det skumma ljuset.

Hon märker Karls förvirring:

"Jag är läkare, lita på mig."

"Vad … är så roligt …", rösten är tunn.

"Förlåt … snälla, men det såg onekligen lustigt ut. Jag kan inte låta bli …" Hon fnittrar nu, på gränsen till skrattar faktiskt … Karl smittas. Glädjen påminner honom om Maud och ungarna som alltid garvade läppen av sig om han råkat stöta i en tå eller nåt, och fnissar han med, och det skulle han inte gjort, märker han, har för ont i huvudet för sådana utsvävningar …

"Var … är jag …"

"I en ambulans, vi är framme vid akuten nu, jag tar in dig för observation. Du behöver inte oroa dig, förmodligen släpper jag dig i morgon eftermiddag, kanske redan efter frukost. Jag tar hand om dig, skulle ändå börja jobba om en halvtimme. Förresten, Anne-Katrine heter jag, Gradin. Du kan kalla mig Anne, det gör alla, utom mamma, hon är noga med namn …"

"Hur vet du … vad jag heter …", frågar Karl.

"Körkortet, Karl Ove Oskar Lindgren. Och du vill bli kallad Kalle eller …"

"Karl … sa min gamla mor … tack för hjälpen. Ni är vacker. Det var nog därför … som jag betedde mig … kände mig …" Han försöker le, men även det gör ont så han låter bli. Anne-Katrine säger inget, ser bara på honom med den där uppsynen hon hade inne på kaféet … Runt omkring honom hänger slangar, filtar, apparater och väskor, allt förankrat i remmar. Bakdörrarna öppnas och nu blir det riktigt ljust, han tvingas nysa och en intensiv smärtblixt strömmar från pannan till bakskallen och ned över halva ryggen. Han kvider till. Två ambulansmän uppenbarar sig, drar båren med honom ur bilen. Anne-Katrine går vid hans sida.

"Ont i … huve …"

"Du får inga tabletter. Måste röntga dig först. Du får bita ihop ett tag till, slappna av och nys inte mer så kommer allt att bli bra." Nu fnittrar hon igen och Karl älskar henne, vill kasta sig upp från båren, slita upp henne mot närmsta vägg och kyssa henne. Fan, nu får han stånd igen … han måste vara sjuk i huvudet …

Karl kommer på att han faktiskt är det och nu kan han inte hålla sig för all huvudvärk i hela Kina. Han börjar fnissa och det gör fruktansvärt ont men det går inte ... att hejda ...

"Jag går och byter om, vi ses snart." Hon försvinner och Karl saknar henne genast.

En kvart senare kliver Anne-Katrine Gradin in på röntgen. Karl skall precis köras in i innanmätet på en väldig apparat. Han känner att någon tar tag i hans fot, beröringen är efterlängtad.

"Hej igen, Karl. Det här är en slags röntgenmaskin, fast utan röntgenstrålar, istället används ett kraftigt magnetfält som överför kroppens inre mönster till en dator, det kallas MRT, Magnetresonanstomografi. Vi måste scanna av din skalle så jag passar på att gå igenom hela dig. Det kommer att ta en timme. Det dånar en del så du får lyssna på musik i de där hörlurarna så länge." Hon pekar på ett par lurar som hänger vid hans högra sida. "Du har inte cellskräck hoppas jag ..." Karl skakar på huvudet, trots att det gör ont. "Nåväl, du har en signalknapp i britsen, ja, där på höger sida, om du skulle börja känna obehag. En viktig sak, jag måste veta om det finns någon metall inopererad i din kropp, frånsett tandfyllningar, eller om du har pacemaker, det kan vara livsfarligt då magneten i apparaten är mycket kraftig ..." Han ruskar ännu en gång på skallen, vigselringen ligger hemma i byrålådan och är den enda metall han brukat, på eller i sin kropp. "Eftersom ditt huvud förmodligen är gjort av trä", här fnittrar hon igen, "så lär vi inte hitta några inre skador, utöver vid hjärnskakning vanligt förekommande småblödningar och mindre svullnader, men jag vill vara riktigt säker. Det är viktigt att du ligger alldeles stilla hela tiden. Vill du gå på toaletten ..."

Han känner efter ... det är bäst att avlägga ett besök om han skall klara en hel timme inne i den där helvetesmaskinen. Något skamset uträttar han för första gången i sitt liv sina behov i ett bäcken och personerna i rummet har hyfs nog att vända sig bort under tiden. När han är färdig ställer hon en sista fråga:

"Vad vill du höra för musik ..."

Han funderar ...

"Sätt på något stillsamt ... P1 är du snäll." Han kommer ihåg sin kvarglömda väska, förklarar sitt dilemma, det tar en stund, huvudet spränger ordentligt nu och han känner sig trött. Hon nickar. När britsen skjuts in i maskinens mage hör han henne gå iväg, det frasar om benen, stegen är nästan ljudlösa. Han sätter på sig lurarna, blundar, tänker av någon anledning på Doktor Frankenstein med sitt av likdelar ihopsydda monster, i den svartvita filmen som hans äldsta grabb blev så skrämd av när den sändes i teve på sjuttiotalet. De såg *Dracula*, *Varulven* och *Monstret i svarta lagunen*. Karl älskade film, skräckfilmer i allmänhet och gamla femtiotalsrysare i synnerhet, och Lasse hade ärvt hans intresse. Maud hade opponerat sig, gillade inte skräck, tyckte att grabben var för liten, men ungen hade varit så envis och Karl visste ju hur gärna han ville stanna uppe, hade inte hjärta att neka honom. De poppade majs, tog fram en champis och en pilsner, släckte alla lampor och kröp ihop tillsammans i tevesoffan. Så satt de där i mörkret, far och son, lät fantasin fri. Men *Frankenstein* ville inte Lasse se färdigt. Lämnade filmen i pausen, fem minuter *TV-Nytt*, och kröp ned hos Maud i dubbelsängen. Karl fick se filmens slut ensam och när han smög in i sovrummet låg grabben kvar som en oöverstiglig mur mellan dem ...

Karl lyssnar till en reprisering av veckans *Trädgårdsdags* på en behaglig volymnivå. Just när han skall till att få reda på hur man lämpligast friskar upp jorden kring en hängig rhododendronbuske somnar han ...

ALBIN ...

trycker in dörrklockans svarta bakelitknapp en tredje gång, den mekaniska ringklockan är bortskruvad vilket gör att bara ett fjädrande plåtklick hörs i dörren, inser att Målet för tillfället är ute. Vänder sig om och studerar dörren på motsatta sidan, grannarna har inget spionöga inmonterat, tar ur innerfickan fram dyrkverktyget, ett litet plåtinfattat redskap, liknande en universalkniv.

Till skillnad från en sådan, innehåller ingen av de utvikbara ståldetaljerna någon möjlighet att skruva upp vinkorkar, klippa naglarna eller tälja i trä. Han studerar det undre låset, ett finskt Abloy. Det var en ganska inbrottssäker lösning när det dök upp i sin nya variant på sextiotalet, men tiden hade hunnit ifatt konstruktionen. Inte heller det övre låset, ett senare så kallat säkerhetslås, vållar några bekymmer, han är inne i lägenheten och har stängt dörren på en tid strax under en minut, den inre klockan uppskattar det till femtiosex sekunder, felmarginalen slår på en, kanske två sekunder, stänger dörren, kontrollerar att den är låst, tar ett steg in på den långa nålfiltshallmattan, som tar vid efter en grov dörrmatta med ordet Välkommen i sträva strån, mattan sträcker sig genom tamburen och hela hallen, fram till en dörr med wc-skylt i porslin. Står tyst. Ingen tobakslukt i lägenheten, däremot en fräsch barndomsdoft, han blir litet yr av upphetsning, men det tar en stund innan han äntligen kan placera den. Såpa. Någonstans droppar en kran. En hatthylla direkt till vänster innanför dörren. Där hänger en militärregnrock, en sliten jeansjacka, en kofta och tre tomma trägalgar. En hög med morgontidningar, reklamblad och en blå och röd stickad luva ligger på den övre hyllan, en klädborste, yllehalsduk, samt ett par skinnhandskar på den undre. Sträcker sig efter mössan, Kinna IF står det på den, lägger tillbaka den på sin plats. På skohyllan nedanför står ett par högskaftade skinnboots, gummistövlar och ett par nya gymnastikskor. Tar ett steg vidare in i hallen. Till höger, under en magnifik spegel, står ett telefonbord med telefonkatalogen i ett öppet fack under en gammal hederlig apparat med snurrskiva, en adressbok ligger bredvid. Hallspegeln är fantastisk. Studerar glaset och ramen noggrant. En mindre kopia av franske solkungens Ludvig XIV sängkammarspegel, troligtvis tillverkad i början av artonhundratalet och skulle i gynnsamma fall kunna inbringa en ansenlig summa franc vid en kvalitetsauktion. Han vänder sig om och står framför dörrposten till det första rummet. Går in i vad som verkar vara ett kombinerat sovrum och kontor. På en brun allmogemålad brudkista står en gammal rörradio. Han trycker ned UKV-knappen, väntar en stund ... efter trettio sekunder är rören uppvärmda och ut ur etern strömmar ett socialreportage om bostadslösa. En sluddrande knarkare har fått armen avslagen, mannens sambo har gått på honom med en hammare, han har just kommit ut från sjukhuset, med armen i gips skall han nu hämnas på sin flickvän som har förskansat sig i deras gemensamma husvagn. Han hotar radioreportern med stryk för att han försöker ingripa, "Vad fan håller du på med ...", skriker journalisten när mannen börjar stänka bensin på vagnens glasfiberväggar, och önskar sig antagligen tillbaka till den trygga studion, där inte skriken från de plågade människorna kan tränga in i hans omhuldade värld av programplanering och morgonmöten och trefika med hermesetas sockerpiller och nyckelhålsmärkt vetekrans.

Han stänger av apparaten genom att trycka ned FRÅN-knappen. På skrivbordsunderlägget står en skrivmaskin, bredvid ligger ett skrivblock, en oöppnad förpackning med pappersark, ytterligare en telefon och ett pennställ, en bild av en gubbe med hatt och storstövlar som skall gå och fiska tillsammans med en randig katt i byxor och konstig mössa pryder burken, som innehåller sax, linjal och ett antal skrivdon av olika slag. Han studerar det som står med prydlig stil i bläck överst på blockets rutade papper:

Torsdag.

Stationen 8.45 -Borås 9.20

Borås 9.30 – Herrljunga 10.30

Herrljunga 11.15 – Stockholm 16.35

Och då minns han. Det måste ha varit *gubben,* rörelsen i ögonvrån, som klev på tåget han själv anlänt med. Inga noteringar om återresan. Det här var en överraskning. Hade ju haft människan i telefon och tagit för givet att han skulle finnas i eller kring sin bostad.

Det öppnar för tre möjligheter.

Åka hem.

Otänkbart.

Följa efter till Stockholm.

Ett skott i luften. Han skall söka igenom våningen efter någon ledtråd, men om han inte hittar nån, hur skall han finna mannen i en miljonstad ...

Eller vänta på plats. Frågan är om han har tid, det vet ingen, inte ens läkaren han anlitar ...

KARL ...

Flumride, Liseberg, plaststockarna i vattenbergoch-dalbanan som tar dem runt den stänkande, nervkittlande kanalen. På var sida om honom sitter Maud och Maj-Lis. Sittbrunnen är paniskt trång.

Så förbyts nöjesresa till skräckfärd ...

Kvinnorna skriker glåpord genom hans huvud. Maud slänger sig över honom, hennes ögon brinner, ansiktet är förvridet i en avskyvärd grimasch, hon rycker tag i Maj-Lis hästsvans och försöker slänga av konkurrenten. Karl försöker förgäves skydda både sig själv och Maj-Lis, som kämpar emot, men anfallet är överraskande och hans händer

verkar vara fastlimmade i säkerhetsräcket, hon hänger redan med sina
för ledvärken lindade armar över relingen ...

Öppnar ögonen för att komma tillbaka till verkligheten. En behaglig, dold ljuskälla gör det enklare att lugna ned hjärtverksamheten efter den ruskiga upplevelsen. Inser var han befinner sig. Nyheterna i radio. Ett reportage från en tunnelbanestation i huvudstaden, där någon grabb har sprungit runt och skjutit skarpt. Två fraktioner av ungdomsbrottslingar har gjort upp. En pojke har skjutits till döds, två har skadats allvarligt och ytterligare fyra unga män ligger på sjukhus.

Han måste ha varit här i en timme nu, nyhetsreporterns upprapande om mord och död huggs abrupt av och rösten som tar över utifrån rummet bekräftar hans tidsuppfattning. En sjuksköterska strålar mot honom när han åter är i lysrörsljuset. En rund kvinna med ett glittrande humör och en kort frisyr hjälper honom, som vore han ett litet barn, över till rullbåren, skjuter den genom korridoren, in i en hiss och upp till avdelningen där han skall övernatta. Han får, lyxigt värre, ett eget rum, vilket han är tacksam för. Där står visserligen en bädd till, men den är tom. Hon meddelar honom att middagen strax kommer att serveras, mandeltorsk och potatis med äggsås. Mauds ugnsbakade, spröda torsk flimrar förbi inne i hans minnesbank, snålvattnet börjar rinna till direkt och han känner magen morra. Sara lämnar honom sedan hon meddelat att resultaten från undersökningen är på väg, och mycket riktigt, en kort stund senare dyker Anne-Katrine upp i dörröppningen med en tunn plastpärm under armen. Hon ser obekymrad ut, han kommer uppenbarligen att överleva. Hon frågar om han fått något mot huvudvärken, vilket inte är fallet. Hon lägger journalen på ett bord och försvinner för att strax återvända med ett glas vatten i ena handen och hans väska i den andra. Hon ställer ned väskan och sätter sig vid fotändan på sängen, tar upp en medicinkarta ur rockfickan, trycker ut ett piller och räcker över det tillsammans med vattnet. Karl sväljer, dricker och rapar.

Hon kommenterar inte hans ohyfs, hämtar istället pärmen och sätter sig ånyo på sängkanten, denna gång litet längre upp. "Inga konstigheter alls. Du är frisk som en abborre. Lätt hjärnskakning. Du behöver vila ut i natt", hon lägger handen på hans bröstkorg, "varken blodprovet eller MRT-scannern visar på några som helst defekter. Och läkningen i fotleden har förlöpt fint." Karl ser förvånad ut. "Jo då, det syns att den har varit bruten, och du kommer att leva tills du blir hundra, ja om du slutar med att dunka skallen i hårda bord och liknande, förstås." Karl känner att han lätt skulle kunna älska denna kvinna. Hon är inte vad han i vanliga fall skulle kalla vacker, men hon är det ändå. Hon är vacker inifrån på något vis.

Du är en attraktiv kvinna Anne-Katrine, tänker han …

Hon böjer sig fram och klappar honom på kinden, sen går hon.

Den glada sjuksköterskan kommer in med mat. Hon rullar fram ett uppfällbart bord som hon skjuter in över sängen så att han kan sitta upp i lakanen och äta. Mandeltorsken är inte som Mauds, men god ändå. Han avnjuter glassen med banan och chokladsås som serveras till efterrätt. När hon kommer tillbaka för att hämta brickan ber han om en påtår, vilket genast åtgärdas.

Under taket mitt emot sängen hänger en teve, tar sig upp ur bädden, inte helt utan besvär, men medicinen har börjat verka. Han letar i väskan, får fram flaskan, häller upp en rejäl pruttare i en av sjukhusets plastmuggar, hämtar "gläppen", hans eget namn för fjärrkontroll, som ligger på fönsterbrädan, fäller upp sängens huvudända med hjälp av en spak, lutar sig, dricker kaffe och läppjar sprit, ser på nyheterna och senare en film på tvåan, en teatralisk kostymfilm om två systrar av börd och deras infernaliska kamp om en ung godsägarson med en ondskefull fader på den engelska landsbygden under artonhundratalet … och försvinner in i dimman igen …

ALBIN ...

har letat igenom lägenheten. Inga spår av stockholmsresan. Sätter sig i vardagsrummets soffa, den påminner honom om en bordellmöbel, lejontassad, mörkt, ädelt trä, klädd i djupröd, dammsugande plysch. Och genast är byn utanför Paris över honom ... hur hon invigde honom i matlagningens själ. Alla råvaror skulle vara färska, det var hon noga med. Under de dagliga inköpen stod hon länge och valde bland ståndens grödor. Hon hade visserligen mycket i de egna trädgårdsodlingarna, men en del av den dagliga födan anskaffades var morgon på torget. Hon vred och vände på olika sorters rotfrukter och grönsaker, provsmakade rökt kött och kryddig salami i charkuteributiken. Hon luktade länge, synade ordentligt, sniffade igen, provsmakade både en och två gånger innan hon bestämde sig. För att inte tala om när hon skulle välja ost ...

Fan också ... tankarna far som flugor.

Tvärs över rummet dignar en bokhylla under ord, jämte hyllor med porslin, turistkrafs, foton på avkomma och avkommans avkomma och förstås bröllopskortet, bredvid några glasskålar. Han reser sig från soffan, går fram till skåpet, öppnar ena glasdörren. Han överraskas. Två identiska guldrovor ligger bredvid varandra. Tar upp den ena, för den mot örat, tickar diskret, lägger tillbaks den och greppar den andra, vilken har stannat, han drar några varv i skruven, och den lilla sekundvisaren på nedre delen av urtavlan sätter genast igång sin färd i tiden, ställer den mot sitt eget ur, inga krusiduller, inget tjafs, bara en stryktålig armbandsklocka, skruvar några varv till, lägger sedan in rovan i skåpet igen, tar fram den snarlika, som visar sig gå rätt, drar upp också det uret och placerar det därefter vid sin tvilling varpå han försiktigt stänger glasdörren. Två guldklockor i utmärkt skick, oanvända ...

Han låter pekfingret följa bokryggarna i hyllan, känner ovanpå en av dem, synar därefter fingertoppen, inget tjockt dammlager.

För honom blir det mest nyheter och en del facktidskrifter av militär art. Han känner till några av författarna i hyllan, men att läsa böcker var för honom ett av de många tvången i uppväxten. Så fort han öppnat någon av de böcker man bör läsa, knöt det sig i honom av olust. Han lyfter ut ett vackert, inbundet verk, *Kungsgatan*, och synar det närmre, Ivar Lo-Johansson, honom känner han inte till, fanns förmodligen inte hemma i fars, med de inbyggda bokhyllorna, kombinerade rökrum och bibliotek, där kalla, blodröda skinnfåtöljer tyngde en tjock, persisk matta och där en golvlampa prydd av en stolt tysk silverörn med utbredda vingar i toppen stod för läsljuset ... Han ögnar bokens pärm och rygg, ingen information, bläddrar fram några sidor, stänger boken och öppnar den ännu en gång, på försättsbladet står att läsa prydligt textat med blyerts, *Inköpt på loppis i Varberg 1989*, och därefter en i stort sett oläslig signatur, vilken kan vara tecknad av den han söker, men han är inte säker.

Han läste inte litteratur.

Men han skrev ...

I det fördolda. I vapenskåpet i källaren i hans hem fanns ett femtiotal svarta, inbundna skrivböcker där han med sin nitida handstil fångat sitt liv. Han hade berättat i ett tjugotal år nu, som en hobby mellan olika arbeten, och hade ännu inte nått ifatt sin, som det skulle visa sig, korta pensionsålder. Det var inga dagboksanteckningar, utan en utförlig redogörelse av hela hans livsvärv, fritt från censur och förskönande omskrivningar, utom i ett fall. Han ämnade få sin historia publicerad efter sin död, det skulle hans advokat i Jersey se till när det blev aktuellt. En gammal stridskamrat, som numer skötte folks finanser.

Bokförlag hade redan, i all hemlighet, ordnats ...

Han hade träffat sin amerikanska förläggare för nio år sedan. Jobbet gick ut på att hjälpa det då nystartade förlaget att få knutet till sig en världskänd och mångsäljande thrillerförfattare, vars kontrakt med ett dominerande bokförlag planerades att avslutas före kontraktstidens utlöpande.

Det hade varit ett delikat problem att lösa. Skräckskrivaren var en veritabel värpande tupp i diamantäggsklassen, varför ett force majeur från skrivna uppgörelser borde ha varit omöjligt. Förlagets VD, som skulle bearbetas, hade två döttrar, tvillingar, fjorton år, de var faderns jordsliga ögonstenar.

I en vacker stjärnklar vårnatt där andedräkten i de få minusgraderna lämnade moln som av en luftpuss mild cigarrök ut i evigheten, hade han begivit sig in i förläggarens sovrum i sekelskifteshuset beläget i ett fashionabelt villaområde i Bostons förorter, lagt en handtecknad lapp på bokelefantens nattygsbord och lämnat familjen att sova vidare i sin trygga sömn inom larmade rödtegelväggar med dyrköpt säkerhetsfirmas sporadiska bilpatrullerande i de överbemedlades bostadskvarter ...

Den lilla lappen, *I want You to do Me a favour, please*, hade tagit skruv, målet hade ringt polisen.

Men vad skulle de göra ...

Inget larm hade utlösts. Hotet hade avfärdats av polismyndigheten, inbillning eller stress, förläggaren var en upptagen person, fallet avskrevs. Några veckor senare får förlagschefen ett telefonsamtal ...

Söndag. Solsken. Mannen står i plastsandaler, shorts och en t-shirt med texten *Kiss – Destroyer*, han steker biffar vid utegrillen. I ena handen, en halvdrucken flaska europeisk lager, i den andra, stektången. I ljudet av fågelhannars råkurr om honor och i det aromatiska stekoset från örtmarinerat kött existerar inga hot. Det hade varit en hektisk tid. Tre av förlagets författare hade publicerat romaner under loppet av två månader, en dem, Kungen, låg redan på tredje plats på bestsellerlistan, det var bara en tidsfråga innan han toppade. Det gjorde han alltid. De andra två, en manlig före detta jurist som skrev usla, men lättsålda, spänningsromaner, samt en kvinnlig före detta nöjeskåsör från New York, som nu ägnade sig åt minst lika usla, fiktiva skandalskildringar i kändis- och miljonärsmiljöer, skulle göra förlagets ende riktige författare sällskap på toppen inom några veckor. Där skulle smörjas en hel del i kritikerkårens kugghjul, world wide. Det tog tid, kraft och pengar. Det kostade att få dessa av särskilda förlagsskribenter konstruerade recensioner publicerade i landets dagstidningar, och de större öst- och västkustdrakarna, några i det närmaste omutbara, därför var det en smula knivigt, men inget var omöjligt i nöjesvärlden ...

De allra flesta inblandade vill få en, om så obetydlig, del av de dyrkade ordstjärnornas strålar på sin egen person.

En av Bostonfamiljens tre hembiträden, en fullmogen, mexicansk skönhet, han sätter på henne så fort han kommer åt, levererar den trådlösa telefonen. Husets herre har ett viktigt meddelande på sin affärslinje. Trots att det är hans lediga dag beslutar han sig för att ta samtalet. Det hände att han blev tvungen att verifiera någon författares uppdykande vid en recensents, eller kulturchefs kulturkulturella garden party, eller så gällde det kanske en förfrågan från någon chefredaktör som ville anordna ett PR-jippo. Eftersom promotionen var i full gång på tre fronter samtidigt kunde han alltså ej avstå det ringaste samtal. Det kunde ha varit värre, Europasamtal, mitt i natten. De där jävla norrgrottmänniskorna och bönderna som hävdade sin kulturvagga. När hembiträdet lämnar honom följer han hennes gungande baksida med flödande saliv i munnen. Han brukar lägga upp henne mot stenmangeln i tvättstugan och han har hennes enorma stjärt likt två klyftskilda berg sända från Gud Fader själv för ögonen. Hennes smak är obeskrivbar. Helvete ... känner att han blodfylls och i skallen dimma. Samlar sig, lägger stektången på grillens arbetsyta och gör ett tappert försök att svara med sin mest avslappnade söndagsröst:

"Jepp ..."

"Du har inte glömt min skriftliga förfrågan om en liten tjänst

..." Rösten djup, affärsmässig, hobbygrillmästaren förstår inte.

"Sorry, kompis, gäller det Kungen så ..."

"Det gäller lappen jag placerade vid din säng när du och din vackra hustru låg och sov. Söta döttrar. Kopior av sin mor. Du måste älska dem mycket. Jag tog en titt på de sussande små innan jag lämnade er ... de är snart kvinnor. Undrar varför inte den blonda, heter hon inte Amanda ... har något nattlinne, kan ju förkyla sig den lilla. Har deras trosor här på skrivbordet, souvenirer ..."

Nu fryser förlagschefen i den ljumma vårsolen. Likt ett blixtrande migrän dyker den förbannade lappen upp i hans minnesbank ...

"Vad vill ni ...", svårt att andas, hjärtat hoppar bokstavligen till i kroppen. Han måste sätta sig, släpper flaskan i uteplatsens mönstrade mosaikgolv i romersk stil, *Veni Vidi Vici and Rock'n' Rolled* står det med ljusa skärvor i det mörka partiet, just under platsen där han står, textinnehållet skall spegla både hans framgångsrika storhet och tillika, intalar han sig, humoristiska och vilda, personliga framtoning, ölflaskan går i gröna bitar och det stänker kring hans bara anklar, han slänger sig tungt i en av utemöblerna, tappar en toffla i rörelsen och måste därför böka med foten för att få på den igen, under tiden han utför operationen hinner han samla sig någorlunda i denna absurda situation. Rösten igen:

"Som jag skrev, en liten tjänst, det är allt."

Ingen förklaring, förläggaren kan höra bilar i bakgrunden, avskummet måste sitta med fönstret öppet ...

"Och vad skulle den tjänsten bestå i ...", sträcker sig mot den majestätiska barvagnen, lyfter av kristallkaraffens tapp, häller upp en stor dos southern bourbon i ett tungt glas, tar med fingrarna upp en handfull isbitar ur en skål, låter islabradorerna eller schäfrarna eller vad fan de nu föreställer, falla ned i den mörka vätskan, blandar genom att skaka glaset, sveper ur och upprepar proceduren, dock utan att dricka, nu rullar han det kalla glaset mot pannan några sekunder medan rösten fortsätter:

"Det berättar jag när vi träffas ..."

Han kan inte ens höra aset andas, bara trafiken i bakgrunden.

"Träffas ..." Stärkt av spriten, men inte tillräckligt för att få rösten att hålla hela vägen: "Jag ringer polisen, vem tar du mig för ..."

"Det vore synd." Vad är detta för en dåre ... "Inte bara för dina döttrars skull, jag kanske sätter på din fru också. Jag kommer att låta dig se på när jag tar oskulden på de små godisbitarna. Sen skär jag halsen av dem. Vill du leva med det ... polisen kan inte hjälpa dig, tro mig."

"Du måste vara galen ..."

Bokförlagets chef satte sin tillit till lagens långa arm, som nu tog honom på allvar, vilket föranledde en dygnet-runt-bevakning av familjens hem. Tre veckor senare drogs den in och förläggaren hade pånytt förärats ett nattligt besök. När han väcktes satt hans femton år yngre hustru fasttejpad i fotändans järngavel, naken, med benen spretande, tvingade isär med hjälp av rep, hennes ljust blå ögon vitt uppspärrade. När han försökt skrika hade blott ett grötigt grymtande lämnat hans lungor, munnen var blockerad, antagligen med samma sorts silvertejp som hans fru var lindad med. Hans armar fästes snabbt och effektivt i sängens järngaller. En av läslamporna var tänd och i dess sken kunde han se inkräktaren arbeta. Trots att han bjöd allt motstånd, hade det varit verkningslöst, mannen var stark, hans huvud täcktes av en stickad terroristluva, av den typ man kunde skåda över skurkhuvuden på all världens biografdukar. När den ovälkomne var klar med sitt bojande satte han upp ett läderbehandskat pekfinger i luften, förde det mot sina läppar och med den andra handen pekade han mot korridoren utanför den stängda sovrumsdörren. Äskade lugn. Det han pekade med var en kraftig, blänkande bowiekniv, sist förläggaren hade lagt ögonen på en sådan var i filmen med Rambo, ur en ficka plockade främlingen fram något, lade det mellan hustruns lår, han hörde henne kvida innanför tejpen.

Det var två decimeterlånga hårlockar, en blond, en mörkt brun ...

KARL ...

Maud igen. Välkomnar henne ... hon är sig lik, men ändå inte. Hon verkar vara en blandning av flera han mött ... Hon ligger på rygg i en stor säng. Greppar spjälorna i sänggaveln. Hon har knappt på sig någonting, bara skor, eller stövlar. Han ligger mellan hennes lår, hans mun är i hennes sköte.

De möter varandras blick. Ser hennes ansikte, men ändå inte, hon är vacker, trots att han inte kan avgöra hennes utseende, han bara vet det.

Vem är hon ...

Smärta när hon pressar ena klacken mot hans nacke, känner sitt kön styvna. Hon skriker i vällust och han försöker också, men tystas av närheten till henne. Han gråter och skrattar om vartannat, hennes beklädda hälar gräver djupare in ...

Hela hans ansikte är vått när hon öppnar sig, skakar honom, det är underbart, han sluter ögonen och njuter ...

ALBIN ...

Döttrarna hade aldrig vaknat, inte heller fick de någonsin reda på vad som hänt under nattens timmar. Innan den vedervärdige mannen ur mörkret lämnat rummet hade han skurit av repet runt förlagschefens handled, vilket föranlett att han under hårt men envist arbete kunnat lösgöra sig. Det hade tagit en evighet, med hustruns oavbrutna, tejpdämpade gnäll i öronen ...

Kungen blev droppad och bytte bokförlag inför en häpen bransch, från den gamla anrika jätten, vilken gjort honom både rik och världsberömd, till ett avsevärt mindre, nytt företag, vilket var en uppstickare i förlagsvärlden och som inom loppet av ett år hade knutit till sig tre best-sellerförfattare, den senaste, en berömd kvinnlig, engelsk deckarförfattarinna, och förutom de tre guldkalvarna, en tung, polsk nobelpristagare, vars poesi höjde det nya förlagets status.

Albins belöning för väl uträttat arbete – de andra författarnas övergång hade skett på naturlig väg, det vill säga ett betydligt högre honorar per försåld bok och en ytterst fördelaktig förskottssumma per ännu ej påbörjat verk – låg inte bara i den ekonomiska utdelningen, även ett kontrakt om framtida utgivning av hans memoarer ingick.

Albin ställer tillbaka volymen i bokyllan och lägger blicken på bröllopsfotot, det står tillsammans med små glasfåglar i olika färger, uteslutande ugglor ...

Vi samlar minnen, inte för att berätta ...

för att stå ut i nuet ...

När minnena inte hjälper oss, samlar vi på oss fler ...

så rullar livet på ...

Han lyfter fram fotot, en uggla rasar i golvet, den går inte sönder, ljudet får honom att stanna till, ser länge på kvinnan i bröllopsklänningen, han sluter ögonen och ...

Bara en berlockförsedd guldlänk runt fotvristen och ringen som fångat honom ... i henne spirade redan deras första kärleksbarn ... utanför det öppna fönstret hör de allt vad vinden har att berätta ...

Log med hela kroppen. Livskraft. Hennes hår var välvårdat, med lockar nedåt midjan, mjuka former, höfter skapta för älskog och barnafödsel, ljuvliga nyckelben, slanka armar, läppar som fick svettpärlor att tränga ur hans panna och svida hans ögon …

Han gnider ögonen, tårar, men gör det utan att vara medveten om det, han är långt bort, och för länge sedan …

Han visste att han funnit kvinnan att dela resten av sitt liv med. Det kändes bra, en obekant, slumrande nyfikenhet vaknade upp ur ett allt för länge översnöat ide. Han förstod inte vad kärlek var … men han gissade att det var denna märkliga gåva som just drabbat honom, eller, förunnats honom …

De skaffade sig huset nästan instinktivt. Hon ville inte bo på hans gård i norr, ville känna pulsen från Paris. Kompromissen blev ett hus på landsbygden, några mil norr om staden, en renoverad gammal villa vid kanten av en sjö, stor lummig trädgård med fruktträd, brygga och båthus.

Han brände ned allt efteråt.

När hon var borta …

Han är tillbaka nu. Sitter på golvet framför bokhyllan. Kroppen i hulkande konvulsioner. Han torkar med handens ovansida bort de sista svidande tårarna …

Albin går in på toaletten, med fotot i handen …

Fredag ...

Är Clintan vänsterhänt ... Var får Holger Tallberg sina datorer ifrån ... Elvis dog inte efter lumpen, och i Derome, utanför Varberg, dyker plötsligt Paraguay upp ...

KARL ...

är stenhård, det tränger på och han vill ge sig till henne trots att han borde vara halvdöd av trötthet. Men en bestämd röst avbryter honom:

"Karl, vakna ..."

Motvilligt lämnar han sin fantastiska fantasi och kan höra steg och främmande röster runtom sin kärleksbädd. Kvicknar till, där står en sjuksyster han inte känner igen och en av poliserna från igår. Konstapeln sträcker fram en mugg kaffe och biträdet höjer upp huvudändan av sängen så att han kan dricka, en kort stund senare är han klar i skallen, smuttar försiktigt medan polisen informerar honom om att Sten har en dotter i Borås som nu kommer att sköta alla detaljer runt faderns jordfästning.

Det har gått undan. Dödsorsaken är utredd, Sten avled i en massiv hjärnblödning, döden hade varit ögonblicklig. Jordfästning skall ske lördag om drygt två veckor och dottern hade låtit framföra att Karl var inbjuden på begravningskaffe.

Klockan visar sig vara halv tio, de har alltså låtit honom vila ut, konstapeln undrar om Karl behöver tala med någon, sjukhusprästen, kanske en psykolog ...

Karl tackar för omtänksamheten, men avböjer. Sten dog lycklig, om nu döden kan vara det, Karl funderar en stund, kommer inte på någon annan ordvändning.

Plötsligt minns han: Sten var ju på väg mot en filminspelning, borde man inte underrätta filmproducenten om att skådespelaren inte dyker upp ... Karl kan upplysa om att Per Oscarsson är inblandad, så det borde inte vara så svårt att ta reda på vilket filmbolag det handlar om. Polisen lovar ordna den detaljen, börjar dra sig ut ur rummet, höjer handen i en sista hälsning och försvinner.

Karl sveper det sista kaffet ur muggen och reser sig upp, det smärtar till i huvudet och han får sätta sig igen, böjer sig bakåt och ringer på sköterskan. Det tar någon minut innan hon med ett jäktat leende kommer inflappande på sina tofflor, han ber om värktabletter och ett glas vatten, hon lovar att ordna det och försvinner igen. Han är lite villrådig, vet inte riktigt vad han ska ta sig till nu. Hemåt eller enligt ursprungsplanen ...

Hur som helst, han måste bli frisk först. Han frågar sjuksystern, som just kommer med tabletterna, om han måste stanna kvar och hon meddelar honom att han får åka hem direkt om han vill, han bör snabbt återgå till sin normala kroppsverksamhet för att förhindra symtom som trötthet, yrsel och huvudvärk. Karl duschar. Bestämma sig får han göra efter en matbit ...

ALBIN ...

De satt långt in på småtimmarna, drack vin och åt, skrattade, fantiserade om en framtid de inte hade en aning om ... när de kröp ner i sängen älskade de tyst, så tyst de kunde för att inte väcka den lilla som snusade bredvid ... somnade nakna i varandra när gryningens första ljus hittade flortunna fladdrande förhängen ...

Sömnen glider undan och han inser att allt inte är som vanligt. Gnider det smått svidande såret som misspryder hakans i övrigt kala hud, vilken skägget dolt åtminstone de senaste tjugofem åren. Stubb kvar på halsen, får hyfsa till det nu om morgonen. Ovanpå badrumsskåpet hade han sett en rakapparat. Sovit hela natten i en bekväm säng. Innan han öppnar ögonen går han i huvudet igenom sina nya upptäckter. Vid kusten finns en sommarstuga, och ute på parkeringsplatsen står en bil, och nycklar hänger i nyckelskåpet i hallen.

Spritsuget sätter in. Pissnödig. Skelettet skriker. Lämnar sängen. I hallen ligger en morgontidning på mattan, han rycker upp den, låter reklambladet som faller ur ligga kvar, det hugger till i ryggen och en kraftig smärta sprider sig ut i hela bålen, vankar in på toaletten, sätter sig för att vänta ut nervernas smärtsignaler ... efter en stund kan han slappna av, lättar sig medan han bläddrar i den tunna tidningen, hoppar över sport- och familjesidor och ögnar nyheterna. Går med litet piggare steg in i köket, rotar i kylen efter sprit, konstaterar att det bara finns pilsner, skafferi och köksskåp är också nyktra, fortsätter sökningen i vardagsrummet och det enda han hittar, i vad som liknar en bar inuti ett skåp innehållande spritglas i alla former, godis, förgyllda matbestick, skålar och vaser, är en obruten flaska grön likör, Dammet yr om buteljen när han lyfter ut den, drar av en röd remsa och skruvar upp plastkorken, halsar halva flaskan, andas ... vämjeligt ... och dricker ur resten. Rapar och går ut i köket igen där han slänger flaskan i soppåsen under köksbänken, öppnar kylskåpet och plockar fram tre buteljer öl, tar fram ett glas, hittar en öppnare i en av köksslådorna, drar av kapsylerna, halsar den första ölen rätt ur flaskan och häller upp den andra i glaset, halsar det också, rapar igen och slår upp den tredje ölen, ställer den på köksbordet och låter skummet sjunka undan medan han trycker på transistorradion, rattar in en musikkanal, sätter sig vid bordet och börjar *läsa* morgontidningen ...

KARL ...

tycker att väskan känns tyngre. Anne-Katrine skickade med honom en förpackning värkmedicin, han tackade henne för all hjälp och när han betalade patientavgiften förvånades han över hur billigt det var, all undersökning och vård, som visat att han var sund som en sutare, flera mål mat och en natts logi under överinseende av rekorderliga fruntimmer.

Han har alltid gillat att betala skatt. Det är nog bara ogina borgarsvin som inte vill skatta. Mycket vill ha mer ...

Promenaden till stationen går sakta, men han stannar inte för att vila på någon av bänkarna efter vägen, han skall röra sig som vanligt. Vid stationsbyggnaden tar han vänster och går in i restaurangen, synar menyn, husmanskost, dock sticker en asiatisk kycklinggryta ut från mängden, han känner doften av jordnötter, beställer inte, går vidare genom matoset in på stationen och vid biljettförsäljningen trycker han på en knapp och får en nummerlapp, det dröjer inte länge förrän hans siffra 035 plingar fram på digitalskylten.

Bakom glaset vid försäljningsdisken står en pigg, serviceglad yngling som till åldern skulle kunna vara hans barnbarn, om bara äldsta dottern föredragit män ...

Ja, tankarna far i alla fall som vanligt, han behöver inte oroa sig för att skallen skulle vara ur led.

"Vad kan jag stå till tjänst med ...", flinar grabben och visar en tandställning som skiner som putsat nysilver. Karl undrar om Sverige återinfört barnarbete, eller om tandställningen är något nytt, för honom okänt mode.

"Jo, en tidtabell mellan Stockholm och Göteborg."

"Det går tåg både norröver och söderut minst en gång i timmen. Är det vid någon viss tidpunkt herrn vill åka ..."

"Karl", svarar Karl.

"Ursäkta ...", pojken ser konfunderad ut.

"Jo, jag heter det."

"Ja, just det ... eh ... Ville ..." Han pekar på den lilla namnskylten på det knallröda slipoverbröstet, det står William. "William är det nog bara morsan som kallar mig ... men chefen ..." Här ser han sig bakom axeln, vänder sig tillbaka mot Karl och fortsätter: "... var noga med att ... ja, eh ... vilken tid vill ni fara och åt vilket ... eh ... håll ... uh ... Karl ..."

"Ingen aning, snart antar jag ... måste äta lite först."

"Stockholm eller Göteborg ..."

"Ja."

"Va ..."

"Ja" säger Karl.

"Ja, alltså ... uh ... vill ni åka till Stockholm, eller till Göteborg ..." Bakom sig hör Karl en herre harkla sig aningen för spänt för att vara bara en vanlig slemlösande handling. Det sitter flera unga människor i luckor, siffror plingar på i bra takt så han bryr sig inte om den otålige, han kan dra åt helvete.

"Ja ... det vet jag inte än."

"Jaså ..."

"Nä."

"Får jag föreslå en sak ...", undrar grabben.

"Ja, gärna."

"Ta en tidtabell", han tar en broschyr från skrivbordet och skjuter ut den under rutan, "och kom tillbaka när destinationen är klar ..."

"Jo, det var ju det jag ville", säger Karl.

"Va ..."

"Jag kommer tillbaka", svarar Karl, tar tidtabellen och går mot matserveringen, på vägen dit smiter han in i pressbyrån och köper en tidning. Han beställer pytt-i-panna och till det en stor flaska starköl och en snaps, får sitt beställda extra ägg till pytt-i-pannan som smakar utmärkt, äter under tystnad, läser tidningen, tar en snus.

Det går en timme. Ser ut över parken, känner anteckningsbokens

tyngd i innerfickan …
Bestämmer sig.

ALBIN …

Numret på garaget är 35, liksom de instansade siffrorna på knippans fjärde nyckel. Låga plåtskjul med på tvären ledade plåtdörrar. Han skjuter upp porten med ett skrammel, dörrfjädrarna ger ifrån sig ett obehagligt *frrrrrrännng*, och där står den, Volvon, en 245:a, kommuniströd med blankputsade lister längs sidorna, moderat tygklädsel. Han fnissar till när han ser kulramsitsen på förarsätet, noterat dem i en del taxibilar i Amerika, lär hjälpa mot trötta ryggar. Själv har han inga sådana behov i någon av sina två engelska vagnar, sätena i dessa bilar har confortable as standard. Han låser upp bilen och sliter ut sittunderlaget, som går sönder, varpå träkulor i hundratal klickar ned på bilgolvet, ut över cementgolvet och vidare efter asfalten utanför garageporten. Nätväggarna mellan fordonen avslöjar att Volvo är en populär bil i grannskapet, till vänster en blåmetallic 244:a, till höger en något rostig och illa tvättad, vit 740. Han sätter sig i bilen och rycker loss doftgranen som dinglar i backspegeln, den skarpa lukten påminner honom om billig taxfreeparfym på kvinnokroppar till försäljning. Vrider om nyckeln, bilen startar direkt, men choken måste dras ut en aning, då motorn bluddrar farligt nära avtändning. Stänger dörren och kör ut, lämnar motorn på fortfarande ojämn tomgång, går ur bilen för att stänga garageporten, passar sig samtidigt för att halka på någon av kulorna som ligger spridda över parkeringsplatsen. När porten far ned fjongar fjädrarna ansträngt inne i mörkret. Så kör han runt Snickaregatan, förbi Vivo och svänger höger ut på Fritslavägen, mot centrum.

Han vet var spriten finns, det noterade han igår. Svänger in på parkeringen bakom varuhuset Extra, snett mitt emot det gula tegelhuset, där han tog av daga den fjärtande mannen. Det stod inget om något lik i tidningen. Han ser skylten i dörren och undrar om någon saknar människan. Även om han inte ångrar sitt tilltag, den gjorde gott i kropp och själ, var den dumdristig. Nåväl, gjort är gjort och det går inte att ändra på nu. Snart nog går larmet och för hans del kan det göra det samma, bara han hinner utföra sin gärning. Han låser bilen, går in i komplexet, vilket innehåller prylbod, mataffär, spritbutik och, ser han på en skylt, cafeteria på övervåningen. Inne på Systembolaget är det folktomt och han får snabbt den betjäning han vill ha, går ut till bilen igen, ser en vägatlas sticka upp ur passagerardörrens ficka, bläddrar fram Västergötland. Han får skaffa en mer detaljerad karta på någon bensinstation i Varberg. När han når korsningen förbi Ludvig Svenssons direktionsvilla, tar han höger och kör mot Skene och Varberg, bensintanken är i det närmaste full, dagen är perfekt för en biltur mot kusten och i rockens innerficka ligger sommarstugans nycklar. Rattar in en kanal på bilradion och försöker vissla med i en dansbandslåt. På instrumentbrädan ligger ett par solglasögon av pilotmodell, sätter dem på sig och får samtidigt reda på att den mesiga, men måste han erkänna, svängiga sången framfördes av Kellys, vilka han aldrig hört talas om, men låten som kommer nu känner han igen direkt, *Any Day Now*, den mindre kända baksidan från singeln *In the Ghetto*, med Elvis.

John Lennon hade fel ...

Elvis Presley dog inte när han gjorde lumpen.

Tvärtom. Efter alla skräpfilmer med Blue-Hawaii-skitlåtar på sextiotalet så hostade han upp sig ordentligt. Efter kvällen i svart skinnmundering, förbannat snyggt, och med en röst som aldrig förr, började han sjunga riktiga sånger, med själ ... Av alla skivor, han tror inte han missat någon, tillhör sjuttiotalsproduktionerna med denna soul- och gospelmästare med sin stora röst hans favoriter. Han sjunger med i texten och är, trots att han får stanna för rött ljus vid en korvkiosk i Skene som har det märkliga namnet Frölich, på strålande humör, solen skriker, glasögonen är av bra kvalité, musiken fantastisk och på väg nedför Viskadalens höstprakt lyckas han köra över en präktig bondkatt. Han försöker fånga härligheten i backspegeln, men djuret är redan en liten prick långt där bak. Funderar på att vända men beslutar sig för att träffen var korrekt ...

Livet leker och hans förestående död är som bortblåst, han är odödlig, som the King ...

Och radiostationen måste fått fnatt, för efter några intetsägande listlåtar och en bedrövlig kavajpunkhistoria med en falsksjungande Brian Ferry kommer Elvis igen. Nu i Hank Snows *I'm Moving On*, den med tre bassolon, bara det i en countrydänga, från dubbel-LP:n *Suspicious Minds* från 69, han höjer volymen ett par snäpp, det blåser sväng ur högtalarna och på hans armar reser sig håren, sedan meteorologen, som efter nyheterna påstår att ett åskväder är på väg in över västkusten och kommer att förmörka den ljuvliga dagen, men vem bryr sig, allt är underbart, den gamla bilen går som en klocka, air condition is not, men han har båda rutorna nedvevade, vinden och musiken rusar genom honom och plötsligt sitter han där och visslar igen, med någon hjärtskärande svensk artist, känner igen namnet, men kan inte påminna sig ha hört honom sjunga ... en låt till alla dem som kämpar:

"Det här är en sång till modet ..."

Sångaren är nasal, skånska rrr, texten träffar.

Den handlar ju om honom ...

KARL ...

X2000 far fram som en vind. Karl känner suget i magen. En gång hade han kört go-kart med ungarna, en bana utanför Halmstad. Han hade haft nästan samma känsla i mellangärdet den gången. De små, dåliga förlorarna blev sura för att han spöade dem med ett antal sekunder, låg ett halvt varv före Lasse som var den närmaste medtävlaren när Karl flaggades i mål. De blev ännu mer förgrymmade när de insåg att det inte skulle bli någon revansch, Karl hade tyckt att det skulle bli för dyrt. De fick var sin läsk i stället, efter en stund var allt förlåtet.

Sitter i en fåtölj i tågets färdriktning. Han har svalt ett av de extra starka pillerna med mineralvatten, i knät en krönika om viner han aldrig hört talas om, skriven av den gamle överklassgossen, rödingen Jan Myrdal, i ett magasin, vilket legat sönderbläddrat i nätfacket på stolsryggen framför honom, ser ut över landskapet som förbereder sig för den långa döden, snart börjar ögonlocken fladdra och han nickar in i lätt slummer ... hör röster omkring sig ... prat uppblandat med irriterande mobiltelefoner med befängda, digitala försök att frambringa melodier ... hör ett barn ... låter som en liten flicka ... ler ... tänker på sin egen lillflicka ... energiknippet, det yngsta barnbarnet ... någonstans i universum ropar en annan glad unge:

"Titta mamma, en häst ..."

Karl är inte i den framflygande vagnen längre, sitter i familjen Lindgrens nyinköpta, mörkblå Volvo 142, som inte ens i nedförsbacke och med garagelängtan kom upp till hälften av den hastighet som han nu viner fram i ...

Året är nittonhundrasjuttiotvå ... I sätet bredvid sitter Maud, nogsamt studerande färjeterminalens vägskyltar, i baksätet kivas de två yngsta, Emil och Ulla, om gränsen mellan dem och vem som senast överträdde den med sin armbåge, eller något annat viktigt. Deras röstvolym har ännu inte nått den smärtsamma gränsen, varför han låter dem hållas. Lasse å sin sida, verkar inte ens märka sina syskons förehavanden, bläddrar i en poptidning, tuggar Bugg med ihärdigt malande käkar. Äldsta flickan, Eva, är redan på väg att flyga, befinner sig till Karls stora bävan på tågluffning i Europa tillsammans med en väninna, de skulle vara borta i fyra veckor

... en fasa för en ömmande fader, som inte har en möjlighet att hindra naturens gång ... tycker att det bara var något år sedan som de för första gången gick på bio tillsammans, att det inte alls var speciellt lång tid sedan han lärt ut cyklandets ädla konst, att han var hjälten som med sin magiska snusandedräkt var kapabel att blåsa bort smärtan i ett skråmat knä, som om söndagarna tjatades ner i vattnet i husets gemensamma badkar i arbetarbostadens mörka, mögliga källare, skumbadet med blå plastbåt, gul anka, låtsasfiskarna, hackborrarna med sina kompisar ålen Åke, sutaren Sune och braxen Bosse och sist, men definitivt varken minst eller ofarligast, storglupsken själv, Gäddan ...

De är på väg till Danmark och Köpenhamn ... skall bo på hotell, gå på Tivoli och Zoo ... besöka Legoland ... på färjan över sundet blir det Toblerone, salmiakgodis, kolor, goda pölser och kanske den enarmade banditen, och i den danska huvudstaden skall vin- och ölförrådet fyllas på ...

Konduktören ruskar honom varsamt i axeln, talar om för honom att de nu är framme i Stockholm ...

ALBIN ...

Efter Veddige är hans humör helt förändrat. Bara några få mil kvar till kustens sandstränder och han får punktering ... det är väl kattens hämnd. En klo. Han inser att resonemanget är löjligt, men han hatar katter, de påminner om honom själv. Rovdjur. Hans dödande har till större delen varit ett fullt nödvändigt moment, och till syvende og sidst en försörjning.

Han får stopp på bilen utan att fara i diket, och är glad över att hans krafter ännu inte helt övergivit honom, bilen är fruktansvärt tungstyrd nu när höger framhjul rullar på fälgen, servostyrning var inte standard när denna skapelse lämnade bandet. Sakta glider han de få meterna mot en rastplats. Han stiger ur bilen, lutar sig mot framskärmen och tar ett bloss. Spottar tobaksflarn, en fågel sjunger och på håll hör han en motorsåg. Mitt på rastplatsen står en överfull soptunna. Han låser upp kofferten och ler när han upptäcker välordningen i det nålfiltsklädda innandömet. Ett paraply och en tingest att sätta på dragkroken för att forsla cyklar. Under en upplyftbar träskiva ligger reservhjulet och det är i bra form, inget sådant där halvhjul man kunde se i nyare, europeiska bilar nuförtiden utan ett riktigt däck, splitter nytt och aldrig använt. Fälgkorset sitter fast i navet med en stor vingmutter och när han lyfter fram hjulet ser han att domkraften ligger i ett fasat fack under själva däcket. Han sträcker sig in i kupén och knäpper på radion. De lokala nyheterna meddelar just att man hittat en butiksägare mördad i Kinna. Jaså, det tog sitt tag, nyhetsuppläsaren informerar om att Polisen inte har några spår. Hans humör stiger, *Changing of The Guards*, en av Dylans bästa sånger, från en av de bästa plattorna, *Street Legal*, fyller luften kring honom, han kan texten och sjunger med hela vägen, låten är sex och trettiotvå lång, det vet han. Reservhjulet behöver pumpas, men med försiktig körning kan han ta sig fram till nästa mack utan problem. På väg igen. Solen går i moln och meteorologen verkar få rätt, strax börjar regnet smätta mot framrutan, tar en slurk visky och inom honom skiner solen igen ...

Efter Derome, med ett par mil ned till Varberg, ser han ryggtavlan på en människa med tummen i vädret. Saktar ned. Det visar sig vara en ung grabb.

Han ryser ... hjärtat slår kraftigare ...

Paraguay ...

KARL ...

Inne på Centralstationen vimlar det av människor och för en stund stannar Karls värld, som stod han i en hermetiskt tillsluten bubbla, likt en åskådare från en annan dimension, vilket han är, bokstavligen, mitt i ett myller av varelser, jäktade resenärer med portföljer eller resväskor och utslagna tiggare, knarkare, alkoholpåverkade i slitna, unkna kläder, avslagna blickar, träbänkarna i stora salen är fyllda av människor, de flesta väntar antagligen på sina avgångar, men en del ser ut att vänta på döden och ingenting. Ljudet i den enorma hallen är nära nog öronbedövande. Runt väggarna pågår kommers av olika slag, det säljs böcker och tobak och tidningar och frukt, det tas ut pengar ur automat och han ser även en Post vilket får honom att fundera på om han inte måste gå in på Pressbyrån, frimärken, till sitt planerade vykortsskickande till vänner hemma i byn. Mitt emot honom, på väggen, en jättelik anslagstavla, där avgångs- och ankomsttider och resmål fladdrar fram, längre ned i hallen skymtar han ett fik och en krog.

"Haaar du en femma ...", avbryts Karls tankar av en finsk, eller möjligen norrländsk dialekt och bubblan spricker, som vore den av såpa, och förlamningen bryts. Han ser en tunn liten man som kan vara allt mellan fyrtio och sextio, det är svårt att avgöra. Mannen är sliten och ögonen är gulglansiga. Främlingen har vissa svårigheter att stå rakt, överkroppen sjunker liksom ihop och hela tiden försöker han sträcka upp sig, till sist ger han upp och står hukad. Den kupade handen som sträcks ut mot honom är otvättad, i den andra ryker en handrullad cigarrettfimp. Mannen vinglar till och för ett ögonblick misstänker Karl att han skall falla till golvet.

"Måst köpa cigg ...", fortsätter finnen, eller norrlänningen, och stänger ena ögat, för att över huvud taget ha en möjlighet att fokusera Karls blick, vilket får hela hans ansikte att skrynklas ihop i en burlesk grimasch.

"Vad heter du ...", frågar han.

"Holllker", svarar den onyktre.

"Holger, och mer ...", envisas Karl.

"Tallberg. Holllker Tallberg, från Sellakjaur, och du då, du är väl int' heller från staaan ...." Nu sträcker han fram sin förut kupade näve till en hälsning och Karl har inget val, han måste ta i mannen.

"Karl Lindgren, från Kinna."

"Dä va som faaan ...", fortsätter Holger. "Nå, haaar du en femma ... jag tror int Gud hjälp me."

Karl letar i byxfickan och får upp ett mynt, det visar sig vara en guldtia, räcker över den till Holger Tallberg varpå det försvinner ned i bröstfickan på en jeansjacka, ett plagg som sett blåare dagar.

"Nå, ja jobb me datorer vet du ..."

"Jaså ...", svarar Karl.

"Jo. Införskaff och sälj ... å så ...", fortsätter mannen medan han river i det oansade, buskiga skägget, stirrar med sitt styröga in i Karl, varpå han rättar till sin svarta skärmmössa med texten *No school, No job, No problem.*

"Införskaffar ..." Karl gissar att det inte betyder köper.

"Jo. Men, äää ... dä ä ju svårt." Mannen rycker ännu en gång i kepsskärmen, harsklar sig, spottar på stengolvet, placerar fimpen i mungipan och väser:

"Nä, nu måst ja fara. Tack ska du ha ..."

Med hukande gång försvinner mannen bortåt trappan mot underjorden och tunnelbanan.

Karl mår illa, känner sig ledsen. En ångestkänsla gör magen orolig. Vart har det här landet fört oss, tänker han, varför blev det så här ... hur kunde vi tillåta det ... Vi som har möjligheten, och rätten, att ändra. Mannen, nu med Karls tiokrona i sin slitna jacka, har inga rättigheter alls, dessa har han förbrukat för länge sedan.

Dessa tiotusentals hemlösa människor, i landet som är vårt, har mist både sina rättigheter och sitt egenvärde.

Man väljer vad man vill göra.

En allmän uppfattning.

Ingen väljer. Alla är vi jollrande spädbarn i begynnelsen, någons son, någons dotter. Älskad eller oälskad. Önskad eller inte. Vem bestämmer sig för att gå gatan fram, runt, år efter år ... stjäla bilstereoapparater och länsa källarförråd för att klara dagens amfetaminkick, tigga ur handen på oss bemedlade, leta tomburkar, för att kunna köpa av det billigaste tetravinet att tina nattfrosten med, skrapa i soptunnorna utanför restaurangerna efter något ätbart ...

Ingen väljer det.

Någonstans ifrån hörs musik, det är ett av sjuttiotalets glamrocksgiganter, The Sweet.

If we don't fuck you, then someone else will ...

Karl lämnar denna kryllande myrstack, behöver en sup, och han skulle behöva knulla. Går ut i eftermiddagssolens skugga på Centralplan, Vasagatans rusningstrafik ger full hals och på andra sidan ser han två skyltar över vad som tycks vara en pub. Restaurang, står det ovan ett vitt draperat fönster och en bit till höger, Kasper, över en solblekt, röd markis. Han går utmed raden av taxibilar och ställer sig att vänta vid trafikljusen. När han kommit överlevande autostradan ser han att en pub ligger i omedelbar anslutning till ett hotell. I den dunkla, trånga krogen är det nästan folktomt, vid ett fönsterbord sitter ett äldre par som konverserar på franska, Karl förstår inte, men tycker att det flyter som på film, sensuellt. Stegar fram över en tjock, röd matta, mörka träpaneler pryds av ett antal stockholmsbilder, stora svartvita fotografier som speglar en svunnen tid, spårvagnar, hästar, ångbåtar och människor i Stockholm runt sekelskiftet. Hans blick stannar vid en av tavlorna, den visar två stenläggare framför ett arbetslag som är i full färd med att lägga kullersten på något torg.

Väljer ett av några små bord ämnat för två och en servitör är genast framme och frågar om han ämnar äta, vilket han avböjer, beställer en åtta Monopol och en kopp svart, starkt kaffe.

"En sexa …", upprepar den stramt klädde uppassaren.

"Nej, jag vill ha en åtta."

"En … eh … åtta då, ja … och kaffe."

Karl följer kyparen med blicken, ser att han ställer en vit kopp i en kaffeautomat innanför bardisken, trycker på en knapp, varefter en exakt dos fräser ut med ett mekaniskt gurglande, sen måttar han upp konjaken i ett litet plaströr på fot, häller de åtta centilitrarna i en kupa, vars mjuka rund kunnat rymma många fler doser, allt serveras på en bricka, till ett pris vilket motsvarade en halvflaska på Bolaget.

A man's gotta do what a man's gotta do …

ALBIN …

Det andra barnet är på väg. Kär … lek är vanebildande. Schnell-Fockstraub har beviljat ledighet, vilken de ämnade tillbringa i Paraguay. En kollegas sommarviste väntade. Om några dagar reser de. Sitter till bords, han har lagat mat och måltiden blev helt acceptabel denna gång. Han plågas av att ännu inte ha berättat för sin fru om sin försörjning, påstår sig vara affärsman, som då och då tvingas fara jorden kring att bevaka sina intressen …

Men i kväll har han förträngt alla moln. De är nygifta, väntar sitt andra barn och livet är bra …

Efter middagen tar de en tur i på sjön, ror sakta, vattnet krusar sig och kvällssolen lämnar dem ensamma, sjöfåglarna tystnar. Sent på kvällen tar han fram en av de bättre flaskorna ur vinförrådet, de sätter sig framför brasan, pratar till långt fram på natten, om den förestående resan, om framtiden, de älskar, i högtalarna *Stand by me* i Lennons version, de dricker mer vin, somnar sent, berusade av varandra …

Kollegan hade under en blöt kväll på krogen, efter ett

ansträngande uppdrag, erbjudit honom att låna huset i Sydamerika, som en bröllopspresent, de kunde ta en avkopplande tripp uppför floden Paraguay, som delar landet i två halvor. Kollegan hade sitt inhägnade residens på en ö uppåt floden utanför huvudstaden Asunción. Den ekonomiska tillväxten i Paraguay var på den här tiden strålande. Orsaken var världens största vattenkraftsprojekt i Itaipú och Yacyretá längs floden Paraná, det skulle ett par årtionden senare, fullt utbyggt, visa sig bli världens största elexport. Det, tillsammans med ett massivt inflöde av storebrors Brasilien pengar, resulterade i ökade klyftor mellan fattiga och förmögna, varför de rikas bostadsområden omgärdades av stenmurar och elstängsel. Kollegan hade berättat att det i de kvarteren bodde några av de försvunna män som hade lyckats fly innan krigstribunalen i Nürnberg gjorde slut på dem. Faktiskt utgjorde tyskarna, i huvudsak mennoiter, inte nazister, den största icke-indianska minoriteten i landet.

De flög från Paris och vid framkomsten till Asunción hyr de en bil, första natten tar de in på hotell, tidigt nästa morgon, båten uppför floden ...

KARL ...

På kaffefatet ligger ovan en välpressad vit linneservett en mintchoklad i gyllene cellofan och, mot hans beställning, två inslagna sockerbitar och en silverkanna innehållande grädde.

Han njuter stunden i ro. Konjagaren smakar ljuvligt och kaffet är överraskande nog inte bara hyfsat, utan gott. Sockret och mjölkfettet lämnar han åt sitt öde, men chokladen åker i mun.

Framför honom vid det lilla bordet för två slår sig plötsligt och ur ingenstans Clint Eastwood ned. Utan att fråga om stolen är ledig.

Vem skulle neka honom ...

I ena mungipan mellan smala, strama läppar ryker en lång, tunn, handrullad cigarrill, cowboyhatten gråvit av ökendamm, Clintans i röken knipande, isblå öga. Ansiktet fårat, mörkbränt av månader under sol och i vida vidders väder ...

Clint Eastwood fäller ena fliken på den indianmönstrade, bruna filten med långa fransar åt sidan, Karl ser sjok av vit, fin sand pudra mattan, ser den mäktiga sexskjutaren, kanske en Smith & Wesson, kanske en Colt eller ... Karl har ingen aning och ämnar inte fråga, revolverns skimrande pärlemorkolv glittrar likt kattguld vid mannens vänstra höft. Han visste inte att en puffra var så stor, inte heller att Clintan var vänsterhänt, eller så har det aldrig slagit honom, trots att han sett alla stjärnans filmer.

Ja, förutom den där ...

Filmen vars titel han förträngt.

Nyförälskad i en underskön flicka vandrar Mr E i ett lövskimrande skogslandskap och sjunger, högt upp över stetsonhatten och långt ned under hans värdighet ...

Det vet var man på prärien att Clintan kommer undan med mycket, men inte med en romantisk sång i ett Hollywoodskt drömlandskap.

Nej.

Karl hade lämnat biografen under kärlekssången, för att aldrig se färdigt filmen.

"Vad ... hrm, vill du ...", frågar Karl, som inte alls njuter stunden med sin äventyrsidol. Gillar inte bufflar som tvingar sig på, även om det råkar vara westernhjältar av Clint Eastwoods dignitet ... som förövrigt inte alls är över sjuttio år, utan ser ut att vara inte en dag över trettio, vilket är underligt. Han säger ingenting, drar bara några snabba bloss på sin cigarrill, vilket får ett moln av gråvit rök att lägga sig mellan dem, virvla sakta, sakta över bordet, för att äntligen, efter en evighet, skingras. Doften av tobak försvinner dock inte, ligger som en tjockflytande, stickande aromatisk matta över dem. När Karl kan se Clintans öga igen, viker den världsberömde cowboyen den andra filtfliken åt sidan, vilket får ytterligare desertsand och dust att snöa över golvet. Nu ser Karl att det hänger en revolver vid den andra höften också. Clintan använder givetvis bägge händerna när han pepprar boskapsskurkar och andra skallerormar ...

Nu lutar sig Clint tillbaka i stolen, Karl kan höra hur träet jämrar sig under revolvermannens tyngd, skjuter bak hatten en smula, sträcker ut benen, vilket gör att Karl måste flytta sig bakåt, två sporrklingande läderboots, stora, bruna, också de täckta av damm, kräver sin plats under bordet. Clintan har svarta stuprörsjeans i klassiskt sextitalssnitt, ej heller de befriade från vad ökenvinden för med sig. Det är som om han inkarnerats direkt från filmduken ur en av Karls favoritfilmer, *För en handfull dollar*, Sergio Leones plagiat av Kurosawas Livvakten, spaghettiregissörens första film med Clintan, som spelades in sextiofyra ...

Karl skakar försiktigt på huvudet. Kniper ihop ögonen hårt, som ville han svärja sig fri från en anstormande galenskap. Smällen tog tydligen värre än vad maskinen på Örebro lasarett kunnat spåra med sin moderna, digitala teknik. Trots rädslan för att migränet skall återkomma, men med större fruktan för att cowboyen skall sitta kvar när han öppnar ögonen, ruskar han huvudet, kraftigt.

Fäller upp ögonlocken ...

Clint Eastwood ler, en smula överlägset, från andra sidan bordet, som visste han vad som pågår i Karls huvud, och daskar sina handflator i bordet med en smäll, och mellan pistolhänderna ser Karl ett litet glas av den sort som man alltid ser på saloonen i en hederlig western, visky, där står också ett stort lerkrus i vars halsöppning en tjock träkork är nedtryckt, Clintan lyfter glaset, nickar kort, sveper sedan glasets innehåll, drar ur korken på lerkruset med ett ljudligt *ffummph*, fyller på en omgång eldvatten till, sveper även den, blundar några sekunder, utlåter därpå ett: "Ahhh ..."

Öppnar ögonen, suger ytterligare några drag ur rökverket, sedan trycker han ned korken i flaskhalsen, vilket framkallar ett gällt, för Karls öra otrevligt läte, friktionen av torr kork mot glaserad lera kan nog bara jämföras med naglar mot en griffeltavla, dunkar sedan ett par gånger med handflatan, lyfter kruset av bordet, Karl ser att han stoppar ned det i den ena av vad som ser ut att vara sadelväskor i skinn, med läderremmar som han nogsamt drar åt i två silverspännen, hänger därefter väskorna över ryggstödet och lutar sig avslappnat tillbaka igen. Nu har en stor sejdel med öl dykt upp på bordet. Clintan tar den i vänster hand och dricker ur.

Först nu yttrar sig Clint, och då med sin sammanbitna stämma: "You got a mission", säger han, "but, watch out for the Lady ..."

Vad menar han ...

"Don't sing lovesongs, you ain't got no time for such pleasures ..."

Nu blossar han igen, lutar sig ånyo bakåt, pinnstolen gnäller, Karl är rädd att den snart skall rasa ihop. Clint drar tillbaka läpparna i ett överseende flin som får hela hans fårade anlete att rynkas ...

Karl blir förbannad.

Det skall väl han skita i, som byter fruar som en annan byter vinterskor.

Den djäveln.

Och vad menar fanskapet med damen ... vilken dam. Karl är inte här för att träffa fruntimmer, men han skulle inte tveka en sekund om han råkade snubbla över någon. Trött på att leva som en munk.

Maud.

Vad skulle du försvinna för.

Och Clint ... Go to hell.

Men han tänker bara tanken. Vem skulle våga be Clintan att ... inte Karl. Han hade sett allt för många dårar utmana hjälten på film under sina dagar.

Vig som en puma reser sig Clint Eastwood från stolen. Karl

hoppar till ... för ett ögonblick tror han att The End är kommet, att han skall sluta sina dagar med ett par nio millimeters genom kroppen, avfyrade av en från höften siktande, dubbelskjutande relik från en gången tid ...

Clintan drar inte sina järn, utan lyfter upp sadelväskorna och hänger dem över sin axel. De verkar tunga, han spänner sig en aning under vikten, blossar några sista gånger på den aldrig krympande cigarrillen, för handen mot hattbrättet, nyper tag i det med en knyck till hälsning och försvinner ut mot Vasagatan. Karl tar ett djupt andetag, släpper sedan ut luften i en lång utandning, blundar ...

Bob Dylan sjunger, eller rättare sagt skriker i hans förvirrade hjärna, sången från liveskivan *Hard Rain* och året är sjuttiosex.

Down the street the dogs are barkin' and the day is gettin' dark. As the night comes in a-fallin', the dogs'll lose their bark ...

Entrédörren slår igen.

Clint Eastwood, enslingen, mannen med oxpiskan, the pale rider ...

has left the building ...

ALBIN ...

Kollegan ägde en båt, döpt till det något besynnerliga namnet M/S Salmonella, byggd på ett varv i Skåne i slutet på femtiotalet. Båten var en noga skött juvel i tjugosju fot tjärat ekträ och med detaljer i glanslackad mahogny, som skulle få vilken Rolls-ägare som helst grön av dödssynd.

De lade till vid bryggan under en lummig klippa strax efter klockan tio på förmiddagen. Förutom ett väderbitet hopptorn och ett badhus, byggt kanske någon gång i början på förra seklet, låg där ett båthus. Det hade varit varmt, nästan tropiskt hett inne i staden men här ute kändes det behagligt. Några moln hade sköljt dem med ett lätt regn på väg uppför floden, nu var solen ensam, de bar solglasögon och skärmmössor. Vindar ömsom värmde och svalkade dem. Apor, hägrar och papegojor skrek och levde om. De satt i aktern, floden under dem var lerbrun, ur ett kylfack plockade Albin fram ett par flaskor öl ...

Badplatsen var inhägnad, det skyddade badande mot pirayor, kajmaner, anakondor, jaguarer och andra ovälkomna gäster.

De drack ur, tog med en del av packningen, Albin bar sin dotter i en sele på ryggen, och började den branta klättringen uppför trappstigen mot huset på klippan ...

Även här ute på ön omgavs huset av murar och stängsel, som på fastlandet. Den vitmålade trävillan var den enda på ön, den ägdes av en förmögen affärsman och boskapsuppfödare i den västliga regionen, som arrenderade ut hela ön till kollegan ...

KARL ...

känner sig pissnödig. Försöker resa sig, men benen skakar under honom och han måste sätta sig igen.

Andas, andas ...

Han beställer en bit kött med grillad potatis och en pilsner, frågar efter vägen till toaletten, som visar sig ligga i anslutning till hotellets lobby. Kyparen försvinner och han provar ännu en gång att ställa sig upp, det går hyfsat. Inga spår efter cowboyen, inget ölstop, inget damm. Han går på svaga ben att söka upp skrymslet för sina behov. När han några minuter senare, med betydligt lättare steg, lämnar muggen, förhör han sig i förbigående med en portier angående rum för natten, vilket finns att tillgå. Han ber att få återkomma efter maten. Han sätter sig tillrätta. Ytterligare gäster har dykt upp. En lätt tunnhårig, i svart kostym klädd man, står och hänger över baren med en i handen klirrande grogg och ser ut att lyssna till ett grant fruntimmer i mörk, lång, vid kjol och kort jacka, runt hennes hals, Karl vill ha halssenan i munnen, hänger ett pärlhalsband lika glimrande som Clintans revolverkolvar. Hon talar lågt, ser ut att vara runt fyrtio, håret är klippt i en kort, modern frisyr som spretar en smula runt huvudet, i handen har hon ett munstycke med en rykande, lång cigarett, framför henne, på bardisken, ligger paketet, på det en tändare och bredvid står ett glas vitt vin, Karl ser ett läppavtryck på glasets kant, och små, små droppar av kondens rinner utmed den välvda kupan och nu börjar knäna att skaka igen.

Fasligt nära varandra, de känslorna.

Åtrå – Skräck ...

Hon sitter avspänd, men rak i ryggen på en av de höga barstolarna. Cigaretthandens armbåge mot disken, det ena nylonstrumpsklädda benet slängt över det andra, viftar på foten så att den högklackade skon som dinglar på tåkanten är farligt nära att falla till golvet. Med den lediga handen gestikulerar hon hela tiden sina ord, eller tar en sipp vin, så vrider kvinnan på huvudet en smula och ser honom rakt i ögonen några korta sekunder, och Karl förnimmer sig träffad av en projektil, som avfyrades den av Clintan själv, det rycker till i muskeln under pungen och han vill genast ha sin öl, gärna en sup också, för nu är det mycket på en gång, alldeles för mycket för en pensionerad textiltryckare från Kinna. Maten anländer och han utökar sin beställning med en sexa O.P., fattar besticken och försöker koncentrera sig på måltiden och enbart den. Skär. Tugga. Svälj. Skär. Tugga. Svälj. Utanför larmar trafiken, men ljudet bekommer honom inte längre, från baren strömmar lågmäld pianomusik, intetsägande men rogivande, det är väl det som är meningen med den typen av bakgrundsljud, den fungerar dock inte på honom. Biffen är senig, men han har aldrig varit petig, köttet är precis lagom blodigt och så gott som han önskat sig ... Minnet av Clintans isblå blick och den blonda kvinnans mörka, bruna ögon gör honom yr. Han kan ha påverkats av den starka konjaken också. Då och då vänder han sig försiktigt om mot baren och hon sitter kvar och samtalar, eller talar, för kostymmannen säger inte ett ord, rör bara huvudet då och då, dricker måttligt ur glaset. Kvinnan bevärdigar inte Karl med någon mer blick.

Snapsen anländer och Karl tar den i ett svep, sköljer ned med befriande kall öl ... han kanske skulle beställa en till, delar en tomathalva i fyra bitar ... Skär. Tugga. Svälj. Skär. Tugga. Svälj ...

Han beslutar sig för att ta in mer sprit, en åtta och en öl till, han sträcker armen i luften, genast kommer vitskjortan halvspringande.

Inne i huvudet överröstar Dylan barskvalet.

And I gaze back to the street, the sidewalk and the sign, and I'm one too many mornings an' a thousand miles behind ...

ALBIN ...

Vid sidan av den kraftiga porten, som kanske är tillverkad av den lokala järneken, vars blad används i ett slags örtte, mate, de hade druckit det vid frukosten på hotellet, noterar de dörrklockans mässinghandtag, en stigbygel i änden på en svartmålad, grov kätting, De står på en träveranda som ser ut att sträcka sig runt hela huset, utsikten mot floden långt där nere är magnifik, ljudet från ett vattenfall letar sig upp som i ett slags akustiskt trolleri, solen leker med katterna, tjattret från fåglar och apor är fortfarande intensivt, men inget skvallrar om att denna dag inte skall ge dem något annat än lugn.

Albin låser upp dörren och de kliver in i en stenlagd hall. Ett rofyllt lugn vilar i huset.

KARL ...

ber om, och får, ett rum över helgen. Ett stort, ljust dubbelrum med utsikt mot Centralen. När han lutar sig ut genom ett av de höga, blomgardinsprydda fönstren ser han till vänster ljusprickar ute på Riddarfjärden, båtsäsongen är inte slut, han kan med möda och med fara för sitt liv även se Riddarholmen. Efter att ha stängt fönstret hörs ej trafiken genom treglasrutan. Provar sängen, den är bekväm. Han hade letat länge efter ny bädd till sovrummet, men det var dyrt, ville ju inte ha en enkelsäng, kanske kunde han i en framtid få besök av någon parant dam, det vore ingen omöjlighet. Så sent som i våras hittade han en, tillverkad av ett svenskt företag, i möbelaffären nere i Kinnaström. Ja, billig hade den inte varit, men den var tillräckligt stor för amorösa lekar och priset låg långt under de mer kända, exponerade sängmärkena, och den behandlade hans kropp med varsamhet, nattsömnen gick inte att ömmas över.

Karl lägger sig på rygg, studerar den utvikbara kartan, vilken han snappat till sig i hotellvestibulen. Det är en smula komplicerat att fästa blicken vid de små bokstäverna, de vill krypa kring över det blanka pappret. Vänder han på bladet noterar han en karta i större skala, koncentrerad över ett mindre område, centrum, och ytterligare en över Gamla stan.

Med tanke på rummets dygnspris, borde här ingå en bar. Han lyfter blicken och ser bort över sina fötter ett litet kylskåp, åt hallen till, invid toaletten. Han lägger ifrån sig kartan och funderar på om det kan tänkas ...

Det kan det.

Ett par starköl, bordsvatten, ett par tjugofem centiliters flaskor vin, en röd chilenare, kan tänkas komma till pass framöver, och en vit tysk, han rynkar på näsan, är inte förtjust i vita viner i allmänhet och definitivt inte i tyska. Några miniflaskor med olika spritsorter lockar desto mer, tar fram en visky, irländare. I kylskåpet finns också äpple- och apelsinjos, och läsk, cubacola, det har han inte druckit på länge, det kanske kan bli en Cuba libre småningom, men han ser ingen lime så den får nog vänta, och, ser han med förtjusning, tilltugg, nötter och små burkar innehållande fyllda oliver, vanliga med pimento och sedan ett par smaker han aldrig provat, fyllda med vitlök och en sort med ansjovis. I ett skåp över kylen står en bricka i guldpläterad plåt med några dricksglas, visky-, samt groggmodell, kapsylöppnare med hotellets logotyp ingraverad i skaftet, samt en liten burk, också den i guldplåt, med tandpetare. Han lyfter ut en pilsner, häller upp viskyn i ett glas, tittar efter ett frysfack för eventuella isbitar, men där finns inget, erinrar sig att det stod någon slags apparat ute i korridoren, går ut och där står faktiskt, som på beställning, en ismaskin. Han tar en av de platta plastbehållarna av den sorten man vanligen serveras sallad i vid avhämtning av pizza, de hänger i ett ställ bredvid maskinen, placerar den lövtunna burken där han gissar att den skall vara, trycker på knappen och ut rasslar ett antal iskuber, nöjd går han tillbaka in i rummet, knycker loss ölkapsylen, ställer förfriskningarna på nattygsbordet, tar en tandpetare och burken med ansjovisoliver, som visar sig vara ytterst lätt att öppna, bara dra i plåtringen, vilken påminner honom om ett mellanöl på sjuttiotalet, de där lustiga plastflaskorna som man fick upp genom att dra i en plastring. De salta oliverna passar utmärkt i kombination med den nu nästan källarsvala ölen, men irländaren smakar inte lika gott som han föreställt sig, drycken har någon slags söt godisöverton, vanilj, vilket inte hör ihop med visky, han tvingas ta någon annan sort, där finns ingen mer irländare, synd, han vet att även de kan göra visky, väljer en skotte, ingen gastronomisk sensation men den får duga, häller ut den förra skitspriten i duschrummets tvättställ, sköljer glaset noga under kallvattenkranen, går ut och sätter på teven som står i hörnet, tar med sig fjärrkontrollen och efter visst letande och virrande med de irriterande små knapparna, vilka tycks hoppa hit och dit under hans fingrar, lyckas han faktiskt få fram kanal ett, barnprogram, den nya, tecknade *Pippi Långstrump*, han gör en grimasch, har verkligen Astrid tillåtit detta ... hon måste blivit senil på gamla dagar, han byter till tvåan, som visar något slags kulturprogram, en kvinnlig textilkonstnär som av någon konstigt studsande anledning får honom att tänka på Nationalmuseum, han borde passa på nu när han är i staden, och Vasaskeppet, det har han alltid velat se. Men inte textilkonst så textilare han är, byter till fyran, nyheter, nöjer sig med det och puffar upp kuddarna mot sänggaveln, lutar sig tillbaka och gör i ordning ett nytt glas fyllt med is, häller i spriten, smuttar mellan olivtuggorna, det var skillnad det, ibland halsar han litet öl, sträcker sig slött efter kartan och efter en stunds letande, just när han är på väg att ge upp, fokuseras blicken en aning och han ser att hans mål är nära, faktiskt bara några minuters promenad från hotellet.

Kvinnan i baren dyker upp för hans inre syn, från ingenstans och utan förvarning, hon är svagt bekant, som om han träffat på henne förut, han ser på klockradion bredvid sängen, suddiga siffror säger honom att klockan är halv nio, tidig kväll för någon som inte behöver gå upp i svinottan i morgon, beslutar sig för att duscha av sig resdammet, kamma och klä sig, gå ned i baren ...

Han somnar ...

ALBIN ...

Det är mörkt där inne. De står i hallen och lyssnar. Ingenting. Inte en rörelse. Inget ljud som inte har med normala knäppanden i gamla träkåkar att göra. Vad som överraskar dem är att det är behagligt svalt i huset, som måste ha en effektiv luftkonditionering.

Första dörröppningen höger, en större salong. Inser varför det är så mörkt, tjocka tygdraperier hänger framför fönstren. Albin går ut över det knirkande trägolvet, drar isär de långa tygsjoken för att släppa in ljus ...

De äntrar en lång, svängd paradtrappa upp mot övervåningen, en trappa som tagen ur en hollywoodfilm från fyrtiotalet, den knarrar betänkligt, men det gamla träet håller. Rummen ligger i fil längs korridoren som sträcker sig runt hela övervåningen, de tänder lampor och viker undan gardiner och snart kan de överblicka ett överdådigt hem. Konst hänger utmed de långa korridorväggarna, han noterar Chagall, Gaugain och ett flertal Picasso, alla i vad det verkar original, en Monet, föreställande, inte näckrosor, utan en naken kvinna, pryder en av övervåningens toaletter, en lustig detalj är att de hittar ett storslaget verk av en svensk fågelmålare från Fritsla i Västergötland, Dag Pettersson, vars tydliga färger och penndrag format denna mäktiga örn, som på något sätt har flugit ända hit ned för att slå en svensk fälthare, den hänger bland ett antal för honom både kända och okända konstnärer i ett av sovrummen, vilket visar sig vara kollegans eget, täcket ligger avkastat och lakanen skrynklar sig över sängens madrass, på nattygsbordet ståtar en överfull askopp, bredvid en enkel plasttändare och ett hopknycklat paket cigaretter av en sort han inte känner igen, samt en pocketbok, han lyfter upp den och studerar titeln, Riders in the storm, av omslaget att döma är det en billig kioskdeckare, en färggrant målad, naken blondin håller en rykande silverpistol likt en fallossymbol mellan den väl tilltagna bysten.

De lämnar det sovande rummet i fred ...

Det är nästan lika svalt här uppe. De gör en kort rekognoscering för att bestämma var de skall tillbringa natten, hittar ett rymligt gästrum där de kan vila i en enorm himmelssäng, i ett annat, hittar de en mindre säng åt dottern ...

KARL ...

När vinden viskar Ja ... Och björken väser kom, kom ... När kastanjen
lojt viftar visst, Visst ... När paradisapeln bugar under vit mantel, då,
först då, är stunden inne för en fyrfingers visky serverad med en stor,
kall Mellanåbro på balkongen där potatisen i krukan lovar Gott ...
Då vet han ... nu, först Nu, knackar Sommarlätt på ... Hon står
där ljus, varm, klädd i kurvor. Och han vet att dörren är olåst ...

Svettig. En varm hinna av fukt omger honom likt ett flytande
skal. Apelsinskal. Han fnissar till. Hungrig. Utsvulten. Inte på föda.
Han vill ha henne, kvinnan i drömmen. Hon var hos honom igen.
Lika verklig som om de faktiskt hade träffats på riktigt någonstans.
Han vet fortfarande inte vem hon är, ansiktet förblev dolt i dunkel,
men han kommer ihåg resten av henne ... ända ned till de små,
något knubbiga, söta tårna, rödlackerade, välskötta tånaglar, han
hade kysst var och en av dem. Kvinnan fick honom att prestera
saker han knappast hade drömt om. Fantiserat hade han väl gjort,
men det hade aldrig blivit så med Maud. De vordom ett kärlekspar,
men kom aldrig i närheten av intensiteten, den blöta åtrån, som
kvinnan i hans erotiska drömfantasi skapade ...

Tevens ljus, ett ljudlöst flimmer, lyser upp rummet i ett
månlandskap. Inser att han ligger på hotell och att kläderna smetar
på kroppen. Han var ju på väg ned till baren ... huvudet spränger,
han är bakis, tungan är så där torr och smakar vidrigt i käften.
Så mycket drack han väl inte ... Till vänster om sängen fräser
klockradion 23:56. Han tänder sänglampan och reser sig, försiktigt
... stänger av teven, den röda avknappen på gläppen är inte svår att
urskilja, lägger den på sängen, rotar i väskan som han inte hunnit
packa upp, tar fram necessären, den gamla slitna i svart nylon som
han använt i han vet inte hur många år, dragkedjan kärvar, men
det är med necessären som med renskinnsplånboken, han vill inte
göra sig av med den, ett slags minnenas parad, det vet han, men den
får erodera i smulor framför hans ögon innan han gör sig av med

den. Efter litet lirkande får han fram en full karta värkmedicin av den starka sorten läkaren i Örebro ordinerat. För ett ögonblick funderar han över att ta två tabletter, men minns förmaningen: "en räcker, är det riktigt illa kan du ta två, men inte fler." Han trycker ut ett piller ur staniolet, tar ett rent glas från brickan och vinglar in i badrummet, spolar till dess att vattnet är någorlunda kallt. När han svalt den triangelmärkta drogen med två glas vatten har tungan återfått sin normalt mjuka konsistens och smaken i munnen har stabiliserat sig från vidrig till smått äcklig. Drar av sig de unkna kläderna, slänger dem i en hög på golvet, byxorna hänger han på tork över en fåtölj, går in i den glasade kabinen, länge, länge låter han vatten spola över kroppen, innan tvålen får löddra. När han torkat, fräschar han till armhålorna med roll on utan alkohol, tar sig tid att smörja in fötterna med Mauds favoritfotkräm, kryper sedan ned under täcket.

Somnar genast.

Vägen upp till busstationen är rundad, som en uppfart i ett parkeringshus, svagt bekant, nu vet han, det är i Helsingborg, vid färjeterminalen, de måste hinna med just den här bussen.

Bussen ...

Vilken buss ...

Här avgår bara färjor. Arton, buss nummer arton, den går om fjorton minuter. Eller rättare sagt fjorton minuter och fyrtiofem sekunder. Varför tar de inte färjan ... nej, det är buss som gäller och det är bråttom ...

Så står helt plötsligt Hasse Alfredsson där, talar om för honom att inte cykla till vänster:

"Alldilis föur faurlit ...", säger Hans, "Tau väugän därrr båurrrta iställät." Karl följer uppmaningen och cyklar till höger, men det vinglar och dottern sitter bakpå, det är långt före barnsadlar och cykelhjälmar och han förstår att det är den smala och krokiga vägen, Den riktigt smala och krokiga vägen som visar sig vara runt trettio centimeter bred,

ingen säker väg för en man med sin älskade dotter som passagerare på
den vingliga pakethållaren. I en spiral höjer den sig, höjer sig, höjer
sig, det är trögt men han trampar på högt över marken, lårmusklerna
skriker som inspelningarna av Auschwitz-fångar han hört i någon
makaber dödsopera. Vart skall han … till buss nummer arton, ta mig
till arton. TA MIG FÖR DJÄVULEN TILL ARTON. Sablar vad
svårt att cykla här, och nu ser han att det är förfärligt långt ned till
marken … känner sig som en cirkusartist på slak lina, fast otränad,
skräckslagen, inga skyddsräcken, inget nät, inga säkerhetslinor, nu
vinglade det till, publiken sorlar ett gemensamt:
  "Oooooohhhhhhhhh …", men han finner åter balansen och dottern
skriker:
  "Jag skall vara Lucia och du måste vara där." Och det är klart att
han måste. Han meddelar tryckarbasen läget och aset svarar:
  "Lindgren, du é väl ingen kärring …"
  "Men dottern …"
  "Du är en fitta."

ALBIN …

Svett … känner det salta rinna likt en vårflod under pilotglasögonens
speglande glas, nedför ansiktet, in i munnen, droppar från hakan,
vill inte minnas …

Sliter av sig de onödiga solskydden, slänger dem i passagerarsätet.
Torkar ansiktet med skjortärmen, får tag i flaskan, den är halvfull,
drar ur korken, *ffhummph*, avyttrar den ned i passagerarsidans
benutrymme, noterar att korken prickar pilspetsen på den
gamla volvo-logotypens runda ring. Minns plötsligt Monseur
F, övningsledaren i öknen, en gammal överste till räv i legionen,
som envist förbjöd adepterna att kalla honom vid grad, Monseur
F skulle det vara, han hade ett standarduttryck: "Ögat ser mer än
man vill tro. Ett otränat öga ser bara det det vill se. Ett tränat ser

allt, även det det inte behöver se." Han halsar spriten i glupska klunkar. En släng runt trettiofem centiliter rökig, islaytillverkad Scotch. Spykänslorna väller upp i svalget likt bambustockar. Han har hört bambu växa. Det låter som ... behärskar sig likt en iskall schackspelare. Skrattar till, mer som en förkyld hostning, trots illamåendet.

Vilken vansinnig tanke, var kom bambun ifrån ... Viet Cong nere i marken nitton hundra och sextionio ...

"Shoot man, shoot. It's never too late to die."

Har han skrikit ... vet inte, lutar sig över ratten. Minnen våldtar honom. Kämpar emot. Tänk en glad tanke, en *glad* tanke. Det knackar. Dunkar dovt ... hans tinningars blodsprängda vener gör allt för att ödelägga varje försök till positivt tänkande. Rubiks kub. Det fanns en lösning. En matematisk vridning, två höger, en vänster ... nej en vänster, tre höger, och sen vänster till dess att det stämde.

Nej.

Han kommer inte ihåg.

Finns det huvudvärkstabletter ...

Inte vad han vet. Mer sprit. Alkohol brukar hjälpa mot det mesta. Inte malaria. Den fula kärringen i spritbutiken i Kinna hade stirrat på honom när han beställt en låda av den gamla viskyn. En låda. Antagligen hela årsförsäljningen i den lilla inavlade byhålan vars namn bara förknippades med Kina, tyg och handdukar. Hade själv Pelle Vävares i badrummet. Utmärkt frotté. Betingar en förmögenhet, men håller i en mansålder.

Det var inte någon glad tanke, men det *var* en tanke. Knackandet upphör inte, ytterligare en intensiv morsesignal genomfar honom, lägger sig ovanpå tinningarnas nu hårt slående pumpningar, en aldrig sinande brunn av grodor.

Grodor-grodor-grodor ...

Tock-tock-tock ...

I've got a frog, in my bed.

It smells like a wet dog, likes to get wed

with a nice little mermaid who isn't dead.

I've got this frog in my head …

Grodor. Frogs. Skräck. Slagen. Vill inte öppna ögonen. Rädsla. Fear. Katten måste ha känt den mikrosekunden innan Volvons kraftiga asfaltslickande sulor, Gislaved fram, Hakkapellitta bak, plattade ut den, likt barnet som smetar ut sin gula och röda modellera mot en rosenmönstrad vaxduk, in i evighetens kattpiss-sandlåda. Han är aldrig rädd. Han är *aldrig* rädd.

Are you ready sniper – Aaa haa …

Ripper – Yea.

Killer – Okay.

Allright fellows … Let's gooooooo …

Sweet. The Sweet. Kilroy was here. Hit Man. Det är omöjligt. Rädsla existerar inte. Får inte existera. Han skall ju dö, vad har han att frukta …

Döden …

Han har bokstavligen skrattat döden i ansiktet tusen gånger tusen gånger.

Patetiskt.

Han ångrar den löjliga tanken.

Den studsar nu, hjärnan. Tankarna far som stålkulan i ett flipperspel, han minns till och med namnet på det, Krokodil, det stod på vingliga ben inne på Monas rökiga konditori på Götgatan i Göteborg, man fick verkligen ta det varligt, annars tiltade man spelet, det är väl en pizzeria nu, där står antagligen en jugoslav eller iranier och bakar den amerikanska versionen av den italienska varma mackan.

Vesuvio …

Egentligen borde man skjuta alla falska pizzabagare. Åtminstone hänga dem i närmsta träd eller gatlykta. Ordet *förrädare* skrivet i grova bokstäver på brun kartong bör hänga om deras bröst. En pizzadeg skall bakas på amerikankt vete odlat i Italien, såsen får endast innehålla tomater i tärningar vars kanter skall vara högst sju millimeter. Skratta döden i ansiktet ... vem skrattar när man är på väg att dö ... några klickar mozzarella ... ingen ko här, buffelmozzarella, inget annat. En kvist basilika. Ett par strängar olivolja. In i stenlagd ugn.

Finns det något som är värre än döden själv ... Möjligtvis en falsk pizza, en svekfull kvinna eller en självgod allvetare. Motvilligt fladdrar ögonlocken mot medvetandets rand.

Och han ser.

Den numer renrakade hakan lutad mot i imiterat läder klädd volvoratt. Märker att regnet tagit i. Det fullkomligen öser ned ...

Tock-tock-tock ... argare nu, intensivare ...

Tock-tock-tock ...

Kan man ställa sig upp mot herr Död ...

"Tyvärr kompis, men jag tror inte jag har lust att dö." Betänk scenariot. Förvåningen i hans ansikte ... uppriktigt ointresserad av argumentationen:

"Vad menar min herre ..."

"Ja, alltså ... jag kan inte dö just nu. Har lite att stå i vet du, ouppklarade saker, trivialt vardagligt. Fru, barn, jobbet, gräsmattan ... ja ... livet. Systembolaget stänger sex, har lite bråttom, du får ursäkta, vi syns en annan dag. Kanske ..."

Han lägger handen mot hakan, pannan i djupa veck, kliar lite i skägget. Döden har väl skägg ... Tänk så många ursäkter herr Död hört i sina dagar. När den utvalde vänder för att gå fattar döden tag i hans av mycken stress stela axlar.

"Jag måste be herrn ta sig samman. Det går inte att ursäkta sig inför mig, det måste ni förstå."

"Ja, ja, det är jättebra ... fint, men du ... tiden rinner iväg", lägger en blick på armbandsklockan, "har lite andra ärenden också. Apoteket, posten, ja, du vet … räkningar. Det kostar att bo nu för tiden, fy fan."

Nu ler döden … roat …

"Herrn var mig en rolig jävel. Ja, vi ska nog få det trevligt på vägen, men vänligen följ med nu, time is running out." Inte ens nu lyder människan sitt förutbestämda öde. Fortsätter motståndet. I ett obevakat ögonblick slinker han undan, försvinner in på en tvärgata. Herr Död skyndar efter, men kan inte se mannen någonstans, försvunnit i folkmassan, han svär för sig själv och skyndar på stegen, tiden är knapp, fler hämtningar idag. Ursäkter har han hört förr, men ingen, *ingen*, har kommit undan, någonsin … Lätt irriterad börjar han småspringa längs den välbefolkade trottoaren. Var det Systembolaget mannen sade … herr Död ser den gröngula skylten, tar sig med visst besvär in i den av trängsel varma butiken, eftermiddag och helgens varor skall inhandlas …

Upptäcker mannen i kön, står och letar ur minnet vilken sorts drycker som bör serveras till nötsteken. Med bestämda steg går herr Död mot sitt mål. Han är svettig också, har inte tid att jaga folk, om de bara visste vilket pressat tidsschema han löd under, vilket slit det var, jäkt. Han stöter ihop med en äldre dam på väg ut. Det var inte meningen, ett misstag, inte hennes tur än, men nu är det för sent … får ta med sig henne också, hon har ju observerat honom. Satan. Det blir väl en reprimand för det. Ja, ja, alla gör vi våra misstag, så ock herr Död … Vänligt ber han damen ställa sig utanför, medan han hämtar den trilskande. Hon svarar uppgivet, ger sig ut att vänta …

Herr Död tar sig, lite försiktigare nu, med tanke på misstaget alldeles nyss, har inte plats för fler passagerare denna vända, in mot kön, där rymlingen står och väntar på sin tur, närmar sig lite snett bakifrån, knackar honom lätt på axeln …

"Hrm … ursäkta mig …", mannen låtsas inte kännas vid

honom, eller så har han helt enkelt glömt, förträngt, en del reagerar ju så, det vet han av erfarenhet. Det börjar verkligen bli bråttom nu. En ambulanssiren någonstans i fjärran ... herr Död samlar sig. Det är ju faktiskt *han* som har kontrollen här, att människan inte förstår en sådan enkel sak.

"Jag måste insistera. Vänligen följ med nu." Sirenen ökar i ljudstyrka. Det måste vara uträttat när ambulansen anländer, annars blir tiden skev, inte bra, kräver mycket arbete av tidsgruppen, att ställa en tidsförskjutning tillrätta, ett riktigt skitgöra, de kommer att vara sura på honom i evigheter. Förbannad vare den dag han tog det här jobbet. Men någon måste ju göra det ... lönen okej ... husrum ... mat ... ganska fritt arbete ... evigt liv ... det är ju bra ... en helt okej försörjning helt enkelt. När det inte krånglar vill säga.

"Jag har inte en aning om vem du är", säger mannen som inte vill dö och fortsätter: "det jag däremot vet, och det säger jag, grabben ... jag vet mycket. Jobbar som säljare. Träffar en hel del folk, en del skruvade, andra ... helt lost. Men du tar priset. Jag börjar bli förbannad nu, tvinga mig inte till våldsamheter, tränade boxning som ung vet du." Mannen slår en slowmotionuppercut i luften och avslutar med att låta tungan klicka till i munnen, med läpparna formade som skulle han säga O, vilket framkallar ett dovt ljud, *thoock* ... vilket ämnar symbolisera själva hakträffen. Fanskapet står och hotar honom, herr Död, med handgripligt stryk. Döden ruskar på skallen ... kan inte tro det han ser med sina urgamla ögon. Det är väl det som är charmen med jobbet, omväxlingen, man lär sig något nytt var dag ...

Nu måste döden ta till våld. Trist. Han fattar tag i mannen, hårt, den envise grinar illa. Förmodligen bryts ett nyckelben, går under fallskada och kommer inte att medföra någon som helst diskussion i efterhand.

"Nu går vi. Följ med här." Ingen vänlighet längre, bara en iskall beslutsamhet. För första gången blir den döende rädd. Det kan herr Död känna på den tydligt förändrade kroppslukten. Panik luktar mer än någon annan känsla, har en skarp doft. Den utvalde mannen inser nu att detta inte är någon vanlig galning från gatan, eller … inser är kanske än i denna stund fel uttryck, misstänker är bättre, att något annorlunda är på väg att ske i hans väl inrutade liv. Det gör ont i axeln. Något har hoppat ur led, eller värre, gått av.

Den där karln ser bestämd ut. Han ljög förut, har inte tränat boxning i ungdomen, inte ens fotboll. Han var värdelös på sport. Det han var och är bra på är munvädret, har en käft som kan prata omkull vilken kund som helst, lägga ned vilka donnor som än dyker upp i hans väg, och det vill inte säga få, han träffar massvis av kåta hemmafruar och ensamstående mödrar i yrket. Sålt dammsugare och rengöringsmedel i hela sitt vuxna liv.

"Äh, du … grabben, ta det lugnt nu. Det gjorde förbannat ont det där. Inte ska vi väl bli våldsamma va, det finns det ju ingen anledning till, du …" Men döden är inte resonlig längre, har helt enkelt inte tid. Ambulansen bromsar just till utanför. De får börja med damen som väntar utanför. Tur i oturen att hon dök upp, annars hade det blivit riktigt snärjigt. Han sliter med sig mannen, som i alla fall inte skriker. Det hade gjort arbetet ännu lite besvärligare.

"*Tock … tock-tock …*"

"Tock-tock …"

Han vaknar upp, vrider huvudet åt ljudet till och ser den unge mannen. Han har aldrig sett grabben i det långa lockiga håret förut, men ynglingen blir som en åskledare, vidarebefordrar en blixt, likt ett plötsligt drabbande migrän … *Devil in disquise* med Elvis far genom honom … da-da-da-dadada … hela låten på en mikrodel av sångens reala längd … ser honom genom högra sidorutan, håret ligger nästan klistrat nu, öronen står ut som musse-pigg-ovaler.

Ovaler, ovaler …

Från hjärnans gömda svarta, är hövdingen i biofilmen med Dustin Hoffman ... indianen som inte dog, trots att han var övertygad om att hans tid äntligen var ute.

"It's a good day to die ..."

Hövdingens livsande vaknade då snöflingor smekte, kittlade, smälte och rann i ansiktets av vindar härdade hundraårsrynkor, ingen oil-of-ulay-daily-skin-protection där inte. Han önskar innerligen minnas den aktningsvärde mannens ord när han insåg att Alltets Gud inte skulle befria honom från hans levnads pina, plågan av den vite mannens andedräkt, dåliga visky och hygien, falska ord, vassa svärd och brännande kulor, dess mångfald likt råttans, giftigare än skallerormen, tjockskalligare än coyoten ...

Men han minns inte, en sorti värd en indianhövding är honom ej förunnad ...

Noterar dropparna som lämnar de silversmidda sjörövarringar vilka penetrerar de vita öronsnibbarna. Snibbar, snubbar, Alla snubbar vill ju vara ...

Ynglingen rör på munnen men han kan inte höra orden, bara ett basigt mummel:

"mmmfmp, kl ... pvp ... vrrv ... rrruimmmpphh"

Förstår ändå.

Angel. He looks like an angel ...

Lutar sig åt höger och drar upp dörrens svarta låsplupp. Grabben ler, hoppar in i bilen, ljuvligt doftande regnvatten stänker honom tillbaka till Paraguay, klarar inte att hålla emot längre ...

KARL ...

sätter sig rätt upp i sängen, ryggen knäpper till.

Vilken fasansfull dröm.

Niklasson i tryckeriet hade varit på honom. Men det stämde inte med tryckarbasen. En liten vass gubbe, stryktäck och skojfrisk, men aldrig elak. Niklasson hade varit en av Karls bästa vänner och skulle aldrig behandlat honom på det viset.

Han är genomdränkt av svett igen. Lika hal som en nyfångad sej. Reser sig ur sängen för att ånga av sig, står naken, tittar ut över gatan, bilar, bilar, det är vargtimmen och trafiken ryter på, långt från ljusa dagerns intensitet, men han ser ett otal taxibilar och ett flertal andra fordon passera nere på Vasagatan.

Stockholm sover inte ...

Han minns att han läst i någon tidning att myndigheterna här uppe givit krogarna tillstånd att ha öppet till fem på morgonen. Det skulle inte gå hemma, där fick kinesen stänga elva på vardagar, och ett på fredag och lördag, inte en minut senare. Man sprang inte och sköt ihjäl folk på gatorna i Kinna heller. Man tog kål på varandra, det hände. Han minns en tokig fan, var det i Svenljunga ... som hade stängt in sin fru i bastun och skruvat upp värmen, men det måste vara nästan tjugo år sedan nu, kanske trettio. Och ett knivmord hade det varit nere i Skene, vid Frölich, korvkiosken, det var nog i slutet på sjuttiotalet. I en fabriksbygd som Marks Kommun hade ungdomen inte roligare än så, supa, slåss, och i bästa fall knulla. Men en gång gick det snett, någon gick över den oskrivna gränsen för vanligt gruff och den underlägsne drabbades av panik, drog kniv och stack olyckligt ...

Han vänder sig inåt rummet, svetten har försvunnit ut i atmosfären och han lägger sig under täcket igen. Svårt att somna om nu när han sovit så länge. Han sträcker sig efter gläppen och sätter på teven för att se om där finns något att glo på så här sent, jo, på trean såklart, en gammal femtiotalswestern med John Wayne, Colored by Technicolor, som är mitt inne i ett tjutande indiananfall, ligger bakom en omkullvält wagon och träflisor yr när gevärskulor missar, pilar dunkar in i brädor. Indianer faller från hästar i en aldrig sinande ström och John är knappt svettig, gapar ut order omkring sig, viftar med armarna och skjuter, träffar med

varje skott och kulorna i hans 45:a tar aldrig slut ...
Karl undrar när frukosten börjar serveras ...

Lördag ...

V ad inte Karl vet om högern, är värt att veta ... Albin
förgås av sina plågsamma minnen, och hur snarkar
en folkpartist ...

KARL ...

Morgonmålet serveras mellan sju och tio, vilket hade varit en
evighet då han inte lyckats somna om. Som tur var hade han
kommit ihåg romanen som låg nedstuvad i packningen. Det hade
lindrat hans väntan betydligt. John Waynes löjliga figur hade
snabbt gjort honom ointresserad. Karl har aldrig förstått sig på
filmstjärnans popularitet. Nej, tacka vet han Clint Eastwood, det
är en riktig hårding det. Eller James Couburn. Och Richard Harris,
A man called Horse, vilken skådespelare ... Folk snackade om
Robert de Niro, vars enda ansiktsuttryck bara kopierade författaren
Charles Bukowskis av livet formade nia, de Niro var ingenting,
inte en flugas kvalster mot Harris som den gamle, alkoholiserade
irländaren mot en annan makalös aktör, Robert Duvall, i filmen
När jag brottades med Ernest Hemingway, det var skådespeleri, fick
vem som helst att blekna. Karl minns scenen i den längre versionen
av *Apocalypse Now, Redux*, Duval gör en helt vansinnig, surftokig
överste i Vietnam, i kavallerihatt från inbördeskriget, rak i ryggen
och med bar överkropp, händerna på höfterna, mitt i granatelden
och med bomberna kreverande runt omkring sig, förbannad över
vilka fantastiska surfvågor som just blivit förstörda av napalmen ...
    Tio minuter kvar. Magen talar, det gör den alltid när han är
bakis, sköljer av sig vid tvättstället, tar på sig, går ut mot hissen ...

ALBIN ...

vaknar i sommarstugans enda sovrum. Det är i gryningen. Vet först inte var han är, men snart hör han ljuden från de fåglar vars vingar ännu ej fört de små, lätta kropparna söderut inför den stundande, kalla årshalvan, tjatter och läten ute i den lilla trädgården, äpplena måste lockat dem hit. Han befinner sig, enligt gratiskartan över Varbergs Kommun som han snappat åt sig vid en mack i Åsby, på den ledigt klingande Klittervägen, ett stenkast från havet i Apelviken söder om staden, i ett av ett flertal sommarstugeområden längst Varbergskusten. Viken ligger någorlunda skyddad från stanken av massatillverkningen på Värö pappersbruk ett tjugotal kilometer norröver, bara vid kraftig vind kan man få sig en dust av avföringslukten. Kan höra vågorna från havet fräsa in över den tångrika sandstranden. Ger honom några ögonblick av andrum och ro. Alltid älskat ljudet, och vittringen av vatten, i synnerhet havet, vilket var en av orsakerna till valet av permanent boplats i norra Frankrike.

Linus på linjen, far igenom hans tankar ...

Ba-Du-Ba-Dum ... Mmmm Daaaaa ... den tecknade, italienska lilla gubben som alltid faller ned på slutet. Han skrattar till, mer som en hostning.

Ba-Du-Ba-Dum ...

Sovit obekvämt i natt, på sidan i en utdragbar bäddsoffa med tagelmadrass, på en botten bestående av för länge sedan uttänjda stålfjädrar. Hela kroppen protesterar. Borde valt sängen. Utan förvarning dyker ur höstgryningens liv grabben från dagen bredvid upp i hans medvetande. Ynglingen ligger på golvet ute i det lilla köket. Han kunde inte styra skeendet ...

Han har inga som helst skrupler över att han ånyo åsamkat en människas död. Sexakten hade varit övernaturlig. Ett blot för framtida lycka och välgång.

Ha, ha, ha ... välgång och lycka ...

Du dör.

Dör.

Känner livsanden fladdra som en låga i vinden, men än är den inte släckt. Fick liv av grabben. Som en blodsugare får liv av blod. Han är vampyr ...

Grabben hade skrikit, vilket nödgat honom att tejpa, det fanns folk i några av de tätt byggda sommarstugorna även nu om hösten. Hade varit en smula hårdhänt och noggrann, hade bokstavligen kunnat känna energin strömma in i sin egen kropp via deras förankring, den senige gossen hade knipit ordentligt runt honom, och slutligen några sista, åtstramande kramper, vilka skänkt honom en njutning och en extas som inte kunde liknas vid något annat ...

När han återfått kontrollen över sig själv, det tog längre tid än vanligt och krävde en halv flaska sprit, rötan i kroppen eskalerade, sökte han igenom stugan efter en telefon för att kontrollera bostaden i Kinna. I ett kort ögonblick av alltför positivt tänkande hade han hoppats finna den han sökte här nere, men så var inte fallet, ägaren var och förblev borta. Det verkar som att människan verkligen åkt till Stockholm på obestämd tid.

Tvungen att vänta, trots att sanden i hans timglas hela tiden rann mot sitt sista, definitiva korn.

Vill minnas att han hade sett en telefonkiosk inte allt för långt härifrån, får kontrollera det litet senare, dessutom måste han göra sig av med kroppen, avskydde lukten av ruttnande människokött ... Och så kommer Sydamerika tillbaka, rinner över honom ...

KARL ...

står på tredje våningen och väntar på hissen. Magen knorrar. Inbillar sig doften av stekt bacon och äggröra. Och mjölk. En liter. Det hade han för vana att dricka då baksmällan ansatte honom. Ansåg sig behöva näringen. Exakt när det plingar till och dörrarna börjar glida isär slår den digitala klockan inne på hans rum över på 07.00 ...

Frukosten har fått vika från hans tankar. Kvinnan från baren i går tränger sig in i hans huvud, hon med den beige jackan, och den sylvassa skon, dinglande på den yttersta spetsen av en liten, vacker fot ...

Han kan se henne.

Hon står i hissen ...

ALBIN ...

Han sitter i en öronlappsfåtölj framför panoramafönstret på bottenvåningen i den stora sekelskiftesvillan på ön i floden i Paraguay, nu skiner den nedgående solens sista röda strålar in i rummet, har en kupa konjak i handen, hon är uppe och nattar den lilla.

Måste nickat till, blicken är suddig.

Blinkar klarsynen tillbaka ...

Han är litet berusad, och det kliar under vänster fots trampdyna, hela fotsidan behöver en kraftig kratsning av naglar eller ännu bättre, en styv borste, tar av sig skon och strumpan, kliar foten medan han studerar den makabra konstsamlingen på väggen ...

Mot den mjuka, vaniljgula tygtapeten med sitt ljusa mönster av rosor sitter skallar upphängda.

Troféer.

Vart och ett av huvudena är fastsatta mot en mörk skiva trä av något ädelt slag, vars underdel är prydd av en liten mässingplakett med graverade bokstäver, vilka han inte lyckas tyda på detta avstånd. Det är råbockar, leoparder, älgar, vildsvin, till och med en noshörning har fått sätta livet till. Skallarna pryder väggens hela bortre långsida, ett femtiotal, kanske fler ...

Visste inte att kollegan jagade. Han hatar jägare. Fega kräk som skjuter vackra djur vilka hellre än allt annat borde ströva fredade på jorden. Känner pulsen öka i aggression. Nu är de på kärlekssemester. Han lugnar sig, reser sig ur fåtöljen, ställer glaset på ett bord och går bort till stereon, letar fram en LP ur samlingen och lägger den på skivtallriken, sätter sig, njuter musiken, sippar konjak och väntar på hustrun …

KARL …

De har inte sagt något till varandra. Vet inte ens varandras namn. När han stod och stirrade på henne hade hon bara uttalat ett endaste litet ord. Inget tjafs.

"Kom."

Nu går hon före honom in i en storartad svit på översta våningen. Hungern är som borttrollad.

Vad är ägg och bacon …

Av den kostymklädde barvännen från i går kväll syns inte ens slipsen. De är allena i en vad Karl antar kostnadsdiger hotellsvit. Utan ett ord skrider den magnifika kvinnan fram till en välfylld bar och det är först nu som han hör hennes långa veckade kjol, designad i något följsamt tunt tyg, frasa runt låren, som han med en rinnande svettdroppe i pannan kan skymta konturerna av i motljuset från bardisken. Pungen drar ihop sig och han sväller. Hoppsan. Sväller, sväller. Torkar snabbt, och vad han hoppas, diskret, svetten ur pannan med skjortärmen. Spritförrådet ryms inte i ett kylskåp, som på Karls rum, hon häller apelsinjos i två glas, vilka hon lyfter fram från någonstans inunder bardisken, tar det ena och försvinner i ett angränsande rum. Karl går på darriga ben fram till den välputsade bardisken, noterar ringmärket efter hennes glas, lyfter sitt, ställer ned det igen, letar efter is, ser ett kylskåp i polerad stålplåt innanför den blanksvarta baren, går runt, inbyggt i kylen finns en ismaskin, trycker på en av flera knappar och det rasslar till, ur ett fack plockar han sedan en näve krossad is, släpper ned sörjan i glaset och ruskar om ... tar en flaska vodka och stänker ner en skvätt ...

Står några sekunder.

Tvekar ...

Följer kvinnan ...

Hukar sig genom dörrposten, trots att det inte är nödvändigt, omedvetet undvikande av skallskador, stannar upp på den mjuka mattan, tappar nästan glaset ...

Déjà vu ...

Scenen från hans dröm.

Han visste inte vem hon var då.

Nu vet han.

Hon är högerpolitiker och sitter i riksdagen.

Och hon är otroligt vacker. Måste ta några andetag.

Hon ligger på rygg i en stor, bylsig säng. Hennes ansikte omgärdas av fluffiga, svarta och röda kuddar. Dolda lampor ger ett diskret men tillräckligt ljus runt hennes uppenbarelse.

Precis som i drömmen ...

Finlemmade fingrar greppar mässinggaller i gaveln, rödmålade naglars skarpslipade spetsar får honom att längta efter svidande rygggränder ...

Det enda hon har på sig är ett par ljust bruna läderstövlar, skaften slutar strax under knät. Han ställer ned glaset på en byrå strax till höger om dörren, klär av sig under hennes forskande blickar, kläderna hamnar i en fåtölj, inga ord, det behövs inte, han vet ju redan hur hon vill ha det, har upplevt detta förut, i vad han trodde var en fantasi, han kryper ned i sängen ...

Vet inte hur lång tid som passerar. Hans mun är en del av henne. En kvarlämnad hårtuss över Venus kittlar näsan ... De ser in i varandra, han väter sina fingrar i blandningen av deras vätskor, fuktar hennes bröst, fjäderlätt börjar han smeka, utan att för en sekund avsluta munnens arbete, Hon håller så hårt i sängspjälorna att knogarna vitnar. Tydligt framträdande nyckelben gör honom yr. Han känner en klack från hennes högra stövel mot sin nacke, hon pressar den hårdare, det är knappt att syret tillåts passera näsborrarna. Den vänstra stövelklacken vilar strax under hans högra skuldra, åtrå gör ont ...

Efter vad som kan vara fem minuter eller tusen år känner han hennes könsdelar styvna, blombladen blodfylls ytterligare ... först då släpper hon hans blick, blundar och vänder hakan mot taket.

Skriker ...

Det börjar i ett hest gutturalt gurglande, övergår till ett dovt morr från djupt ned i talorganen, hårt sammanbitna tänder, sedan öppnar hon käkarna. Han ser genom tårar, klackarna gräver nu djupare i hans skinn, hur saliv sprutar ur hennes mun när hon släpper ut allt ...

Skriket sporrar honom att orka, har knappt någon känsel kvar i tungan, käkmuskeln protesterar och även läpparna är försvunna.

Bara litet till ...

Ansiktet är insmort av henne, hakan, näsan, kinderna, tungan, läpparna. Gnuggar och gnider. Och hon öppnar sig som en skogstjärn, dränker honom i väldoft ... parerar hennes rystningar, gnider näsan mot det känsliga området, samtidigt som han för in tungan djupt, dricker henne. Slickar längre bak, knipande muskelryckningar tvingar honom att pressa för att komma in och det är underbart. Då vänder hon ned ansiktet mot honom igen, öppnar ögonen och en rysning far genom honom, från nacken och ned mot baksidan av låren. Hon är ingen mänsklig varelse längre, hon är ett hondjur, en mara som vill ha honom styckad och välhängd, trycker högerstöveln om möjligt ännu hårdare mot hans skalle och han får in tungan ännu några millimeter, hon är syrligare här och han låter äntligen ögonlocken falla för att helt kunna njuta hennes njutning ...

Skakningarna avtar så sakteliga ... då och då spänner hon sig igen, pressar, slappnar av och lossar till sist de stövelklädda fötternas grepp om honom, utan att släppa gaveln.

"Knulla mig."

Låter henne inte vänta.

Snart skall han explodera och dö.

Klackarna vilar nu mot hans spända skinkhalvor, hjälper honom att stöta hårdare.

Håller sig uppe på raka armar, skakar av ansträngning, nacken skriker efter avslappning, men han bestiger henne, hårt, och äntligen är det hans tur att visa tänderna, han böjer sig ned och de kysser varandra. Hon upptäcker smaken av sig själv och börjar göra honom ren, slickar sig i hans ansikte, hon stönar, hans morrningar blir grövre. Det är svårt att hålla igen nu, den mjuka munnen som lapar det våta helar hans utmattade ansiktsmuskler. Han lyfter sig igen och hon övergår då till att slicka hans bröstkorg, låter tunga och läppar massera hans bröstvårtor, naggar dem lätt med tänderna och nu går det inte längre, han ger henne det varma, det rinner saliv ur hans skrikande gap, hon dricker den ... för sin tunga över hans tänder, hans vassa hörntänder ... och nu vill han äta henne, han är ett handjur.

Sedan sjunker han ihop över henne, som död ...

Endast de kraftiga hjärtslagen avslöjar att blod fortrinner hans ådror. Ett tag misstänkte han att stunden var hans sista, när det svartnat för ögonen och ett silverskimrande stjärnfall uppenbarat sig i mörkret innanför hans ögonlock, likt ett förebådande om migrän. Han är vingklippt, men vid liv. Det enda som hörs är deras gemensamma, tunga andning. De är sammansvetsade av ett lager klibbig, varm svett som ångar av dem i älvors dans. I rummet en tung doft, kärleksarom ... De ligger i dvala. Andningen normaliseras. Lugn flyter över kammaren. Då bryter hon plötsligt stillheten. Släpper för första gången mässingsgaveln, greppar hans avslappnade axlar och, utan att skilja dem åt, vänder hon dem båda i sängen, han behöver inte hjälpa till, kan inte, och nu ligger hon över honom. Hon sätter sig försiktigt upp, vill inte att han glider ur henne, ett skälmskt leende när manövern lyckas, ser hela tiden in i honom med sina kattögon, sakta, sakta, retfullt, lyfter hon sig, släpper hans slapphet ... och är i nästa ögonblick över hans bröst. Sammanblandade kärlekssafter droppar glittrande ned på hans hud, en glänsande silverpärla i tofsen. Hon krystar, utan att släppa hans blick och med det litet sneda leendet kvar över läpparna, och låter det sista över hans nu vilande bröstmuskler. Det är en avsevärd mängd kladdig, varm vätska och han förstår att det är en fysisk omöjlighet att allt skulle komma från honom själv.

Nu sänker hon höften, gnider underlivet mot hans bröstkorg, sätter sig sedan över hans ansikte, ger sin för morgonen tredje order. "Slicka mig ren." Hennes hesa röst och de fantastiska dofterna gör honom kapabel igen, till sin stora förvåning. Minns sig själv fragmentariskt som ung man. Men nu, borde vila ett tag, kanske sova litet ...

Lyder henne ...

ALBIN ...

Plötsligt kommer hans dåliga samvete över honom igen ...

Det är som det är och han kan inget göra för att förhindra att han är den han är. Men han borde berätta ...

Han måste klara ut alltihop, förklara för sin fru vad han egentligen sysslar med ...

Blundar och försöker tänka en glad tanke i mörkret innanför de stängda ögonlocken, men det är svårt. Han har inte så många glada minnen att välja bland. Barndomens Örgryte hade varit ett stålbad, en vansinnig far, mäktig affärsman, styrelseledamot i ett flertal multinationella företag, han var även en diciplinerad, seriös alkoholist, sadist, hustrumisshandlare och barnaplågare.

Men där hade funnits ljusglimtar.

En av dem var Roy, familjens schäfer …

De hade dragit ut i skogen direkt efter skoldagens slut, lekt och busat. Roy hade älskat att springa i naturen, simma ut i den lilla sjön, någon kilometer in bland barrträden, apportera pinnar och sedan, när Roy stolt överlämnat bytet, stänkte han ned sin lille husse med en avruskad heldusch iskallt, dyigt tjärnvatten. Roy blev gammal, det hade han fått reda på av mor, nästan femton år. Hunden hade varit den enda varelse som det varit ledsamt att lämna bakom sig. När han pensionerade sig en gång skulle han skaffa en schäfer, med tryggt psyke, inte någon av de sönderavlade moderna familjerna, han hade redan sett ut en auktoriserad uppfödare i Bremen …

Han kommer till sans igen, dricker mer konjak.

Det kommer att bli komplicearat att avslöja för sin livskamrat att hon lever med en yrkesavlivare.

KARL …

I dance myself right out the womb.
  Is it strange to dance so soon …
  I was dancing when I was eight.
  Is it strange to dance so late …
  I dance myself into the tomb.
  Is it strange to dance so soon …

Karl drömde låten. *Cosmic Dancer.* T. Rex.

Är vaken nu. Marc Bolans överjordiska stämma ljuder inte längre, den tystades i en Aston Mini Cooper, mot ett träd, på sjuttiotalet. Har ingen aning om var han är. I livmodern eller i gravkammaren. Förvirring. Trött, som skulle han just spelat en match mot korplaget Magyar Horses på planen i Skene och glömt vattenflaskan hemma. Måste dricka.

Det är dunkelt, han hör någon andas lugnt, med ett litet, svagt, gällt *Ffffphiuuu* i slutet av utandningen ...

Låter ögonen vänja sig, strax inträder hans sällan svikande mörkersyn, visar honom konturerna av ett för honom bekant rum. Minns sin rekryt. Han hade varit skyttesoldat, korpral och gruppchef över en omgång infanterister på Tolfte Kompaniet, Redvägs Kompani, I 15 i Borås. Det var när han snubblade över granrötter runt om i Sjömarken, Dalsjöfors, Fristad, Gånghester, Sandared och Målsryd han insåg vikten av att se även i månfri, molnig och för det mesta regnig natt ...

Natträningen – aldrig stirra in i en ljuskälla – satte sig i ryggraden likt cykling och simning, hade aldrig slarvat med karotinintaget i kosten, varför han inom bara några få sekunder anar byrån rakt över rummet och vid hans sida står fåtöljen med hans klädbylte, och ett nattygsbord och först nu går det upp för honom att han är på ett hotellrum i Stockholm, i en svit som inte hyrs av honom själv. Samtidigt slår det honom som en hästspark, vem som andas så fridfullt bredvid honom. Reser sig på armbågen, lutar sig ut över utrymmet bredvid sängen, läser röda digitala siffror i nattygsbordets inbyggda väckarklocka, 10.27.

Nu knorrar inte magen längre, den skäller på honom. Han mår som han förtjänar, men ler, lägger sig på rygg igen, andas ut i en lång, frigörande suck.

Det var inte en enda dag för tidigt.

Älskog ...

Vad han hade saknat denna livets viktiga krydda.

Måste äta. Och vila. Om det finns något man kan likna vid en urkramad disktrasa måste hans ålderstigna, gängliga lekamen vara just detta i denna stund. Det ilar och skaver i skrevet, som trots allt det fått utstå står som en fallen stormfura under det fjäderlätta täcket. Pissnödig. Det var alltså därför han vaknat. Var finns nu toaletten ... reser sig försiktigt upp, viker ut benen över sängkanten där en yvig, varm matta varsamt välkomnar hans fötter, inte som trasbiten hemom ...

Rätar på ryggen, som knäpper till, sträcker ut det högra benet och knät knakar till rätta, upprepar proceduren med det vänstra, varpå han reser sig i stående, aningen för snabbt, vilket får dunklet att mörkna ytterligare när blodet rusar genom kroppen, stilla några sekunder, strax ser han igen, måste omedelbart finna muggen och sedan snabbt krypa ned hos den varma varelsen ...

ALBIN ...

Några dagar senare briserar bomben. Han har druckit en del vin, grundat med visky, matlagning kräver denna dryck, en smula berusad drabbas han av lust att berätta ...

Barnet sover där uppe, de sitter framför en brasa i ett rum vars innerväggar i stället för skallar är klädda med utrotningshotat ädelträ mellan bokhyllor.

Han berättar sin historia, från början till slut.

Invid husgavlarna ylar en regnstorm ...

Sanningen kreverar urskillningslöst. Sprider splitter in i märgen av deras semesterhus. Först möts Albin av skepsis, men när allvaret i hans ögon understryker sanningen, möts han av skräck, oförståelse, och ställs inför ett förvirrat ultimatum ...

Sluta eller skilsmässa.

Hon kan inte leva tillsammans med en bödel mitt i sitt välsignade tillstånd, där de tänt liv och hon nu skyddar lågan mot vinden, hennes älskare och kamrat släcker ... Albin vägrar att jämföra sig med en skarprättare, anser sitt arbete vara av ytterst seriös art, hårt slit, visserligen kanske inte fullt ut hederligt, men ändock angeläget ...

En morgon tar hon dottern med sig och far, han kör dem med

båten och hon flyger hem till Paris. Han är ensam kvar i huset. Ensamhet är ingen främmande upplevelse, men nu känslomässigt förkrossande. Tomheten skriker honom döv. Han ger upp, flyger hem, tar in på hotell, och bedövar sig genom en jul med teve och sprit. Men verkligheten slår honom i ansiktet när annandagen står honom upp i halsen, när julhelgen har förstoppat och allt kväver honom ...

Han ringer. Hon tar emot honom. Han hyr en bil och kör fordonet likt en racerförare. När han sladdat in på den gruslagda uppfarten rusar han in i huset och de återförenas på den sträva hallmattan ...

Andas tungt ... ligger i varandra på golvet, blodröda skavsår på svettiga kroppar ...

De försöker komma överens. Där finns utvägar. Albin skulle kunna sköta administration, strategi och planering, avstå fältarbete. Men det är inte tillräckligt för henne. Hon vill att han slutar. Men han kan inte. Vill inte. Arbetet är hans själ, han är skickad till det, har hittat hem, och han är förbannat bra på hantverket. De diskuterar fram och tillbaka, vill verkligen ha varandra och då chocken lagt sig börjar hon så sakteliga inse, inte acceptera eller förstå, sin älskares vardagsliv.

I längden är situationen givetvis ohållbar ... hon är höggravid igen och de står inför en komplicerad tillvaro. Kärleken övervinner aldrig allting, men ofta famlar den sig vidare, balanserar på avgrundens hala livsstigar. Albin skaffar djur, höns och en tupp, en slags romantiserad dröm om en landsbygd han aldrig upplevt. En morgon går han ut i hönsgården att hämta frukostägg, hon kommer ut efter honom, undrar varför han dröjer ...

Albin sitter på ladugårdsplanen framför en korg. Hon ser honom på avstånd ... han tar försiktigt, nästan ömt, upp ett av äggen, håller det inkapslade livet i sin hand, mot ljuset, klämmer sönder det ... hal gula och slemmig vita rinner nedför hans uppkavlade

underarmar ... fattar ett nytt ägg, klämmer, ett krasande ...
Hon kommer närmare, ser att han måste ha hållit på en längre
stund, pölar av innehållet ligger på marken, kläderna är solkiga av
hönsfoster i solens glada strålar. Hon skriker åt honom, frågar vad i
helvete han håller på med ...

"Är jag Gud nu ...", mumlar han, stirrar henne rakt i ögonen.
Sedan spricker hans vanliga jag fram ur dunklet,

"Vill du ha omelett på färska ägg ..."

KARL ...

inser först vid Tegelbacken att det faktiskt är helg. Att den han
söker antagligen inte är på plats.

Kvinnan hade kört ut honom från rummet. Vänligt men bestämt
hade hon förklarat att hon var tvungen att arbeta hela kvällen,
och antagligen i morgon söndag också, det skulle opponeras mot
sossarnas budgetproposition på måndag morgon. Högdjuren
skulle träffas över en sen lunch i moderaternas lokaler på Scönfelds
Gränd, i Gamla Stan. Inte ens frukost hann de med. Karl hade
läst i en läderpärm att det gick att beställa rosa Champagne och
jordgubbar, och få hela konkarongen serverad på rummet, och så
skulle de hunnit att presentera sig för varann, och pratat litet. Men
vad fasen ... morgonen var fantastisk ...

Vad gör det om han får äta ensam, på någon restaurang som ser
inbjudande ut ...

Han hade vevats på av en högerdemimond, låtit sig förföras, och
han hade njutit varje sekund ...

ALBIN ...

Ett längre spaningsarbete, långa nätter där han och kollegan turas om att sova, inser att han tappat kontrollen över sitt äktenskap, arbetet tar veckor, enda kontakten blir via telefon. Han märker att de glidit isär, det framkommer klarare över den sprakande linjen än ansikte mot ansikte. Lögnen är tydlig i telefon, när hon säger att hon älskar honom, när han säger att han älskar henne, vemodet hugger honom med slö sabel, lägger sig som en kliande sårskorpa över huden. Natten är dimmig. Kollegan snarkar. Någonstans utanför, i mörkret, hör han en fågel skrika ...

Det är försent. Förstår att det som borde vara viktigast, reproduktion, familj, kärlek, inte är det. Han existerar i sitt värv och enbart i värvet. Det får hans hjärta att fortsätta pumpa liv under skinnet, utan det, ruttnar han. Allt övrigt är lättjefull förströelse, dekadent självupptagenhet. Sex, prestation, att sätta sig själv på en betygsskala, prissätta egenvärdet i spermieproduktion, antal erektioner. Han tar ett heligt beslut. Från och med nu skall inget stå i vägen, ingen få tränga sig emellan, någonsin, intill den dagen han slutar att andas.

Sedan den stunden har han plågats av möjligheten, att hans beslut kanske var felaktigt ...

Han tar sig tillbaka till nutid ...

Beslutar sig för att återvända till Kinna. Här nere gör han ingen nytta. Ynglingen, som av någon anledning, kan ha varit det långa, lockiga håret, hjärnan jobbar konstigt, väckt minnet av hans sedan länge förträngda Paraguaysemester, ligger under stugan. En golvlucka i köket dolde en utmärkt plats. Där fanns en jordkällare. Det hade bara varit att gräva ett lämpligt hål i jordgolvet. Nu vilar liftaren mellan hyllor som bågnar under burkar, buteljer med inläggningar, lingon-, och äppelsylt, torkad svamp och hemkört vin. Tar upp några flaskor, de visar sig innehålla maskrosvin från åttiotalet, vätskan i dessa dammiga buteljer är överraskande god mot hans gom. Rabarbervinet är inte fy skam det heller, däremot smakar svartvinbärsvinet mögel och hälls i vasken i köket. Tar med sig ett antal flaskor, lägger dem i bilen och begynner hemresan, han ska vara i lägenheten lagom till nyheterna, sedan ...

Vänta ...

EDVARD ...

Olsson har varit hos Jukka. Raimo var också med. De har tittat på Arne Hägerfors tipslördag på kabelteve, Arsenal har spöat Leeds med 4–0 i cupen. Vad har hänt med hans gamla favoritlag ... ligger och krälar i div.1. Han hade visserligen garderat med en etta på den matchen så den gick in, men ändå ... och resten sedan ...

Hu ...

Det slutade med åtta rätt. Jukka var veckans kung, trots att det inte varit mycket utdelning på deras tia. Kungakronan förtjänade han för sin varning i matchen West Ham – Manchester United.

Manchestergrabbarna hade förlorat ... och inte bara det, Watford hade, efter lång kamp i leran, vunnit med uddamålet mot Crystal Palace. Edvard visste att Karl hade tippat en säker etta på West Ham, mot alla odds, och Watford höll karln alltid på, bara för att Elton John hade köpt laget en gång i tiden. Edvard höll med om att det var förbaskat kul att höra Watford-fansen sjunga, eller rättare sagt skräna, från läktarna, i Tipsextra, *Elton John's a Homosexual* ...

Men att tippa dem som segrare mot Palace var att gå ett steg för långt. Den begåvade Elton hade fått Polarpriset här om året för sin insats i musikens historia, nu ägde han inte Watford längre men han var satt som ordförande på livstid, man älskade Elton i Watford.

West Ham spöade Manchester United med 3–1. Tre jävla Ett ...

En del spelare hade gråtit vid slutsignalen ...

Jukka hade visserligen hävdat att det skulle vara ett kryss men varningen hade varit ytterst befogad när det gällde fördelarna med hemmapublik.

Det hade varit en spännande omgång. Ett tag satt Edvard med en tolva, men det sprack en kvart in i andra halvlek. Trots det hade han varit okoncentrerad och rastlös. Mötet med främlingen på Domusrestaurangen i torsdags satt kvar i kroppen. Hade sovit dåligt om nätterna, drömt vansinniga mardrömmar, med den skäggige mannen i huvudrollen, så vansinniga att han inte ville tänka på dem ... vidriga drömmar där han vaknat skrikande och hustrun flera gånger varit tvungen att ruska honom tillbaka till verkligheten, med fara för sin egen hälsa, då han viftat med knutna händer mot det skäggiga jättemonstret, *den djävulska jultomten* ...

Nu sitter han ensam på Knallens med en öl och en Jägermeister. Höjer snapsen till läpparna, sveper innehållet i en enda sup, sköljer ned med öl, viftar till en av Chen An Ens döttrar, han tror att hon heter Viue, men han är inte säker, de fyra mycket vackra flickorna är slående lika varandra, påminner om mor sin, Luni, som blivit en smula rund med åren, men som fortfarande gör Edvard knäsvag. Det hade han aldrig avslöjat för någon, inte ens för Karl, hur skulle det se ut, att han var förälskad i Kinesens fru. Flickan nickar och förstår att komma med en omgång till. Edvard har försökt nå Karl per telefon, men han är fortfarande bortrest. Borde gå över och kolla lägenheten, vattna blommorna. Karl hade ju sina örter på balkongen, kanske fanns där någon sista, sen tomat, samla ihop reklamen och posten ...

Reservnyckeln ligger i kavajfickan. Edvards tankar flyger kring och han förstår dem inte ... det är som om han satte Karl i samband med den märklige mannen med de hemska ögonen ... varför i hela friden ... men där fanns något ...

Han ser den skäggige för sin inre syn och ryser i hela kroppen, den unga kvinnan kommer med ny öl och sprit, samtidigt som han reser sig och går ut till mynttelefonen i vestibulen ...

Slår numret ...

ALBIN ...

Soffan är mjuk mot hans nakna kropp. Men det hjälper inte. Huden bränner. Skelettet känns som om någon sliter i det från alla håll och kanter. Inälvorna skriker. Hjärnan knastrar.

Bilfärden uppför Viskadalen var tung, fick stanna flera gånger och vila. En gång slocknade han och var borta en halvtimme, vaknade av en isken signal, stod parkerad på en busshållplats och det ogillades av en chaufför, som stannat för att släppa av nån bondläpp. Kroppen håller på att ta slut. Och det går fort. Alltför snabbt. Trappan upp till tredje våningen hade varit som att bestiga ett berg, ett steg i taget, långsamt, ingen granne hade dykt upp och tur var väl det.

På hallmattan skrek Borås Tidnings förstasida ut att en handlare i Kinna hittats mördad i sin butik. Det var frun som hade hittat honom. Mannen hade inte dykt upp på torsdagskvällen och dagen efter hade hon tagit extranycklarna och åkt ned för att upptäcka sin make stendöd. Polisen hade inga spår. Rikskriminalen ämnade att skicka folk från Stockholm under lördagen för att bistå de lokala utredarna. Det fanns inga vittnen. Mannen hade inte haft några fiender och var inte inblandad i några skumma affärer, en före detta textilarbetare, som sålde essenser och hembryggardetaljer. Inget hade stulits, vara sig ölsatser, tobak eller pengar. Hur mannen hade bringats av daga ville inte polisen gå ut med, *av utredningstekniska skäl*. Några lokala bybor uttalade sig och delgav läsaren att lilla Kinna hade mist sin oskuld, att det råa våldet letat sig dit, att tiden med olåsta dörrar nu var förbi, att det kändes otryggt att gå ute om kvällarna, bla, bla, osv. ...

Teven är gammal, men bilden är tydlig och ljudet är bra, inga missfärgningar på hallåans orangeskrikiga blus, när hon leende meddelar honom att det nu är dags för Sveriges största nyhetsprogram.

Då ringer telefonen.

En signal.

Två signaler ...

Haltar som en gammal gubbe, till och med fotsulorna smärtar, och ryggen protesterar mot den avbrutna vilan, nummerpresentatören sitter på väggen bredvid brödrosten, INFO 10 står där i digitala tecken. Är det fem eller sex signaler som nått fram ... eller fler, nej, sex, det är han tämligen säker på. Lägger handen på luren, sjunde signalen fortplantas upp i hans arm, det kittlar i de känsliga armbågsnerverna.

Kan det vara ...

Åttonde signalen ...

Nionde signalen ...

Den tionde.

Envis person. Måste vara en kvinna.

Han lyfter luren ...

EDVARD ...

Den tionde signalen går fram. Edvard lägger på telefonluren, tar de två returnerade enkronorna, stoppar dem i fickan och går ut i baren igen.

Sen skall han promenera upp till Karl ...

ALBIN ...

Ingen där ...

Hon hann lägga på.

Hjärnan hann gå igenom alla möjliga trevliga göromål med damen i fråga, måste få det ur sig, annars blir han vansinnig. Går ut på toaletten ...

EDVARD ...

försöker komma ihåg portkoden. Vad var det ... han knappar in 1942 ... nej, fel ... 1207 ... Nej. Snart kan man fan inte gå på toaletten utan kod. Kod för att ta ut pengar, kod på Konsum, kod till jobbet, kod för att komma in i fabriken, kod till sitt klädskåp, och kod för att stämpla in, kod, kod, kod, kod, kod. Till och med bilen behöver kodknappas för att över huvud taget starta ...

Jaha, fint ... vad gör jag nu, tänker Edvard uppgivet, ser upp mot Karls köksfönster ...

Svart.

Men i vardagsrummet flimrar det välbekanta ljuset från en påslagen teve ...

Det måste vara spriten som dövat hans hjärna. Han har ju nyckeln ... Men, om nu Karl är hemma, och inte svarar i telefon ... Han lägger en blick på armbandsklockan, kvart över nio ...

En smula vingligt, tar han sig upp mot Muraren.

Måndag ...

Vad skavsår, Securitas, spanska stövlar, statsministrar och SJ har gemensamt ...

KARL ...

Karls helg har förflutit i lugn upptäckaranda. Unnat sig god mat och dryck men hållit det varligt med drickat, bara någon pilsner till maten och så snaps förstås. Mest kaffe under de långa promenaderna i stan. På kvällarna har han legat och sippat en öl till någon film, sovit gott och vaknat tidigt. Handlat en del. En suverän vinöppnare. Och i en skoaffär hade han hittat ett par svarta, spanska boots, han hade vandrat i dem hela söndagen och det kändes i fötterna nu. Det kostar att gå in ett par rejäla stövlar, *you don't know a man til you've walked a couple of miles in his boots* ... I en annan affär hade han köpt en snygg skjorta.

Efter frukost meddelar han hotellportiern att han ämnar stanna någon natt till, och tar därefter den korta promenaden till Rosenbad.

Han är där på ett par minuter.

Och kan inte komma in.

Väktaren vägrar att släppa in honom. Karl försöker frambringa sitt ärende, eller åtminstone att få lämna ett meddelande, men den lille Hitlern är bara oförskämd.

Karl lägger över vikten på det andra benet. Det var inte så här han hade föreställt sig dagen. Naivt. Jo.

Just när han är på väg att ge upp och lämna platsen, bromsar en svart limousin in bakom honom. Ur bilen kliver en imposant man raskt åtföljd av två kostymklädda biffar. Karl står som förstenad och bara glor. *Detta händer inte*, hinner han tänka innan han blir tilltalad.

"Jaha ...", säger Sveriges Statsminister. Han är större än Karl har kunnat föreställa sig från tevesoffan, mycket solid.

"Jo, eh ... jag kommer från Kinna ... har några frågor och ... Karl heter jag, Karl Ove Oskar Lindgren." Han sträcker fram näven, känner att han skakar i benen när den Store Mannen spänner ögonen i honom.

Och Statsministerns tankar flyr som pingpongbollar: *Kan det vara en släkting till Anitra, han är förbannat lik den där ... vad fan han nu heter, skulle bli ett jävla liv om jag avfärdar karln i så fall ...* Bredvid Statsministern står de två männen parkerade, *red alert* ...

Statsministern fattar Karls hand, skakar den och kontrollerar tiden på sin armbandsklocka och meddelar:

"Ja, va fan, vi har en halvtimme." En av livvakterna protesterar, givetvis, Karl kan vara vilken galning som helst, men Statsministern är inte en person man säger emot. "Han kommer med mig. Vi tar trapporna. Det är friskt. Och sunt ...", säger han, flinar och går förvånansvärt snabbt och smidigt in genom den nu vidöppna porten, den hålls upp av *Hitlern*, han bligar ogillande på Karl som kontrar med ett leende.

"Hette du Karl ...", dundrar Statsministern över axeln mot Karl som har fullt sjå att hinna med uppåt den vindlande spiraltrappan, tätt bakom sig hör han livvakterna, han ser Norrströms svarta vatten genom fönstren. *Måste motionera*, tänker han och flåsar ett ja till svar, och undrar om de skall klättra till månen ...

När det nästan svartnar för ögonen på Karl, visas han in i ett rymligt rum. Statsministern tar av sig kavajen, hänger den över en klädbetjänt vid fönstret. Där hänger slipsar, mest röda, och strumpor. På golvet ligger ett par joggingskor.

"Springer du …", frågar Karl och nickar åt skorna till, utan att reflektera över att han faktiskt duar Sveriges Chef.

"Nej, för sjutton", svarar Statsministern, "det är ett himla rännande här, fötterna och knäna skulle varit slut för länge sen om jag inte investerat i dessa underverk." Han klappar händerna demonstrativt tre gånger mot sin omfångsrika bröstkorg, böjer sig sedan stönande ned, grinar illa: "Det är värre med höfterna, får nog gå och kolla upp dom snart", säger han, och tar upp en av gymnastikskorna och sträcker fram undersidans sula mot Karl, som sett skomärket i otaliga reklamfilmer, speciellt under senaste fotbolls-VM. "Du förstår, här finns inbyggda luftkuddar, det är som att sväva jämfört med mina vanliga lågskor. Dom andas också, ingen tåjos, känn själv, kan rekommendera dom." Räcker över skon till Karl och går sedan och sätter sig i en rymlig snurrfåtölj placerad vid ett kaffebord i ena hörnet, där står också en gammal soffa. Statsministern sparkar av sig kostymskorna, knäpper upp manschetterna, kavlar upp skjortärmarna till strax under armbågarna, lutar sig tillbaka, studerar Karl som står kvar i mitten av rummet och nyfiket klämmer på skon, synar den noggrant under några sekunder, trycker litet, viker den för att kolla mjukheten, stoppar sedan tillbaka skon på sin plats under hängaren.

"Ja, jäklar. Luftkuddar …", säger han och tänker att han borde köpa ett par, det skulle knäna gilla …

Vill fortsätta de härliga promenaderna runt byn och i skogsmarkerna runt Kinnas vattenreservoar. Allt som oftast laddar han ryggsäcken med pilsner, kaffetermos och de i smörgåspapper omsorgsfullt skyddade, stadiga limpmackorna med ost och prickekorv, för att ta den livgivande turen runt den ena av de två sjöarna Lilla och Stora Barrsjön, tvärs över gamla Boråsvägen mot Rydal, låg Lilla Barrsjön, omgärdad av gungfly och sankmark med köttätande växter som åt de massor av pissmyror som bebodde strandtomten vid den lilla tusenbrödersssjön där det om vintrarna snarades gäddor, pimplades abborre och spelades hemmamatcher i bandy med Marks hemmafavoriter Rydal BK. Marken kring Stora Barrsjön var däremot vänligare mot skogsvandrare. Inte mycket folk däruppe nu för tiden, vilket resulterade i att han var ensam med endast Gud Fader och fåglarna som vittne, med Roy Orbinsons Only the Lonely, know the way I feel, Only the Lonely *ringande i huvudet och ibland någon jordslig, ihärdig joggare från Marks Orienteringsklubb flåsande förbi. Att vara ensam i skogen är en inte helt oangenäm känsla. Han minns när han var grabb. Då de som ett komplement till Viskan nere vid Kinnaström och uppe vid stora dammen, höll till vid Barrsjön under både vintrar och somrar, fiskade eller byggde flottar, grillade falukorv ute på klipporna vid den östra sidan. Han minns att kamraten, Krister, som var ett år äldre, av sina föräldrar hade förärats ett riktigt cyklopöga med tillhörande snorkel i födelsedagspresent, vilket gav dem möjligheten att dyka i den med sina stenfällor och sjunkna trästammar mörka sjön, där skeddrag och spinnare satt på rad. Han minns speciellt en gång när han simmande under vattenytan i vassen på södra sidan, letande de silverblanka dyrgriparna, plötsligt hade flankerats av två bjässar till gäddor, och en bit in i grumlet stod en tredje och lurade. De imponerande torpederna stod blick stilla, bara deras korta sidofenors viftande avslöjade att det fanns liv i dem, respektfullt drog han sig tillbaka och varken han eller Krister dök mer den dagen ...*

Hans egna, vita tennisskor, av ett billigare märke, står oanvända i skohyllan därhemma. Köpta på Hedins Skor, när de mellandagsreade förra vintern. Han hade ångrat sig nästan genast, men man fick inte byta reavaror. De var stela och obekväma, trots att han försökt gå in dem, inomhus, under senvintern.

"Jag har klädkammare inne i vilorummet, dusch också", avbryter Statsministern alla tankar om barrsjöar och fotbeklädnader, pekar på en diskret dörr bortom det pappersbelamrade skrivbordet. Karl hade inte noterat den när han kom in och nu förstod han varför. Det var knappt att dörren syntes ens när man visste om den, "men jag hinner inte springa in dit i tid och otid så jag har det viktigaste i kläder här ute, du får ursäkta röran."

Med en svepande handrörelse bjuder han Karl ned i soffan, en mjukstoppad, luggsliten skapelse, vilken sett bättre dagar.

"Det är Olofs gamla soffa. Jag har inte hjärta att göra mig av med den, det hade inte Ingvar heller, så den har blivit kvar ...", förklarar Statsministern, när han inser att Karl studerar en kaffefläck på armstödet. "Jag ska ta hit någon som kan rengöra den, men ... jag glömmer hela tiden bort det. Förresten är fläcken Olofs, han gillade att halvligga där du sitter, och hans mugg var alltid full, därav spillet. Det finns fler under dynorna, jag har bara vänt på dem", fnissar han och Karl kan inte låta bli att flina tillbaka mot Statsministerns skolpojksbusiga ansiktsuttryck.

"Ja, jädrar ...", säger Karl, lutar sig bakåt och låter sig omfamnas av den sköna stoppningen, tittar upp i takmålningarnas knubbiga, trumpetande keruber, "små vardagsbekymmer har vi allihop." Karl klappar på dynan. Här, precis där jag placerat röven har självaste Palme suttit och drällt ...

"Apropå fika, vill du ha ...", frågar Statsministern. "Jag vill, och kanske någon liten sötsak ..."

"Jo, tack", nickar Karl och ser ut över rummet medan Statsministern, i bara strumplästen, rör sig över mattan fram mot skrivbordet, trycker ned en knapp på snabbtelefonen och ber om två koppar kaffe med en slurk mjölk, samt några kakor, släpper upp knappen och slår sig ned i fåtöljen igen.

"Nå, Karl Lindgren, vad var det du ville mig som var så viktigt ... vi har ...", tittar på sin armbandsklocka igen, "... tjugofem minuter på oss innan jag måste följa debatten, budgetpropositionen för nästa år, oerhört trist, finansministern skall glänsa själv i det här, han är genuint snål och kan sin sak, teve direktsänder, och, ja ... nu när vi vann med sådan knapp marginal, så ..." Statsministern kniper ihop hela ansiktet i en bekymrad grimasch och stirrar ned i golvet, vilket får hela hans anlete att försvinna i fläskiga rynkor, Karl ser ett jättetroll av John Bauer för sin inre syn. "Och vi måste få med yrskallarna i miljöpartiet ... jag blir aldrig klok på dom, och kommunisterna ... ja, fy fan, dom har ju sålt taskarna till räven nu, satt den där dåren vid ratten, han kan inte hålla truten ...", här blir Sveriges Chef röd om kinderna av ilska och mumlar något om silvertejp och tre varv ...

Karl reser sig, tar av sig jackan som han, uppfylld i känslan av att äntligen vara här, glömt på, letar fram sin svarta anteckningsbok ur innerfickan, varvid den smala, vita plastpennan med den knappt läsliga reklamtexten Motala Folkets Hus & Park faller till golvet och försvinner in under soffan. Han är inte säker på hur reklamblyertsen hamnat i hans ägo, själv hade han aldrig satt sin fot i solfjäderstaden vid Vätterns strand, som endast var bekant för honom i Stockholm-Motala-sammanhang, och från teven, när Vättern-rundan visades i Sportnytt, och så de där politikerna förstås, de som festat på Stadshotellet för skattebetalarnas pengar.

"Jag ... hrmm, skulle vilja fråga dig ett par saker som jag har funderat över ... länge ..." Han sätter sig i soffan och kan inte riktigt släppa tanken på pennan, böjer sig mot golvet och famlar efter den under soffkanten, ryggen säger ifrån och han är på väg att mista balansen. Verkar omöjligt att få tag i, ler urskuldande, skjuter ut kaffebordet, kryper ned på golvet, och där, bland kolapapper och ett par, tre andra pennor av varierande typ, samt två oidentifierbara ting, ser han den, men med lagen om allts djävlighet ligger den förstås längst in, och trots att han lägger sig platt med kinden inklämd mellan soffa och heltäckningsmatta, och med armen sträckt i sin fulla längd, når han den ej.

"Jädrans", stönar Karl medan dammråttorna hugger honom i fingertopparna.

"Vänta, ska jag hjälpa ...", hör han Statsministern mullra, varpå han mödosamt kommer på fötter. Med gemensamma krafter skjuter de ut soffan någon meter från väggen. Det är en tung pjäs. De synar utrymmet bakom soffan.

"Ser man på, där är ju reservoarpennan jag fick av Zambias naturvårdsminister", utbrister Statsministern glatt. Likt en rockande Jerry Williams faller han på knä, greppar pennan, sträcker upp den mot Karl och skakar den i några hastiga handledsvrickningar.

"Den är gjord i elfenben, ta mig tusan, trots att det är strängt omoraliskt med handel av den varan nu för tiden. Vad jag har letat efter den. Är den inte vacker ... och här har vi din." Statsministern läser pennans text utan att kommentera den, räcker över den till Karl, som tacksamt stoppar ned den i fickan igen. Kvickt rafsar Statsministern åt sig några fler bortglömda pennor, reser sig pustande, varpå de baxar tillbaka soffan mot väggen. Efter att ha stoppat skjortflärparna i byxorna sätter de sig. Utan föregående knackning, öppnas dörren, och in i rummet träder en välkammad ung man, i händerna en bricka med två blodröda, rykande muggar och ett litet fat med kakor, han lämnar över kaffet, först till gästen, på muggen står det *Sosse* i guldversaler, därefter till sin chef, som tackar vänligt. Efter att ha satt ned kakfatet på bordet, går han bort till TV:n och knäpper på den, för att sedan försvinna ut igen. Nu har Karl inte många minuter på sig.

Han funderar över vilken punkt han skall börja med. Tio minuter är inte lång tid. Han tvingas sålla ...

Kill your darlings. Vem uttryckte de berömda orden ... Och nån grogg har han inte heller, skulle behöva en nu. Så här nervös har han inte varit på år och dag, inte sen han kysste sin första flicka, vad hette hon ... jo, gröna ögon, han glömmer inte de ögonen, Katarina ... så var det.

Vilka punkter skall han utelämna …

Varför är inte arbete värt pengar …

En vävare i Kinna, säg Ludvig Svensson, skiftarbete, det är ingen dans på rosor. Hur kan det komma sig att det är så litet värt mot att sitta i en riksdagssal …

Det har han undrat över länge, då löneförhandlingarna varit över, och det har visat sig att det blev någon krona i timmen.

Som vanligt.

Volvo och SAAB, sålda till jänkarna …

Alla industrier som flyttar tillverkningen utomlands …

Ett exempel är skivindustrin, det svenska musikundret. Grabben, Emil, hade förklarat detta för honom, sanningen, vilken aldrig står att läsa om i tabloiderna, vars levebröd är att hålla myten levande. Alla dessa miljontals skivor innehållande inhemsk musik som säljs över hela världen. Tyvärr genererar vinsterna knappt någon tillväxt här hemma, Pengarna hamnar nästan uteslutande på japanska, amerikanska och tyska bankkonton, till de tre, fyra jättar som köpt upp och äger i stort sett alla skivbolag av vikt i hela världen, inte som vi tror, när näringsministern frotterar sig med de svenska popstjärnorna under alla tevesända galaföreställningar till det Stora Svenska Musikundrets ära.

Dessutom vet Karl, Emil hade berättat, att det mesta var studieförbundens förtjänst, i Kinna gick de, oberoende partitillhörighet, samman, han minns en eldsjäl på ABF på åttiotalet, Gerry någonting, med kommunen och kunde i något årtionde stötta de unga begåvningarna innan besparingskraven började hagelstorma över landet. De byggde repetitionslokaler i en standard ingen hade kunnat drömma om i källare och garage, lokalhyra subventionerades av kommunen, alla kunde hyra replokal, det fanns låneinstrument att tillgå för den som själv inte hade råd. Studiecirklar gav musikanterna pengar att spela in sina alster i riktiga musikstudior i Borås och tillochmed Göteborg, de kunde hyra musikanläggningar. Kommunen och studieförbunden anordnade konserter för de lokala stjärnorna.

Karl ler, minns grabbens första officiella gage för en spelning på Skene fritidsgård, han hade sparat kontraktet, någonstans i kontoret. De var fem i The Wild Bunch så det blev en hundring var, och varm korv och en läsk från Marks Bryggeri. Ibland hyrde man in föreläsare från den legendomsusade musikbranchen, ordnade helgkurser med kända musiker som visade att de var riktiga människor av kött med skoskav och illaluktande armhålor, som delade med sig av såväl snedtramp som framgångar till nästa generation ...

Det talas aldrig om studieförbunden i tevegalorna ...

Utförsäljningen av Televerket, eller Telia som de vill kalla det nu, *Telia* ... Man säljer alltså ett företag till svenska folket, vi har den äran att köpa vårt telefonbolag, en gång till. Och de som lockats in i skurkstrecket förlorar ...

Karl har inga aktier. Hängde aldrig på den nya folksporten i slutet på nittiotalet, större än moderatbandyn, golf, då IT var ordet för frälsning, inte Elvis, Jan Sparring eller Lapp-Lisa, som alla var döda. Det var tiden som Karl skulle minnas för att han på matrasterna höll på att tjatas ihjäl av börskurser och frågor om han inte skulle ta och investera i dittan och it:en...

En av de värsta saker Karl kan tänka sig, som gör honom så förbannad att blodet vill spruta ur ögonen på honom, och samtidigt så maktlös att han i vissa stunder kan förstå de galningar som spränger alla och sig själva i luften, är börsen ... pensionerna. Hur ... hur tänkte sossarna när de tvingade oss att spekulera med vårt eget sparkapital, hur resonerade de ...

Och varför ...

Det känns som om dessa frågor blir kvar när han dödat sina darlingar.

"Nu börjar det snart", säger Statsministern och reser sig ur fotöljen, rullar ned skjortärmarna och tar sin kavaj, stänger av teven. "Jag måste gå nu. Det var trevligt att träffas, men plikten kallar."

"Men ...", Karl har svårt att hitta ord. "Jag har ju inte börjat än och ..."

"Jag är ledsen. Du kan skriva ett brev, jag lovar att läsa. Det kan dröja ett tag, men jag svarar på all viktig korrenspondens."

Karl reser sig, tar jackan i handen och följer Statsministern ut ur rummet där livakterna sluter upp.

Nu tar de hissen.

"Inget vidare för knäna att gå nerför trappor", säger Sveriges Chef. När dörrarna öppnas tar Han honom snabbt i hand. "Hej, vi hörs."

Karl står kvar en stund ...

Han passerar Strömgatan, ställer sig med ryggen mot Justitiedepartementet, Rosenbad, vilar händerna på det svarta järnstaketet mot vattnet. Borde ta en lång promenad, tänka. Tar upp kartan. Bakom honom passerar en dramatenskådespelare som Karl känner igen på rösten, har sett honom ett otal gånger på teve och film men kan inte för allt i världen komma ihåg vad den smale, tunnhårige mannen i trenchcoat heter, i Karls ålder, talar med tydlig artikulation rätt ut i luften, kanske repeterar han repliker till aftonens pjäs. Skådespelarens ögon brinner, han har sin föreställning framför sig. Karls pjäs är över, fanns den där elden i honom också, förut ... nu ...

Karl studerar kartan, funderar på vart han skall ta vägen. Vid närmare eftertanke är det inte långt till slottet. Och, ser han, till Nationalmuseum. Litet längre österut har han Slussen och färjorna ut till Djurgården med allt vad det innebär av museer, och Gröna Lund, skulle vilja se Prins Eugens Waldemarsudde. Bestämmer sig för att låta Kungen vänta och går i sakta mak Strömgatan ned mot Blasieholmen med Nationalmuseum och Skeppsholmen, kanske tar han en sväng ut och kollar in Kastellet ... och hungrig är han, en sen lunch någonstans på vägen, han får se vart benen bär ...

Passerar Strömbron och går ett par kvarter ned för Stallgatan, och där ligger färjan.

Köper biljett.

Vägen ut ... det fläktar kallt, skönt ... Karl föredrar friskheten här ute på däck. När båten anlägger Gröna Lunds brygga kliver han av. Där, längre norrut ser han Vasamuseet, skulle också vara kul men den gamla båten får vänta, går Allmänna Gränd rätt upp och tar höger efter Tivolit, på kullen ligger Hasselbacken, och Cirkus, vilken vacker byggnad, där är Djurgårdskyrkan, men han vandrar Djurgårdsvägen fram, bestämt sig för att promenera till Waldemarsudde, till vänster ståtar ambassader och till höger, lummiga villaträdgårdar.

Italiens ambassad är ett regelrätt slott. La Casa, inget tjafs. Herre Gud ... vilka kåkar. De klänger på höjden, innanför höga murar och väl bevakade stängsel. Och, komiskt, ser han, hänger den välbekanta Håll Sverige Rent-loggan över ett av taken, den vajar majestätiskt, vem fan äger *det* huset ...

När han passerar en av de privata villornas trädgårdar, sjöläge, ett gult träslott från artonhundratalet, en häckomgärdad oas full av jätteträd och bärbuskar, ser han sjungaren Tommy Körberg kratta löv. Han står hemma i skivbacken också, Tommy, där krattar han julsånger. Karl ser att arbetet är snudd på omöjligt, ty runt den berömdes axlar singlar det oavbrutet ned löv ... obekymrad räfsar han i det nu förtrollande ljus som man ibland kan se på vykort och gamla väggtapeter, solen är på väg ned, molnen som bortblåsta. Karl stannar ett slag, njuter magin i ljuset och en legend i vardagslunk.

Tommy känner tydligen hans närvaro för plötsligt vänder han sig tvärt och ser mot Karl, som något generad sträcker upp en handflata ... Tommy Körberg lutar sig mot krattan, ler, hälsar tillbaka. Karl lämnar löven i fred med Tommy, går genom en stor park där en jätteek tronar. Bellmans Ek ...

Det måste vara den ...

Här satt han, Carl Michael, drack vin ur gröna glas och skaldade om kåda på stråken ... Det var kåthet, Rock'n'Roll, *Konfonium tag där uti min gröna låda och vinet står ju där jag är i våda ... sum sum sum* ... Karl närmar sig respektfullt trädet, som måste vara många hundra år gammalt. Klappar det kärleksfullt. Sätter sig på en av de jättelika rötterna och andas en stund ...

Vilken ro ...

Det kanske går en kvart, kanske rinner en timme, har ingen aning ... Reser sig och går. Når grusstigen upp mot villan, prinsens konstnärsboning, går mot huset, kliver försiktigt mellan gräsänderna som folkvant och tryggt inte rör sig ur fläcken, går runt det vackra huset och sätter sig på en av bänkarna med utsikt över vattnet.

Kan höra Mauds röst ur det förgångna:

"Sittunderlag, Karl, sittunderlag. Du måste ha något varmt under rumpan, tänk på prostatan ..."

Inte har han något problem med prostatan.

"Vanans makt är stor", som Inge Jansson, en av reparatörerna på Almedahls, som påminner om Sune Mangs, brukar säga när han beställer ytterligare en öl nere på Knallens. Han avbryts av en stämma bredvid sig:

"Well ..."

Karl hoppar till, har inte hört någon närma sig, vänder ansiktet mot rösten. Clint Eastwood sitter på bänken. Inget sittunderlag där inte. Cigarrillen sticker ut ur karlns mungipa. Hatten neddragen över ansiktet, som skulle han sitta och ta sig en tupplur.

"Yes ...", svarar Karl.

"Why didn't you listen ..."

Karl svarar inte. Clint Eastwood är sjuttio, nej, över sjuttio, och finns inte i trettioårsåldern, förutom på film. Trött sjunker Karl ihop. Jag är mitt inne i psykos, tänker han, lika tokig som den där konstnären som skar av sig örat, vad han nu hette. Karl hade hört talas om personer som gick in i psykos och det var ingen gullig historia, de såg demoner och andra onda ting. Och nu var det Karls tur. Det är fotens fel. Hade den inte kliat så förbannat skulle aldrig incidenten på kafeterian i Örebro ägt rum. "Om inte om hade funnits, hade kärringen simmat över Ålands hav på ett järnspett", som hans mor brukat säga när han någon gång i barndomen ställt till det för sig.

Nu är han knäpp. Någon viktig del i honom har fått en stjärnsmäll och han behöver vård, han behöver träffa en doktor, nej en psykolog. Och en huvudvärkstablett behöver han också, trevar i fickan, fast han vet att pillren ligger i necessären, som ligger på toaletten i hotellrummet. Han brukar ha ett par magnecyl i plånboken, han tittar efter, där finns inga.

"Jag lyssnar inte på vålnader", säger han rätt ut i luften, men Clint verkar inte bry sig om vad Karl säger.

"I told you, beware of that bitch. She always screws everything up. Always. Now your mission is blown and you ..." Clintan avslutar inte meningen, drar istället några av sina evinnerliga bloss på den aldrig sinande cigarillen. Karl förstår vad han säger. Textremsorna sitter där de skall på näthinnan. Vad han inte förstår, är vad hans morgon med kvinnan i baren har med saken att göra, och till syvende og sidst: Vad har en inbillning, en hägring, en rollfigur från nittonhundrasextiofyra med saken att göra överhuvudtaget ... cowboyen fortsätter, "Well, I can't blame you. When Dick says go, you go. Was she good ... Oh, I bet she was, man ..." Nu flinar han så där överlägset igen, som på filmerna när han skall till att blåsa hål i någon tyken, illavulen bov ...

Karl vägrar att svara westernhjälten. Han finns inte. Och även om han skulle finnas, har han inte med saken att göra. Karls privatliv behåller han för sig själv. Han reser sig ifrån bänken, rullar ihop tidningen som till en batong och börjar snabbt gå upp mot huset, vänder sig inte om, hör heller inga steg i gruset.

Jävla Eastwood ...

Karl beslutar sig för att ta bussen. När han kommer fram till Hasselbacken ser han bakändan av en buss, chauffören startar just motorn men Karl går i lugn takt och missar den, det dröjer inte länge till nästa. I stan går han in i en tobaksaffär, Anderssons Tobak – Tobakens Vänner, står det på en skylt, köper en ask cigarrer, fem feta för strax över femtio kronor. De skall vara helt okej, enligt butiksägaren, en stor gråhårig man. Karl röker inte, men allt cigarrillblossande från den gamle cowboyen har fått honom sugen. En konjak och en cigarr, behöver något njutningsfullt nu.

Helt slut.

Ingen bra dag.

På hotellrummet igen. Han behöver en *Thor Modénare*, en riktig dunderdunker han fått lärt sig av sin nu framlidne skådespelarvän från Fritsla. Ta sex cl Vodka, sex cl Cointreau och sex cl Napoleon Cognac i ett stort grogglas, fyll upp med Russian och krossad is och drick med sugrör. Perfekt om man kommer sent till en fest och vill komma ikapp, enligt Sten Vik. Ingridienserna i minibaren lämnar tyvärr en del att önska, tar en öl ur det nu påfyllda spritskåpet. Karl öppnar buteljen, sätter på teven som är placerad på skrivbordet vid sängens fotända, han lägger kuddarna till rätta, suger på en öl, tillbakalutad mot gaveln, han ämnar se nyheterna. Kommer ihåg cigarrerna som ligger i jackan, hämtar dem, letar i väskan och finner nödflaskan med konjak. Han hör genom cigarr-, och spritdimman den kvinnliga nyhetsreportern meddela att det mesta i kvällens nyhetsblock kommer att handla om budgetpropositionen.

Karls tankar far ...

Kvinnor triggar honom nu. Det är som en i kroppen gömd drog, som poppar ut i blodsystemet, kan inte styra över det själv, som vore han ung igen, en andra andning, eller en extra växel. Den senaste tiden har hypofysen uppenbarligen fått sig ett tillskott av guds nåde och rusar honom in på löpande bandet mot erotiska drömmaskinen, vilken handlar om urkvinnan och urmannen. Undrar litet över smällen i huvudet, om den har ruskat om något inom honom, inte sovande, men, kanske tupplurigt, ingen huvudvärk, inget illamående, inga piller. Karl reser sig upp, suger litet på sin cigarr, går fram till skrivbordet, lyfter på luren och ringer SJ.

Nu får det vara nog.

Sista dagen ...

K arls blåsa är för liten, han möter en släkting. Visar
guldrovorna tid ... och vad betyder blodsband,
egentligen, när allt ställs på sin spets ...

KARL ...

snabbar på stegen, pissnödig, trapporna har sällan varit så här
långa, några droppar läcker ut i kalsongerna, ökar på stegen och
trots att högerknät protesterar tar han de sista fem trappstegen i två
kliv, siktar med nyckeln och nu går det undan, ytterligare en skvätt
i kalsongerna, det gör inget, han skall duscha och byta om, sliter
upp dörren, rusar rakt fram mot toan och är fasligt nära att snubbla
på hallmattan som ligger tillknycklad i bortre änden, märkligt,
toadörren står på glänt, får upp den på vid gavel, samtidigt som
han knäpper upp julpen, drar ned byxorna med ena handen och
lyfter på locket med den andra, sätter sig och äntligen ... lättar
han ... på ... visste inte att han hållit andan ... drar in syre och
slappnar av ...

Skönt.

Att vara hemma.

Lutar armbågarna mot knäna och böjer sig en smula fram, sitter
i den ställningen och bara är. En silverfisk kilar in under badkaret.

Det ligger hår på golvet.

Tovor av vitt hår ...

"Nämenvaf ...", slinker ur honom.

Någon har varit här. Reser sig rätt upp och struntar i ryggens
protester, drar upp byxorna i samma rörelse, knäpper dem och ser

sig om i badrummet, kanske kan han använda något här inne som tillhygge ...

Men vad ... Jäklar, här finns ju inget. Tvingas han försvara sig får det bli med händerna. Nu ser han mer vitt hår i och omkring tvättstället, och en av hans engångshyvlar, han använder dem bara då och då, när han vill raka sig i badet, annars har han rakapparat. Nu ligger en av hyvlarna han förvarar i badrumsskåpet slängd bredvid tvålkoppen ...

En Kinnabo tar Fan direkt i svansen, som de brukar säga. Sträcker på sig. Tystnaden ekar kyligt i badrummet, han är mer arg än rädd när han känner efter. Nog darrar benen så att byxorna fladdrar runt smalbenen, men nu *satan* får det bära eller brista, han skall dö med stövlarna på. Fnissar till, har de fotriktiga skorna på sig, de nyinköpta bootsen ligger i väskan. Smyger ut i hallen med nävarna knutna framför sig i en slags boxarställning ...

Tjyvar ... tänker han, då har dom stulit guldklockorna, något annat av värde finns inte i lägenheten ... nu fnissar han igen, skulle behöva en sup, en dödsdömd har ju alltid en sista önskning, en cigarr och en sup tack, ännu ett fniss, han kan inte stoppa dem, nerverna. Känner några droppar efterpiss i kalsongerna. Det dunkar i tinningarna och i bröstet. Stannar till i hallen ...

Inget ljud alls. De har nog knyckt rovorna och stuckit.

Men det var ju låst ...

Han sänker garden en smula, vrider huvudet mot vardagsrummet, ser bokhyllan, men kan inte avgöra om klockorna är kvar, ser teven men inte vardagsrumsbordet eller soffan, fåtöljen ser han. Karl går till bokhyllan, ställer sig framför glasluckorna. De ligger där. Han vänder sig om och tillbakalutad i soffan, med en till hälften urdrucken flaska visky, ser han sig själv.

Där sitter Karl Ove Oskar Lindgren och stirrar på honom ...

ALBIN ...

hör mannen han söker, men är för trött för att möta honom. Det
är inte spriten, hjärnan är klar som glas, det är sjukdomen. Den har
hunnit ifatt honom. Väntan har varit vidrig.

"Nämenvaf ...", hör han från badrummet. Rösten är bekant,
och nu förstår han varför, det är hans egen röst. Efter en stund, ett
fniss ... Mannen som är han själv kommer in i rummet och lägger
inte märke till sin objudne gäst, *det man inte tror sig se, det ser man
inte*. Han går fram till bokhyllan. Guldklockorna. Det är dem han
oroar sig för ...

Nu vänder han sig om ...

KARL OCH ALBIN ...

ser varandra i ögonen ... Andetag. Mannen i soffan flämtande,
med en rossling mitt i ...

Ja, nu är det slutgiltligen bevisat, tänker Karl. Smällen har tagit
mer illa än någon apparat kan spåra. Det är han själv som sitter i
soffan, men hans like tycks honom ... äldre, mer ...

Är detta Karl Ove Oskar Lindgren i framtiden ... vill han
inte vara med. Människan är sjuk. Inte sjuk som i influensa eller,
förkylning, eller, dålig som i ryggskott eller bruten fotled. Nej. Sjuk
som i dödssjuk. Som i cancer. Som i hjärnblödning. Sjuk som i
begravning.

Den döendes kinder är hopsjunkna, ansiktet blekt grått, läpparna
tunna, nästan genomskinliga, huden under ögonen gråsvart.

Men blicken ...

"Finns det någon psykolog i Kinna ...", frågar sig Karl högt ut
i rummet. Vet inte. Men det är en sådan han behöver nu. Friska
människor har inte samtal med sextiotals-versioner av Clint
Eastwood, de blir inte lägrade av riksdagsdamer i cowboystövlar,
ej heller träffar de sig själva när de varit och pissat, annat än i

badrumsspegeln. Här måste finnas en hjärndoktor.

Karl känner ingen som har besökt en psykolog. Får leta i katalogen. Han rycker till när han hör soffversionen av sig själv tala:

"Du får leta i telefonkatalogen ..." Rösten är skrovlig, men inte svag, och för att ha druckit en halva sprit är den alldeles för stadig för att vara sann. En lång utandning, Soff-Karl grimscherar. Ja, tänker Karl, den där gubben har ont. Han skakar på huvudet ... kan inte, vill inte, tala med en inbillad kopia av sig själv.

"Ja, om du ska ha en psykdoktor." Mannen hostar och fortsätter: "Äntligen möts vi", rossligt andetag. "Vet du ...", grimasch, " att jag ... är ... fyra minuter äldre ...", rösten skär Karl i bitar, som vore han ämnad till hackesill i en skål av glas i en av fiskerifabrikerna i Bohuslän, ett gurglande, och så börjar mannen hacka som en vägrande bilmotor, Karl inser att det skall föreställa ett skratt. "Det gör mig ... till storebror, njä-hä, njä-hä, njä-hä, njä ...", motorskrattet igen, nu avslutas det i en abrupt hostning, sedan, "hej ... lille ... bror ..." Mannen sluter ögonen. För ett litet tag tror Karl att gubben är död ... men sedan ser han bröstkorgen häva sig. Minuter går ...

Sjuk-Kalle öppnar ögonen och sträcker sig mot flaskan. Det gör riktigt ont för nu svär han, på franska.

"Merde ..." Dock ger han inte upp utan når verkligen buteljen, drar ur korken och för den mot munnen, dricker, placerar den mellan benen och sitter där, i Karls soffa, med slutna ögon ...

Jag behöver en psykolog, tänker Karl, *och så behöver jag en sup, och så behöver jag sitta.* Han sjunker ned i fåtöljen mitt emot sig själv ...

"Vad vill du ...", viskar han.

"Jag tänkte döda dig." Karl säger inget.

"Sen under resans gång ..." Karl vågar inte avbryta.

"... vart jag nyfiken ..."

Karl harklar sig:

"På vad då …"

"Dig, så klart. Är du dum i huvet …"

"Mig …"

"Japp."

"Jaså", säger Karl i brist på annat. Mannen i soffan fingrar på någonting bredvid sig.

"Ja, sätt igång … Vad har jag missat …", säger den inbillade.

"Missat …"

"Svarar du alltid på en fråga, med en fråga …" Nu låter rösten i soffan stadig, och Karl känner en rysning längs ryggraden. Han tänker …

"Nej. Inte om jag förstår den …"

"Jag vill veta vilket liv jag missat. Vem …", den inbillade harklar sig, spottar på golvet. Detta gör Karl vansinnig och han är nära att resa sig ur fåtöljen och ge sig själv en käftsmäll då han kommer på att det faktiskt är en hägring, "och vad jag kunnat vara … förstår du …"

"Vem är du …"

"Jag är din bror."

"Mor och far …", Karl tappar rösten.

"Nej, de hade väl dåligt samvete."

"Jag förstår inte …"

"Jag kan tänka mig att föräldrar, som lämnar bort sitt nyfödda barn … får det, dåligt samvete … eller … vad tror du …"

"Var kommer du ifrån …", frågar Karl undvikande.

"Helvetet." Motor-hack-skratt igen.

Tystnad.

"Nej. Var kommer du ifrån …"

"Din mors fitta."

Lång tystnad.

Karls tankar far som racerbåtar, dock skärper han sig och får fram: "Men du då … var har du funnits i alla …"

"Det vill du inte veta."

"Jo. Det vill jag." Och nu får han rösten stadig, "Det är precis vad jag vill veta."

"Du skulle inte ens tro mig om jag berättade ..."

"Försök."

Motorskratt från soffan igen ...

"Vad är det som är så roligt ..."

"Att jag har en tvillingbror ..."

"Ja ..."

"som är så korkad." Det bränner till i Karl. "Vi är bröder. Du och jag har samma föräldrar. Är födda i samma timme. I samma säng. Av samma mor. Jag heter Albin. Albin och Karl. Karl och Albin. Jag skulle skjuta dig, men vet inte om jag vill, eller ens orkar ..."

"Varför ..." Karl kan inte tro att han sitter i sitt vardagsrum och faktiskt pratar med sig själv, och samtalsämnet är, om denne märklige figur någonstans i hans hjärna ska skjuta honom eller ej. Det är absurt. Han är vaken, det vet han, men kan ändå inte ...

"Därför att du fick något som jag aldrig fått ..."

"Vad då ..."

"Kärlek, föräldrar, barndom, vänner, familj ... ett liv ..." Albins röst är hård nu, och plötsligt har han en pistol i vänster hand, han höjer vapnet och siktar på Karl.

"Livet passerar inte revy ...", säger Karl, överraskad av sitt uttalande. Hans motsatta jag blir överrumplad:

"Va ..."

"Jag trodde att det skulle göra det, livet, när man dör, men här passerar ingenting ..." Och plötsligt är det Karl som skrattar. Åt vad han skrattar har han ingen aning, men det känns väldigt befriande.

Albin tittar på vapnet en stund, verkar fundera på vad Karl just sagt, lägger sedan tillbaka det i soffan.

"Den är givetvis laddad." säger han.

"Jaha …", svarar Karl och vet inte vad han skall säga mer, har aldrig blivit hotad till livet förut och är fortfarande för glad av skratt för att bli rädd, eller för rädd av skratt för att bli glad …

"Jag vill veta vad jag gått miste om", viskar Albin.

"Va i he …"

"Jag kanske låter dig leva", avbryter Albin, "Som sagt, jag vet inte, men en sak vet jag, jag vill att du berättar vad jag gått miste om …" Rösten är nu stark mellan inandningarna och han rätar på ryggen, öppnar ögonen och ser på Karl, nyfiket.

"Bjuder du på en sup …", får Karl fram och Albin räcker honom flaskan.

"Ta för dig", säger han, och håller ut buteljen i tomrummet framför sig. Karl sträcker sig över soffbordet och tar emot flaskan, drar ur korken och sväljer en klunk, uppmärksammar att det är den där dyra sorten, funderar över huruvida den finns på Bolaget i Kinna … han tvivlar, fick nog fara till Borås, här var det Renat, Hembränt och Pilsner som gällde, tar en klunk till, och ytterligare en, lämnar tillbaka flaskan …

"Tack. Den var god …"

Tystnad.

Och Karl förstår. Givetvis inte allt, men han förstår. Eller, som yngsta sade när hon var tre:

"Jag vet. Jag vet alltid. Men jag vet inte allt …"

Karl berättar. Det tar tid och det blir kväll. Då avbryter han, gör i ordning en middag bestående av isterband, potatis och stekta ägg. De äter i vardagsrummet, då Albin inte vill, eller kan, resa sig från sin position i soffan. Till maten dricker Karl vatten och Albin fortsätter att dricka visky. Albin lyssnar till Karls berättelse utan att avbryta. Förutom en gång. Då Karl pratar om föräldrarna. Albin vill ha mer detaljrik information och ställer rikligt med frågor.

Karl är totalt slut …

Jag vill inte dö, tänker Albin, och tanken är klar som en vintervind, *kunde vara på väg ... suttit i bilen, lyssnat på någon bra radiostation, musik som fick mig att sväva, dansa vilt på motorhuven, borde dansa, inte sitta här och låta sjukdom. Parkera på någon enslig skogsväg i den svala, månklara natten, stå på taket, som bucklar sig men det skiter jag i, svettpärlorna skulle stänka, dörrarna på vid gavel, ur kupén skulle världens största rockband dåna i natten ...*

Time, time, time ... is on my side ... ti ... iai ...ime ... is on my side ...

Ska inte dö. Vill mogna. Vill bli riktigt gammal. Påta med rosorna efter lunch. Gråhårig, krum i ryggen med jord under mina spruckna naglar vill jag släpa mig in att tillreda mig min eftermiddagsdrink, dry martini, tre oliver i, läsa den dagliga skiten i tidningen, sucka över världens elände, sedan nyskrubbad och ombytt sällskapa min lika gråhåriga hustru till middag där vi njuter vårt bästa vin till vår ångande mat, där vi fattar besticken med russinskrynkliga händer, där vi istället för att knulla, värmer oss med varandra, på verandan, hon med en sherry, jag med visky, där jag salongsberusat smålullig för min själs älskade mot vår säng, där vi somnar, jag med ansiktet mellan hennes hängande, underbara bröst, hon med en hand runt min slöa hängpung under kuken som någon gång då och då fortfarande stelnar till liv och låter oss älska i vår takt ...

Jag vill mogna.

Karl rycker till ...

Har han sovit ...

Fy *Fan* vilken mardröm.

Platsen i soffan är tom.

En stor suck, liksom en sten, lämnar hans anus ...

Pistolen ligger där.

"Helvetes jävl ...", slipper ur honom.

Det här är inte verkligt ...

Jo. Det är verkligt. Nu. Men det hade inte varit det. Bortifrån sett, ur det förflutna betraktat, var det overkligt. Han reser sig. Stel, långt ifrån utsövd. Flaskan, tom, står på bordet. Han går in i sovrummet, tomt, öppnar badrumsdörren för att pinka och där på golvet ligger Albin, på mage, ena armen har han under sig, den andra ligger utsträckt in under tvättstället. Karl inser att hans tvillingbror, nu är mannen som ligger på golvet hans bror, är död, men böjer sig ändå ned och lyssnar efter eventuella andetag.

Han är inte pissnödig längre, går in i gästrummet, fram till bröllopskistan, ser en stund på den ... Anno 1954 står där målat i dalastil, lyfter ned radion, trycker, utan att reflektera, ned UKV-knappen, väntar den halvminut det tar för rören att värmas upp och sätta igång P1 vilket den alltid är inställd på ...

Ur högtalaren strömmar en leksak, en speldosa, vilken ackompanjerar en kvinnas berättelse om sitt liv. Karl vet inte vem hon är. Öppnar locket till den hemliga spritgömman för att plocka fram den exlusiva flaskan med champagne, en av bröllopspresenterna för nästan femtio år sedan. Den hade legat orörd då varken Maud eller Karl var speciellt förtjusta i drycken, låg gömd under alla garnnystan och sticknålar, de skulle öppna den, "någon gång ..."

Han tar upp flaskan, väger den i handen, tung, blåser litet damm från det mörka glaset med sin vackra etikett. Den måste ha varit dyr redan 1954. Han undrar om den är tjänlig fortfarande, håller buteljen mot ljuset och synar den litet närmare, ser inget grummel, han vet inte mycket om vinförvaring, sitt hemgjorda fruktvin brukar han förvara i sommarstugans jordkällare, det är bara att öppna den och prova.

Tvekar litet ...

Maud och Karl är inte längre.

Han kommer att tänka på Napoleons inställning till Champagne, denne påstods ha sagt något i stil med: *När jag vinner så förtjänar jag det. När jag förlorar behöver jag det.*

Så är det, Karl behöver det, eller kanske förtjänar han det ... Går ut i köket, öppnar kylskåpsdörren, fäller upp luckan till frysfacket och lägger in flaskan ovanpå tre plastförpackningar med iskuber, paketet med fryst torsk och ett med panerade kycklingbitar, det borde räcka med tio minuter, kanske en kvart för att få vinet kallt. Snart är hösten här på riktigt. Och vintern. Frysfacket får honom att tänka på snö. Karls känsla för snö är paradoxal, nog älskar han den, och hatar. Kylan. Att frysa kuken av sig i flera månader. Att skrapa bilens isbelagda rutor är ett helvete. Men vem vill inte ha en vit jul med renar och skidbackar och snölyktor och hej tomtegubbar slå i glasen med den hemkryddade glöggen och tecknade sagor med massor av snö och ... samtidigt, i slutet på oktober, när man vet på lukten i luften att det sista lövet ligger och multnar ... när höststormarna tjuter runt knuten och man inser att att kylan och mörkret oåterkalleligt är över oss ännu en gång. Hukandets Tid.

Och den eviga längtan efter ljus ...

Han går ut i hallen, sätter sig på telefonmöbeln, börjar bläddra i gula sidorna, stannar på P, med pekfingret över papperet letar han sig fram till Psykoterapeuter, Legitimerade, det finns tydligen ett behov av denna yrkesgrupp även i Kinna, där finns en hel drös, ser han, väljer en på måfå, lyfter luren och beställer tid, därefter slår han numret till Kinnapolisen.

"Jag skulle vilja göra en polisanmälan, går det att komma in i eftermiddag ..."

"Vad gäller det ...", säger telefonissan, Karl ser för sin inre syn hur hon, med luren fastklämd mellan örat och axeln, samtidigt filar sina naglar.

Kvinnan, som har headset och inte alls filar sina naglar, sitter just med en nyvässad blyertspenna i högsta hugg över ett blankt blad i sitt anteckningsblock prytt med skära grisar, det har inte hänt något i Kinna under morgonen och det här samtalet gör att hon piggnar till ur tristessen framför Borås Tidnings webb-upplaga ...

"Jag vill polisanmäla den svenska regeringen för att den tvingat folk att spekulera på börsen. Jag anser det vara ett brott", säger Karl.

Hon i luren säger ingenting på en lång stund ... *En galning*, tänker hon, men säger:

"Jaha ... eh ... jag tror inte att det är ett brott om den svenska regeringen har bestämt en sådan sak och sedan genomfört den, förstås ... jag tror att du får fundera över din anmälan ..."

"Jag kommer in i eftermiddag." Karl är just på väg att avsluta samtalet när en tanke slår honom:

Kan man ha fantomsmärtor från en död tvillingbror ...

"Jo, det var en sak till ...", säger han.

Leif Åman,
Två Tusen Sju.

Efterord ...

till alla er som känner min barndoms och ungdoms trakt. Jag har inte varit där på ett tag. Hittade en penna i dag, på marken, jag beskriver en sådan penna i boken så jag går inte in på hur den ser ut, men jag nedtecknar dessa rader med just den ...

Tack Kinna.

Tack alla rikemansungar och arbetarungar. Tack alla gamla vänner, och ni plågoandar. Tack till de lärare som försökte bromsa en allt för klipsk och vaken fattigunge i en tid då ingen skulle tro att han var något. Och så vill jag tacka de lärare som faktiskt gav fan i konventionerna och gjorde tvärt om ...

Denna berättelse är tillägnad er alla.

Till och med tandläkaren som inte tyckte det var värt att sätta in tandställning i en arbetarunges käft. Trots att jag själv tycker att gaddarna är vinda, har jag fått höra att jag har *sexiga tänder*...

Här existerar en del anakronismer, jag har kastat in händelser och platser litet hur som helst, stuvat om dem, klistrat och klippt. Det är *min* bild av Sjuhäradsbygden, dess folk och dess historia, kapitalismen, som fick trakten att blomma men så småning om dödade den. Det är en fiktiv berättelse, men allt är inte skrönor, händelser har verkligen inträffat, vissa personer existerar, eller har existerat i verkligheten, en del namn har jag bytt ut, en del kommer från någon annanstans, en del har fått vara kvar som de skall vara, av respekt.

I mitt Kinna-epos ...

Leif Åman,
kastanjernas tid,
Två Tusen Tio.